CARAMBAIA

ilimitada

Imre Kertész

Ausência de destino

Tradução e posfácio
PAULO SCHILLER

I

Hoje não fui à escola. Ou melhor, fui, mas apenas para pedir ao diretor que me autorizasse a voltar para casa. Entreguei-lhe o bilhete em que meu pai alegava "razões de família" e solicitava minha dispensa. O diretor me perguntou que razões familiares seriam essas. Eu lhe disse que meu pai tinha sido convocado para servir no exército como trabalhador braçal; com isso, o diretor não se opôs mais.

Eu me dirigi não para casa, mas para a loja. Meu pai me havia dito que estariam lá à minha espera. Pediu-me ainda que me apressasse porque precisariam de mim. Na realidade, era por esse motivo que tinha solicitado a minha dispensa da escola. Ou para que "me tivesse junto dele nesse último dia antes de partir", pois ele havia dito isso também, embora, na verdade, num outro momento. Se bem me lembro, tinha sido para a minha mãe, no telefone, de manhã. Porque era sexta-feira e na época, a rigor, as tardes de sexta-feira e as de domingo cabiam à minha mãe. Mas meu pai lhe disse: "Não pretendo deixar que Gyurika vá à sua casa hoje" e justificou mencionando a convocação. "Embora ele possa, prefiro que não vá." Naquela manhã, eu estava um pouco sonolento e talvez as minhas recordações não sejam precisas. Mas tenho certeza da fala dele. Apenas não sei se foi dirigida à minha mãe.

Eu também troquei algumas palavras com ela, embora não me lembre delas. Acho que se zangou comigo porque fui obrigado a ser um pouco seco por causa da presença do meu pai – afinal de contas, nesse dia, eu tinha de atender à vontade dele. Quando eu estava saindo para a escola a minha madrasta também me disse algumas frases encorajadoras, em particular, no corredor de entrada de casa. Esperava, nesse dia tão triste para nós, poder "contar com um comportamento apropriado de minha parte". Eu não sabia o que responder e, portanto, fiquei calado. Talvez o meu silêncio tenha sido mal interpretado porque ela em seguida acrescentou que o conselho – que sabia ser desnecessário – não visava ferir a minha sensibilidade, pois não tinha dúvida de que com meus 15 anos, menino crescido, eu era capaz de apreender por conta própria a gravidade do golpe que nos atingira – assim se expressou. Assenti. Vi que bastava. Ela esboçou um gesto com as mãos em minha direção e cheguei a temer que talvez quisesse me abraçar. Mas deu apenas um suspiro profundo, prolongado, com a respiração entrecortada. Notei que ficou com os olhos úmidos. Foi desagradável. Depois disso, pude sair.

Percorri a pé o caminho entre a escola e a loja. Era uma manhã clara e morna, considerando que estávamos no início da primavera. Teria desabotoado o casaco, mas pensei melhor: na brisa suave, ele poderia se abrir e cobrir a estrela amarela, contrariando o regulamento. Em certas coisas, era tempo de adotar uma atitude prudente. Nosso depósito de madeira ficava nas proximidades, numa das ruelas. Uma escada íngreme dava acesso à escuridão. Encontrei o meu pai e a minha madrasta no escritório: um cubículo de vidro, com aparência de aquário, mal iluminado, estreito, ao pé dos degraus. Estava com eles o senhor Sütö, a quem conhecia porque havia sido contador e gerente do nosso outro depósito, a céu aberto, que nesse meio-tempo ele havia comprado de nós. Ao menos é o que dissemos. Do ponto de vista racial, o senhor Sütö tem a situação inteiramente regular, não usa estrela amarela e, que eu saiba, tudo não passa, na verdade, de artifício comercial a fim de que ele possa cuidar dos nossos interesses, para que também não tenhamos de renunciar completamente a essa renda.

Cumprimentei-o de modo um pouco diferente de outros tempos, porque, em certo sentido, ele se alçara a uma condição superior à nossa; meus pais também eram mais atenciosos com ele. Por sua vez, ele insistia em tratar meu pai por "senhor diretor" e minha madrasta de "cara senhora", como se nada tivesse acontecido, sem nunca deixar de beijar a mão dela. Recebeu-me também como sempre, brincalhão. Nem notou a estrela amarela. Permaneci parado junto da porta e eles retomaram o que faziam antes da minha chegada. Fiquei com a impressão de ter interrompido uma negociação. De início, não compreendi do que falavam. Por um instante, cheguei a fechar os olhos, pois ainda piscava por causa da luz do sol lá de fora. Nisso, meu pai disse alguma coisa que me fez abri-los. Em seu rosto redondo, acastanhado, no qual se destacavam o bigode fino e a pequena fenda que separava os dois dentes da frente, grandes e brancos, tremulavam manchas de sol ruivas, amareladas, como abscessos que nasciam. Ele falou sobre uma "mercadoria" a qual "convinha" que o senhor Sütö "levasse consigo imediatamente". O senhor Sütö não tinha objeções; assim, meu pai tirou um pequeno embrulho da gaveta da escrivaninha, envolto em papel de seda e amarrado com barbante. Vi a mercadoria e a reconheci pelo formato achatado: continha a caixa em que guardávamos as nossas joias e objetos de valor. Acho que se referiram a ela como mercadoria para que eu não a reconhecesse. O senhor Sütö mergulhou-a em sua maleta sem demora. A seguir, houve entre eles uma pequena discussão. O senhor Sütö sacou a caneta e quis, a todo custo, fazer um "inventário" da mercadoria. Insistiu durante um bom tempo, embora meu pai lhe dissesse: "não seja infantil" que "entre nós essas coisas não são necessárias". Isso me pareceu agradar muito ao senhor Sütö. Ele chegou a dizer: "Sei que confia em mim, senhor diretor, mas, na vida, tudo tem regras e formalidades". E pediu ajuda à minha madrasta: "Não é verdade, cara senhora?". Mas ela, com um sorriso cansado nos lábios, disse apenas alguma coisa no sentido de que confiava inteiramente aos homens a decisão acerca dessas questões.

Eu já estava um tanto entediado quando o senhor Sütö por fim guardou a caneta, e passaram a se ocupar do depósito, do que fazer com toda a madeira ali guardada. Ouvi meu pai ponderar que tinham de se apressar, antes que as autoridades "coloquem as mãos na loja"; pediu ao senhor Sütö que amparasse a minha madrasta com a sua experiência em negócios e os seus conhecimentos técnicos. Voltando-se para ela, o senhor Sütö disse: "Sem dúvida, cara senhora. Vamos nos manter em contato permanente para acertar as contas". Acho que falava do terreno que se tornara propriedade dele. Por fim, começaram a se despedir. Com o rosto sombrio, ele reteve as mãos do meu pai nas suas durante um longo tempo. Comentou que "nesses momentos não há lugar para muitas palavras" e, portanto, desejava dizer apenas: "Espero que volte o quanto antes, senhor diretor". Meu pai, com um sorriso amarelo, respondeu: "Esperamos que sim, senhor Sütö". Ao mesmo tempo, minha madrasta abriu a bolsa, pegou um lenço e o levou aos olhos. A garganta dela emitia sons estranhos. Todos se calaram, e a situação torturante me fez sentir que eu também tinha de fazer alguma coisa. Porém, tudo aconteceu muito depressa e não me ocorreu nada de inteligente. Notei que o momento afligia também o senhor Sütö: "Mas, cara senhora", disse, "não deve. Por favor, não". Parecia um pouco assustado. Curvou-se, pousou a boca sobre a mão de minha madrasta para cumprir o beijo costumeiro. Em seguida, dirigiu-se à porta; mal tive tempo de me desviar dele. Esqueceu-se de se despedir de mim. Depois que saiu, ouvimos os passos pesados na madeira dos degraus.

Passado um tempo de silêncio, meu pai disse: "Bem, assim ficamos um pouco mais leves". Diante disso, minha madrasta, com um tom um pouco tristonho, voltou a perguntar se, apesar de tudo, meu pai não deveria ter aceitado o recibo do senhor Sütö. Ele respondeu que esse tipo de recibo não tinha nenhum "valor na prática" e acrescentou que seria mais perigoso escondê-lo do que à própria caixa. E esclareceu: tudo deveria "ser posto na mesma cesta"; pediu que confiássemos plenamente no senhor Sütö, mesmo porque não havia outra saída. Minha madrasta calou-se, mas não sem antes deixar de observar que, embora meu pai pudesse ter razão, ela ainda assim se sentiria de algum modo mais segura "com um recibo nas mãos". Porém, não foi capaz de explicar por quê. A seguir, meu pai propôs que passassem logo à tarefa que os esperava, pois o tempo corria. Queria entregar à minha madrasta os livros contábeis para que ela se inteirasse deles e os negócios não se interrompessem enquanto ele estivesse no exército. Nesse meio-tempo trocou algumas rápidas palavras comigo. Perguntou se me haviam dispensado da escola sem problemas e outras coisas mais. Por fim, pediu que eu me sentasse calado e me comportasse bem enquanto ele e minha madrasta terminavam com os livros.

Mas esse trabalho demorou. A princípio, procurei ser paciente e me esforcei por pensar em meu pai, mais precisamente em que no dia seguinte ele partiria e eu não o veria por muito tempo, mas depois me cansei da ideia e, assim, como não pudesse fazer mais nada por ele, comecei a me entediar. Ficar sentado também me cansou e, apenas para que alguma coisa mudasse, me pus em pé para tomar água da torneira. Não me disseram nada. Mais tarde, fui até os fundos, entre as madeiras, para urinar. Quando voltei, lavei as mãos na pia enferrujada – uma concha de louça –, desembrulhei e comi o lanche que trazia na mochila da escola; por fim, tomei mais água da torneira. Não me disseram nada. Voltei ao meu lugar. E fiquei muito aborrecido durante muito tempo.

A manhã já ia adiantada quando saímos para a rua. Pisquei os olhos de novo, dessa vez por causa da claridade. Meu pai debateu-se longamente com os fechos de dois cadeados cinzentos de ferro e cheguei a ter a impressão de que o fazia de propósito. Entregou as chaves à minha madrasta, pois não precisaria mais delas. Minha madrasta abriu a bolsa (temi que fosse novamente por causa do lenço), mas apenas jogou nela as chaves. Nós nos pusemos a caminho, apressados. De início, pensei que íamos para casa, mas não, fomos primeiro fazer compras. Minha madrasta tinha uma longa lista do que meu pai poderia precisar. Havia comprado parte dela no dia anterior. O restante, teríamos de procurar naquela hora. Era constrangedor caminhar com eles, os três usando a estrela amarela. Quando estava só, a estrela amarela até me divertia. Com eles, porém, tudo ficava mais tenso. Não sei explicar o porquê. Tempos depois, já não ligava mais para isso. Havia muita gente nas lojas, a não ser naquela onde compramos a mochila: ali, os fregueses éramos apenas nós. O ar estava impregnado do cheiro irritante dos preparados das lonas. O vendedor, um velho baixo, pálido, com uma dentadura brilhante e um protetor de cotovelo em um dos braços, e sua esposa gorda foram bastante gentis. Amontoaram muitas mercadorias sobre o balcão. Reparei que o vendedor chamava a esposa de "minha filha" e sempre fazia ela correr atrás das coisas. Embora nunca tivesse entrado na loja, eu a conhecia porque ficava perto de onde morávamos. Era uma casa de material esportivo, embora vendesse outros artigos. Nos últimos tempos, passara a oferecer estrelas amarelas de fabricação própria, pois havia escassez de tecido amarelo. (O necessário para nós, minha madrasta cuidara de conseguir a tempo.) Se bem reparei, a criação deles exibia o tecido estendido sobre uma cartolina, que naturalmente o fazia mais elegante, e as pontas das estrelas não eram mal costuradas como se via em algumas confecções caseiras. Notei que a produção deles lhes enfeitava o peito, como se a usassem para dar gosto aos fregueses.

A velha já havia trazido as mercadorias. O lojista perguntou se fazíamos compras por causa da convocação militar para os trabalhos braçais. Minha madrasta assentiu. O velho meneou a cabeça, triste. Chegou a erguer as mãos gastas, sardentas, e as deixou cair sobre o balcão num gesto de quem se lamentava. Nessa hora, minha madrasta mencionou que precisávamos de uma mochila. O velho hesitou e disse: "Para os senhores, sim". Voltou-se para a mulher: "Minha filha, pegue uma no depósito para esse senhor!". A mochila serviu. O lojista fez a mulher correr atrás de mais alguns itens de que – segundo ele – meu pai "não pode abrir mão no lugar para onde vai". De modo geral, ele falava com delicadeza, suas palavras eram solidárias e evitava, sempre que possível, usar a expressão "trabalhos braçais". Mostrou diversos objetos úteis, uma marmita de fecho a vácuo, um canivete com várias ferramentas, uma bolsa a tiracolo e assim por diante; coisas que, disse, eram procuradas "em circunstâncias semelhantes". Minha madrasta comprou o canivete para meu pai. Eu também gostei dele. Depois de termos escolhido tudo, o vendedor gritou para a mulher: "Caixa!". A velha de corpo flácido, coberto pelo vestido negro, espremeu-se com dificuldade entre a máquina registradora e uma cadeira de braços estofada. O vendedor acompanhou-nos até a porta. Ali desejou: "Que a sorte o acompanhe" e, curvando-se, encorajador, para meu pai, acrescentou em voz baixa: "Como o desejamos, o senhor e eu".

Por fim, fomos para casa. Morávamos em uma grande casa alugada no meio de uma praça onde também havia uma parada de bonde, lá estávamos no andar superior quando minha madrasta se lembrou: tinha esquecido de trocar os vales de pão. Voltei à padaria. Só consegui entrar depois de ter esperado em uma fila. Primeiro, tive de me dirigir à mulher loira de seios grandes. Ela cortava o pedaço de pão correspondente ao vale e a seguir o padeiro o pesava. Ele não respondeu ao meu cumprimento, era sabido que não tinha simpatia por judeus. Também por isso colocava alguns gramas a menos. Eu tinha ouvido que assim lhe sobravam mais restos. E, de certo modo, pelo olhar severo e gesto habilidoso, compreendi naquele instante a lógica do raciocínio que o fazia não gostar dos judeus: não fosse isso, sentiria mal-estar por enganá-los. Dessa forma, agia segundo suas convicções, e a verdade de suas ideias guiava os atos, que, por sua vez – eu sabia –, deveriam evidentemente ser outros.

Corri da padaria para casa, pois sentia muita fome e só me dispus a parar para trocar umas poucas palavras com Annamária, que descia a escadaria enquanto eu subia. Achávamos que ela morava com os Steiner, onde ultimamente costumávamos encontrar as velhas senhoras Fleischmann todas as noites. Tempos atrás não tomávamos muito conhecimento da vizinhança; porém, recentemente, havíamos descoberto que éramos da mesma raça, e esse fato demandava, nos finais de tarde, uma troca de opiniões sobre o futuro. Enquanto isso eu e ela falávamos de outras coisas, e assim eu soube que, na verdade, os Steiner eram apenas os tios dela: os pais estavam se separando e, como não haviam chegado a um acordo, decidiram que ela ficaria melhor ali, sem nenhum deles. Antes, como eu, e pelas mesmas razões, havia sido interna de um instituto de educação. Como eu, contava cerca de 14 anos. Tinha um pescoço comprido. Sob a estrela amarela despontavam os seios. Também havia sido mandada à padaria. E queria saber se eu não queria jogar rumi, à tarde, com ela e duas irmãs, que, por sua vez, moravam no andar acima do nosso. Annamária tinha amizade com elas, embora eu as conhecesse só de passagem, do corredor e do abrigo antiaéreo. A menor parecia ter de 11 a 12 anos. A mais velha, segundo Annamária, tinha a mesma idade dela.

Quando eu estava no quarto que dava para o quintal, costumava ver Annamária saindo ou chegando apressada pelo corredor em frente. Algumas vezes ia ao encontro dela no portão. Imaginava que assim poderia conhecê-la mais de perto – era essa a minha vontade. Mas naquele instante me lembrei de meu pai e pensei: "Hoje, não, pois meu pai foi convocado". Ela também se lembrou de que na casa dela tinha ouvido o tio falar do que sucedera a meu pai. Disse: "É claro". Ficamos um pouco em silêncio. Depois, perguntou: "E amanhã?". Respondi: "Melhor depois de amanhã". E logo acrescentei: "Talvez".

Quando cheguei em casa, encontrei meu pai e minha madrasta à mesa. Enquanto se ocupava do meu prato, ela perguntou se eu estava com fome. Respondi: "Muita", afobado, sem pensar em mais nada, porque era verdade. Ela encheu meu prato, mas no dela mal pôs alguma comida. Nem fui eu, e sim meu pai que reparou e lhe perguntou por quê. Respondeu alguma coisa no sentido de que àquela hora seu estômago era incapaz de receber qualquer alimento e, nisso, eu mesmo percebi meu erro. Meu pai condenou a atitude dela. Argumentou que ela não podia descuidar-se quando a força e a determinação eram mais necessárias. Minha madrasta não respondeu, porém ouvi alguns soluços, e, quando ergui os olhos, vi: ela chorava. Foi de novo um momento bem sofrido; procurei me fixar no prato. Ainda assim, notei meu pai estendendo-lhe a mão. No minuto seguinte, estavam num grande silêncio, e quando, cuidadoso, os olhei de novo, sentados, com as mãos entrelaçadas, fitavam-se como um homem e uma mulher. Nunca gostei disso e também naquela hora fiquei tenso, apesar de pensar que no fundo a cena fosse bastante natural. Ainda assim, eu não gostava daquilo. Não sei por quê. Tudo se suavizou tão logo retomaram a conversa. Voltaram a discutir brevemente sobre o senhor Sütö, a caixa e o nosso outro terreno, naturalmente. Ouvi meu pai dizendo que estava despreocupado – como dissera, "estamos em boas mãos". Minha madrasta também compartilhava a tranquilidade dele, embora mencionasse de passagem a questão das "garantias", dando a entender que, uma vez fundamentadas na confiança, restava saber se seriam suficientes. Meu pai deu de ombros e respondeu que não só nos negócios, mas nos "outros terrenos da vida" também não havia mais garantia para nada. Com um soluço de cortar o coração, minha madrasta concordou com ele de pronto; arrependia-se de ter levantado o assunto e pediu a meu pai que não falasse desse modo, não pensasse nessas coisas. E ele se perguntou como minha madrasta poderia superar os grandes problemas que se abatiam sobre ela, em tempos tão sombrios, sem ele, sozinha. Ela, porém, respondeu que não se veria só, pois eu estaria ali, junto dela. "Nós dois", prosseguiu, iríamos nos cuidar até a volta de meu pai. E também me perguntou, com a cabeça meio inclinada: "Não vai ser assim?". Sorria, mas os lábios tremiam. Eu disse: "Sim". Meu pai também me olhou, com a expressão suave. Isso de algum modo me perturbou e, para fazer alguma coisa, afastei o prato. Ele notou e perguntou por que tinha feito aquilo. Eu disse: "Não tenho fome". Vi que a atitude lhe fez bem: acariciou minha cabeça. E nesse toque, nesse dia, pela primeira vez senti um aperto na garganta; contudo, não era choro, e sim certa náusea. Desejava que ele não estivesse mais lá. Era um sentimento muito ruim, mas o experimentava com tanta clareza que não podia pensar diferente e naquele instante fiquei muito confuso. Em seguida, teria chorado, porém me contive, pois os convidados haviam chegado.

Minha madrasta tinha falado neles pouco antes: só viria a família mais próxima – dissera. E, a um gesto de meu pai, acrescentara: "Querem se despedir de você. É natural!". E a campainha soou. Eram a irmã e a mãe de minha madrasta. Depois, chegaram os pais de meu pai, meu avô e minha avó. Fizemos minha avó se sentar no sofá porque mesmo através das lentes grossas, como se fossem de aumento, não via quase nada e era igualmente surda. Porém, por isso mesmo, desejava tomar parte no que ocorria a seu redor e desfrutar de tudo. Nessas horas, ela dava muito trabalho, de um lado porque tínhamos de gritar para que ela entendesse o que estava ocorrendo e, de outro, porque precisávamos ser hábeis para evitar que se intrometesse, pois suas atitudes seriam constrangedoras.

A mãe de minha madrasta usava um chapéu de abas largas, em forma de supositório, desafiador: na frente, ele trazia uma pena espetada. Tão logo o tirou, revelou-se o cabelo branco, ralo, bonito, o coque delicado, de fios finos. Tinha o rosto delgado, pálido, dois olhos grandes, escuros; do pescoço pendiam duas papadas: lembrava um cão de caça inteligente, refinado. A cabeça tremia um pouco o tempo todo. Coube a ela a tarefa de preparar a mochila de meu pai, pois conhecia bem esse tipo de trabalho. Entregou-se a ele de imediato, seguindo a lista que minha madrasta lhe havia passado.

Da irmã de minha madrasta não havia o que aproveitar. Muito mais velha e diferente na aparência, como se não fosse sua irmã: era baixinha, gorducha, e o rosto sugeria uma marionete espantada. Tagarelava, chorava e abraçava a todos. Eu mesmo tive dificuldade de me livrar dos seios macios, cheirando a talco. Quando se sentou, as carnes do corpo caíram sobre as coxas curtas. E para não deixar de falar também do meu avô: em pé, parado ao lado de minha avó, no sofá, ouvia as queixas dela com ar paciente, impassível. Primeiro, ela choramingou pelo meu pai; com o tempo, esses pensamentos foram substituídos pelas próprias preocupações. A cabeça lhe doía e se queixava de zumbidos e ruídos causados nos ouvidos pela pressão. Meu avô já havia se acostumado – nem respondia. Não saiu do lugar até o fim. Não ouvi a voz dele nem uma vez; sempre que o meu olhar se voltava para aquela direção, ele continuava ali, no mesmo canto, que escurecia aos poucos, à medida que a tarde caía: uma luz amarelada, esmaecida, iluminava apenas a fronte nua e a curva do nariz até as órbitas e a parte inferior do rosto ficarem nas sombras. E só no brilho do olhar se via que seguia todos os movimentos da sala, despercebido.

Depois, chegou uma prima de minha madrasta com o marido. Eu o chamava de "tio" Vili. Exibia um leve defeito no andar, usava num dos pés um sapato de sola mais grossa, e a ele devia a dispensa de servir o exército. Tinha a cabeça em forma de pera, larga no alto, abaulada e calva, mais afilada nas bochechas, na direção do queixo. A opinião dele era respeitada na família porque antes de abrir um escritório de apostas de corridas de cavalos havia sido jornalista. Também naquele dia desejava discorrer sobre notícias interessantes que havia recebido de "fontes confiáveis", que afirmava serem "inteiramente verídicas". Sentou-se numa poltrona e, com a perna ruim estendida e imóvel, esfregando as mãos com um ruído seco, comunicou-nos que poderíamos "contar com mudanças fundamentais na nossa condição" para breve, porque "conversações secretas" se haviam iniciado "entre os alemães e os aliados, com mediadores neutros". Seja como for, os alemães, segundo a explicação de "tio" Vili, reconheciam "eles próprios a situação desesperançada no front". Era da opinião que "os judeus de Budapeste", na verdade, "vinham a calhar" no esforço alemão de "arrancar concessões dos aliados à custa da nossa pele" e, evidentemente, fariam todo o possível em nosso nome; citou um "fator", segundo ele, "importante", que conhecia de sua experiência jornalística, a que chamou "opinião pública mundial"; disse que ela havia sido "sacudida" pelo que nos acontecia. A negociação era dura – prosseguiu –, sendo exatamente essa a justificativa da gravidade das medidas presentes tomadas contra nós; mas eram apenas decorrências naturais "do grande jogo em que na verdade somos instrumentos de uma manobra de chantagem internacional de proporções inacreditáveis"; disse que, portanto, ele, também bom conhecedor do que se passava "por trás desses cenários", via isso tudo apenas como um "blefe espetaculoso" no interesse de obter um preço mais alto, e de nós pedia somente um pouco de paciência até o "desfecho dos acontecimentos". Meu pai lhe perguntou se a solução era esperada para o dia seguinte, se deveria tratar a convocação como "um simples blefe"; mais, se talvez nem devesse atendê-la. "Tio" Vili ficou um pouco desconcertado. Respondeu: "Não, é claro que não". Disse que se sentia tranquilo, pois meu pai logo voltaria. "Estamos na 12ª hora", disse, esfregando as mãos. E acrescentou: "Se os meus outros palpites fossem acertados como esse, eu, hoje, não seria um maltrapilho!". Teria prosseguido, mas minha madrasta e a mãe dela haviam terminado de encher a mochila e meu pai se levantou para testar o peso.

Por último, chegou o irmão mais velho de minha madrasta, o "tio" Lajos. Ele tinha uma função muito importante na família, embora eu não fosse capaz de precisá-la. De início, quis falar a sós com meu pai. Observei que meu pai ficou nervoso e, com delicadeza, procurou acabar logo com aquilo. De surpresa, "tio" Lajos voltou-se para mim. Disse que queria "conversar um pouco" comigo. Levou-me a um canto escuro da sala, encostou-me no armário fazendo com que ficasse de frente para ele. Começou dizendo que, como eu sabia, meu pai nos deixaria no dia seguinte. Assenti. Depois, perguntou se ele me faria falta. Respondi, incomodado pela pergunta: "É claro". E, como isso me pareceu pouco, completei: "Muita". Diante disso, meneou longamente a cabeça com ar lamentoso.

A seguir, ele me disse algumas coisas interessantes e inesperadas. Por exemplo, que nesse dia triste uma fase da minha vida, "anos da infância, felizes, sem problemas", encerrava-se para mim. Sabia – falou – que eu não havia pensado nisso nesses termos. Reconheci: não. Mas, na verdade – continuou –, imaginava que as palavras dele não me causavam muita surpresa. Confirmei de novo: não. E me fez saber que, com a partida de meu pai, minha madrasta ficaria sem apoio e, embora "a família fosse ficar de olho em nós", a sustentação principal seria eu. Sim – ele disse –, eu teria de descobrir "a preocupação e a renúncia" antes do tempo. Pois era sabido que a partir de então a minha sorte não seria mais tão boa – e ele não pretendia escondê-lo, falava comigo como "entre adultos". "Agora você também partilha do destino comum dos judeus"; depois, estendeu-se, ressaltando que a nossa sina era "a perseguição ininterrupta havia milênios", que os judeus "têm de aceitar com serenidade e resignação" os desígnios de Deus pelos pecados do passado, e, portanto, somente d'Ele se poderia esperar misericórdia; enquanto isso, Ele esperava que nessa grave situação resistíssemos no lugar escolhido por Ele "segundo as nossas forças e capacidades". Eu, por exemplo – soube por ele –, teria de assumir o papel principal da família no futuro. Quis saber se eu me sentia forte e preparado. Embora eu não compreendesse bem a linha de pensamento, especialmente o que dissera sobre os judeus, os pecados e Deus, sensibilizei-me com as palavras dele. Assim, eu disse: "Sim". Pareceu satisfeito. "Está bem", disse. Sempre me tivera como um menino inteligente, de "sentimentos profundos e um forte senso de responsabilidade"; em meio aos muitos golpes, tais qualidades representavam um consolo para ele – como revelaram suas palavras. E, com os dedos com tufos de pelos por fora e úmidos por dentro, ergueu meu rosto pelo queixo e disse em voz baixa, um pouco entrecortada: "Seu pai se prepara para uma longa viagem. Rezou por ele?". No olhar, trazia certa gravidade que talvez acendesse em mim uma sensação torturante de perda em relação a meu pai, uma vez que, sozinho, não havia pensado nisso. E assim, nesse despertar repentino, comecei a sentir um peso, como uma dívida, e para me ver livre confessei: "Não". "Venha comigo", disse ele.

Fui obrigado a acompanhá-lo ao quarto que havia no quintal. Ali, rezamos, mudos, entre alguns móveis gastos. Primeiro, “tio” Lajos ajeitou um pequeno gorro negro na parte de trás da cabeça, onde o cabelo acinzentado e ralo formava pequenas clareiras. Eu também tive de pegar o meu gorro no corredor. A seguir, ele tirou da parte interna do paletó um livrinho de bordas vermelhas encadernado em negro e, do bolso superior, uns óculos. Passou a ler a reza em voz alta e eu devia repetir as últimas palavras do texto. No início, tudo correu bem, mas logo comecei a ficar cansado, além de um pouco incomodado por eu não entender nada do que dizíamos para Deus, pois tínhamos de nos dirigir a Ele em hebraico, língua que eu não conhecia. Portanto, para que, a despeito disso, eu pudesse acompanhá-lo, obriguei-me a prestar atenção aos movimentos da boca dele e assim restaram em mim apenas a visão dos lábios molhados e carnudos contorcidos e os sons incompreensíveis murmurados num idioma estranho. E a de uma cena que vi pela janela, por sobre os ombros de “tio” Lajos: naquele instante, a mais velha das irmãs correu ao longo do corredor acima de nós e à nossa frente na direção de sua casa. Creio que cheguei a me atrapalhar um pouco com o texto. Porém, ao término da reza, “tio” Lajos parecia satisfeito e exibia uma expressão que me aproximava dele: afinal, havíamos feito alguma coisa pelo meu pai. E, na verdade, isso era evidentemente melhor do que o sentimento anterior de pesar e dívida.

Voltamos à sala que dava para a rua. Anoiteceu. Fechamos os painéis das janelas, forradas com o papel próprio para a defesa antiaérea, sobre a noite primaveril, azulada, cheia de orvalho. Com isso, apertamo-nos na sala. A fumaça dos cigarros começou a irritar meus olhos. Bocejei muito. A mãe da minha madrasta pôs a mesa. Ela mesma havia trazido o jantar em sua grande bolsa. Tinha até conseguido carne no mercado paralelo. Dissera isso antes, quando da sua chegada. Meu pai lhe pagara com o dinheiro que guardava na carteira de couro. Estávamos todos à mesa quando entraram os senhores Steiner e Fleischmann. Eles também queriam despedir-se de meu pai. O senhor Steiner foi logo pedindo que ninguém se incomodasse. Disse: "Sou Steiner, por favor, continuem sentados". Nos pés, o chinelo gasto de sempre; sob o colete aberto, a barriga protuberante; e na boca o eterno toco de charuto malcheiroso. Tinha a cabeça grande, ruiva, e o cabelo, repartido como de criança, produzia um efeito estranho. O senhor Fleischmann, miúdo, muito bem cuidado, de cabelos brancos, pele acinzentada, óculos de coruja, e no rosto uma expressão sempre aflita, desaparecia completamente a seu lado. Curvava-se mudo junto do senhor Steiner e estalava os dedos como que se desculpando por ele. Disso, porém, não tenho certeza. Os dois velhos eram inseparáveis, embora discutissem o tempo todo porque não havia assunto em que estivessem de acordo. Apertaram, um depois do outro, a mão de meu pai. O senhor Steiner chegou a lhe dar alguns tapinhas nas costas. Chamou-o de "meu velho" e soltou um gracejo antigo: "Curvemos a cabeça para nunca perdermos a desesperança". Disse ainda – e o senhor Fleischmann concordou, enfático – que não deixariam de se preocupar comigo e com a "jovem senhora" (como se referiu à minha madrasta). Piscou os olhos miúdos. A seguir, puxou meu pai de encontro à barriga e o abraçou. Quando saíram, tudo submergiu no tilintar dos talheres, no burburinho das conversas, na névoa exalada da comida e do tabaco. Só me chegavam um e outro rosto ou relance isolado de gesto emersos da fumaça que me cercava, em especial a cabeça trêmula, pálida, ossuda, da mãe da minha madrasta ocupada com os pratos; depois, as duas palmas estáticas em sinal de recusa de "tio" Lajos ante a carne, que, por ser de porco, a religião proibia; as bochechas estufadas, o movimento das mandíbulas e os olhos lacrimejantes da irmã da minha madrasta; inesperado, o crânio calvo do "tio" Vili se elevou rosado sob a luz da lâmpada e ouvi fragmentos de suas novas explicações cheias de confiança; além disso, lembro-me das palavras solenes de "tio" Lajos, recebidas num silêncio mudo, a invocar a ajuda de Deus para que "logo pudéssemos todos sentar de novo em torno da mesa familiar em paz, com amor, com saúde". Eu mal via meu pai, e de minha madrasta só tinha a impressão de que se importavam e se preocupavam muito com ela, mais do que com ele; doía-lhe a cabeça e alguns perguntaram se não precisava de um comprimido ou de compressas; não quis nem uma coisa nem outra. Vez ou outra eu era obrigado a notar minha avó, a toda hora levada de volta ao sofá. Eu me recordo de seus olhos cegos cujas lentes embaçadas de lágrimas faziam parecer dois estranhos insetos secretores de suor. Em dado momento, todos se levantaram. Começaram as despedidas finais. Porém, minha avó e meu avô, de certo modo separados, saíram um pouco antes da família da minha madrasta. No que me diz respeito, a experiência mais marcante da noite talvez tenha sido a única atitude em que meu avô se fez notar: quando, num gesto quase selvagem, irracional, grudou a cabeça estreita, pequena, em forma de pássaro, no casaco de meu pai, na altura do peito. Seu corpo inteiramente contraído contorceu-se. Depois, procurou sair depressa, levando minha avó pelo cotovelo. Os demais abriram caminho para eles. A seguir, os outros também me abraçaram e senti as marcas viscosas das bocas em meu rosto. Por fim, de súbito fez-se silêncio porque todos haviam partido.

E com isso eu também me despedi de meu pai. Ou melhor, ele de mim. Nem sei. Não me lembro dos fatos com exatidão: meu pai deve ter saído com os convidados porque durante algum tempo fiquei só, com a mesa coberta dos restos do jantar, e despertei apenas com a volta dele. Estava sozinho. Queria despedir-se de mim. "Amanhã de madrugada não teremos mais tempo para isso" – disse. De certa forma, ele reiterou os conselhos sobre a minha responsabilidade e o tornar-me adulto, como o "tio" Lajos naquela tarde, porém sem Deus, com palavras não tão belas e mais breves. Mencionou também minha mãe: imaginava que ela agora talvez procurasse me "atrair para a casa dela". Notei que a ideia o angustiava muito. Eles tinham travado um longo embate pela minha guarda e, por fim, a sentença do juiz favorecera meu pai; portanto, eu achava compreensível que ele não quisesse perder o direito sobre mim apenas por causa da situação adversa. Entretanto, não invocou a lei, mas a minha razão, e a diferença entre minha madrasta, "que havia criado um lar acolhedor, familiar", e minha mãe, que, por sua vez, "havia me abandonado". Eu tinha reparado que sob esse aspecto o ponto de vista de minha mãe era diferente: segundo ela, o culpado era meu pai. Também por isso vira-se obrigada a encontrar um novo marido, um certo Dini (na verdade, Dénes), que, na semana anterior, partira igualmente para servir o exército. Porém, na verdade, nunca consegui saber nada mais preciso, e naquela hora meu pai logo voltou a se referir à minha madrasta: eu devia a ela ter deixado o internato, e o meu lugar era "aqui em casa, junto dela". Enquanto ele falava, desconfiei de sua ausência ali: com certeza se afligiria. Entretanto, comecei a me cansar. E nem sei mais o que prometi a meu pai ante esses pedidos. No minuto seguinte, me vi de súbito entre os braços dele e, depois das palavras, o abraço forte, inesperado, me tomou de surpresa. Não sei se foi por isso, ou pela simples exaustão, que brotaram as lágrimas, ou ainda porque desde a primeira notícia dada pela minha madrasta logo de manhã eu me havia preparado para que nesse exato instante elas forçosamente surgissem. Seja como for, era bom que fosse assim, e eu sentia que elas faziam bem a meu pai. Depois, ele me mandou para a cama. Eu estava mesmo muito cansado. Apesar de tudo – pensei –, a partida do coitado seria acompanhada da lembrança de um dia bonito.

II

Faz dois meses que nos despedimos de meu pai. Chegou o verão. Entretanto, na escola, as férias tinham sido concedidas havia muito, ainda na primavera. Justificaram: havia uma guerra. Os aviões bombardeavam a cidade com frequência e desde então novas leis foram promulgadas para os judeus. Há duas semanas eu mesmo tive de começar a trabalhar. Um ofício comunicou: “Designado para trabalho permanente”. Dirigido ao “jovem aprendiz György Köves”, e logo vi que aquilo tinha a mão de alguém influente. Eu também tinha ouvido que nesses tempos quem, como eu, em virtude da idade, não pudesse servir em destacamentos de trabalho forçado se ocupava em fábricas ou lugares parecidos. Pelas mesmas razões, estavam comigo uns dezoito rapazes, todos de cerca de 15 anos de idade. O local de trabalho ficava em Csepel, numa empresa chamada Refinaria de Petróleo Shell. No fundo, eu conquistara um privilégio, pois, na verdade, era proibido sair dos limites da cidade usando a estrela amarela. Recebi um documento oficial de identidade, carimbado pelo diretor da empresa de interesse estratégico, com as diretivas: “Autorizado a cruzar a divisa alfandegária de Csepel”.

Não posso dizer que o trabalho em si fosse cansativo e, na companhia dos rapazes, chegava a ser bem divertido: consistia num serviço de ajudante de pedreiro. A refinaria havia sofrido um bombardeio aéreo e nos empenhávamos em reparar o prejuízo causado pelas bombas. O mestre a quem servíamos também era bastante correto conosco. Nos finais de semana, distribuía o pagamento como se fôssemos trabalhadores regulares. À minha madrasta, por sua vez, agradara mais o documento de identidade. Até então, sempre que eu saía, ela se angustiava com a possibilidade de eu ter de me identificar. Agora não havia mais por que se preocupar, pois a identidade provava que eu não vivia à toa, mas produzia na fábrica bens necessários à guerra e com certeza seria digno de uma consideração bem diferente. A família era da mesma opinião. Somente a irmã de minha madrasta se lamentou um pouco porque se tratava de um trabalho físico e com os olhos quase marejados de lágrimas perguntou: "Foi para isso que você estudou?". Eu lhe disse que a meu ver o trabalho fazia bem à saúde. "Tio" Vili logo me deu razão e "tio" Lajos ponderou: "Temos de acatar as disposições de Deus"; com isso, ela se calou. "Tio" Lajos chegou a me chamar de lado para trocar algumas palavras mais sérias comigo: entre outras coisas, advertiu-me para não me esquecer de que no local de trabalho eu representava não apenas a mim, mas a "toda a comunidade judaica", e de que também por ela era necessário que cuidasse do meu comportamento, porque por meio dele julgariam a todos. Na verdade, eu não tinha pensado nisso. Mas concordei, ele devia ter razão.

Quanto a meu pai, as cartas dele chegavam a intervalos regulares. Graças a Deus estava com saúde, suportava bem o trabalho e era tratado – escrevia – com humanidade. A família se alegrava com o teor das cartas. "Tio" Lajos era da seguinte opinião: até então Deus estivera com meu pai e assim chamou a minha atenção para a reza diária a fim de que Ele continuasse a zelar por ele, pois sobre nós era Ele que detinha o poder. "Tio" Vili assegurou que teríamos de suportar apenas "um período curto, passageiro", porque – explicou – o desembarque das potências aliadas havia "selado a sorte definitiva dos alemães".

Também consegui me sair sem nenhuma divergência com relação à minha madrasta. Ela, por sua vez, não se acomodou: tomou decisões, foi obrigada a fechar a loja, pois quem não tivesse sangue puro não poderia mais possuir um comércio. Mas parece que meu pai fizera a aposta certa em relação ao senhor Sütö, porque toda semana ele trazia, fiel, o lucro devido à minha madrasta pelo terreno que ficara em poder dele no acerto com meu pai. Da última vez, também foi pontual e vi que deixou uma boa soma sobre a mesa. Beijou a mão de minha madrasta e dirigiu a mim palavras amistosas. Como sempre, quis ter notícias do "patrão". Estava para se despedir quando lhe ocorreu alguma coisa. Tirou um embrulho da maleta. Tinha o rosto um pouco tenso. "Espero, minha senhora", disse, "que venha a ser útil para a casa". O embrulho continha gordura, açúcar e outras coisas do gênero. Desconfio que as trazia do mercado paralelo, talvez porque também ele tivesse lido a ordem de que doravante, em termos de provisões, os cidadãos judeus deveriam contentar-se com porções menores. De início, minha madrasta tentou fazer cerimônia, mas o senhor Sütö insistiu muito e por fim ela naturalmente não teve como se opor ao gesto atencioso. Quando ficamos a sós, ela perguntou se a meu ver ela havia agido bem. Eu disse que sim, pois poderia ofender o senhor Sütö com uma recusa; afinal de contas, ele desejava apenas ajudar. Ela era da mesma opinião e acrescentou que mesmo meu pai concordaria. Na verdade, eu não pensava diferente. Além disso, ela sabia dessas coisas melhor do que eu.

Como sempre, eu visitava minha mãe duas vezes por semana, nas tardes que cabiam a ela. Ali eu tinha mais problemas. Conforme meu pai havia previsto, ela não se conformava com o fato de eu morar com minha madrasta. Dizia que eu "pertencia" a ela, minha mãe. Porém, o tribunal me confiara a meu pai e, assim, era essa a decisão que vigorava. Entretanto, nesse domingo, minha mãe voltou a me perguntar como eu pretendia viver – porque, segundo ela, só contavam a minha vontade e o meu afeto por ela. Eu disse: "Mas é claro que gosto de você!". Minha mãe explicou que gostar significava "fazer questão de alguém" e ela achava que eu fazia questão da minha madrasta. Procurei convencê-la de que estava enganada, pois não era eu quem fazia questão, mas – como ela também sabia – meu pai havia decidido assim. Mas – ela respondeu – nisso estava em jogo a minha vida e eu tinha de escolher entre uma e outra a fim de que o amor "fosse demonstrado não por palavras, mas por atos". Saí da casa dela preocupado: naturalmente, não podia deixar que ela pensasse que eu não gostava dela; por outro lado, não devia levar muito a sério o que ela dissera a respeito da importância da minha vontade e de que eu tinha de tomar as decisões sobre as minhas coisas. No fundo, era essa a discussão deles. Seria constrangedor eu emitir um juízo. E, além disso, não podia trair meu pai, sobretudo com o coitado servindo o exército. Ainda assim, subi no bonde com uma sensação de desconforto porque tinha, de fato, afeto pela minha mãe e naturalmente me incomodava que mesmo naquele dia não pudesse fazer nada por ela.

Talvez o desconforto tivesse sido a razão da minha falta de pressa para me despedir dela. Ela insistira: vai ficar tarde – pois, com a estrela amarela, só era permitido ficar na rua até as oito horas. Expliquei que agora, no território de vigência da carteira de identidade, não tinha de considerar todas as regras com tanto rigor.

A despeito disso, no bonde, dependurei-me na parte traseira do último vagão, segundo as normas prescritas. Eram cerca de oito horas quando cheguei em casa e, embora a noite de verão fosse clara, em algumas janelas os painéis negros e azuis já se fechavam. Minha madrasta também estava aflita, mais por hábito, porque, afinal de contas, eu tinha um documento oficial. Como sempre, passamos a noite com os Fleischmann. Os dois velhos estavam bem, seguiam discutindo, mas ambos acharam bom o fato de eu trabalhar (também, segundo eles, por causa do documento de identidade, naturalmente). Agitados, ainda divergiram em alguns detalhes. Minha madrasta e eu não costumávamos ir para o lado de Csepel e, assim, para a primeira vez, pedimos a eles que nos orientassem. O velho Fleischmann indicou o bonde local, e o senhor Steiner preferiu o ônibus, pois havia um ponto bem próximo da refinaria, ao passo que o bonde obrigaria a uma caminhada – isso tudo se mostrou acertado. Mas naquela hora não havia como ter certeza disso e o senhor Fleischmann ficou muito irritado: "O senhor sempre precisa ter razão", resmungou. Por fim, as duas esposas tiveram de intervir. Annamária e eu rimos muito deles.

Com ela eu me via numa situação curiosa. O fato a seguir aconteceu durante o alarme antiaéreo, na sexta-feira à noite, dois dias atrás, no abrigo, mais exatamente em uma das entradas de um porão abandonado, escuro. A princípio, eu só queria mostrar-lhe que dali era mais interessante acompanhar o que ocorria lá fora. Porém, quando, depois de um minuto, ouvimos uma bomba explodir ali perto, o corpo dela começou a tremer. Pude senti-lo, pois se agarrou a mim, aterrorizada, o braço dela em volta do meu pescoço, o rosto enterrado no meu ombro. Depois, só me lembro de procurar a boca dela. Senti um toque morno, úmido, aderente. E também certo espanto porque, afinal de contas, foi, inesperado, o meu primeiro beijo.

Ontem, na escadaria, soube que ela também havia ficado muito surpresa. "A bomba foi a causa de tudo", refletiu. No fundo, ela tinha razão. Depois, voltamos a nos beijar, e com ela aprendi a tornar a lembrança mais duradoura ao permitir que nossas línguas também desempenhassem certo papel.

Hoje à noite estive com ela no quarto ao lado para vermos os peixes ornamentais do senhor Fleischmann; em outras ocasiões também costumávamos espiar o aquário. É claro que dessa vez não fomos apenas por isso. Empregamos também as nossas línguas. Mas logo voltamos porque Annamária sentiu medo: os velhos tios dela poderiam desconfiar de alguma coisa. Mais tarde, descobri detalhes interessantes sobre o que ela pensa a meu respeito: não imaginava que um dia eu viria a "significar mais" para ela do que apenas um "bom amigo". De início, quando me conheceu, ela me viu somente como um adolescente. Mais tarde, disse, observou-me melhor e nasceu nela uma empatia, talvez – achava – pela semelhança do destino dos nossos pais, e com base em certas opiniões minhas depreendeu que em diversos assuntos tínhamos pontos de vista semelhantes; mas isso não bastou para que suspeitasse de outros sentimentos. Meditou um pouco sobre a estranheza daquilo tudo e acrescentou: "Parece que tinha de ser assim". O rosto dela trazia uma expressão estranha, severa, e eu não discuti a versão dela, concordei com o que dissera ontem, quanto à bomba ter sido a causa. Porém, eu não tinha certeza de nada e notei que isso lhe agradava. Depois, despedimo-nos depressa, pois pela manhã eu teria de trabalhar, e, quando tomei sua mão, ela provocou um pouco de dor na minha palma com as unhas. Compreendi que aludia ao nosso segredo e o rosto dela parecia dizer: “Está tudo bem”.

No dia seguinte, ela teve um comportamento bem diferente. À tarde, quando voltei do trabalho, eu me lavei, troquei a camisa e os sapatos, ajeitei o cabelo com um pente umedecido e fomos à casa das irmãs – porque nesse meio-tempo Annamária havia finalizado as apresentações de acordo com o nosso plano. A mãe delas me recebeu calorosa. (O pai também havia sido convocado.) Tinham uma casa respeitável com terraço, tapetes, dois quartos grandes e um menor, separado, para as filhas. Havia um piano, muitas bonecas e objetos estimados pelas meninas. Na maior parte do tempo jogavam cartas, mas nesse dia a irmã mais velha não estava com vontade de jogar. Queria falar de uma inquietação, de uma questão que a intrigava: a estrela amarela lhe causava certa preocupação. Na verdade, “o olhar das pessoas” a tinha despertado para a mudança – porque achava que as pessoas estavam diferentes e nos olhares delas via que a “odiavam”. Naquela manhã, tivera de novo a mesma sensação quando fazia compras para a mãe. Mas acho que exagerava. Minha experiência não era bem essa. No local de trabalho, por exemplo, também havia entre os pedreiros os que sabidamente não gostavam dos judeus; ainda assim, conosco, com os rapazes, acabaram por travar amizade. Apesar disso, é claro, a opinião deles não mudava. A seguir, lembrei-me de novo do incidente com o padeiro e procurei explicar à menina que não era a ela que odiavam, ou melhor, não a ela em si, o ser dela – pois, afinal, nem a conheciam –, mas a ideia, “o judeu”. Ela disse que antes também pensava assim, pois no fundo nem compreendia exatamente o que o termo significava. Annamária reiterou o que todos sabiam: uma religião. Porém, não era isso que interessava à irmã, mas o "significado". "Afinal de contas, temos de saber por que nos odeiam", ponderou. Confessou que no início não entendia nada daquilo tudo e era muito doloroso perceber que a desprezavam "pelo simples fato de ser judia"; sentiu então pela primeira vez que – conforme disse – alguma coisa a separava dos homens e ela ocupava um lugar diferente. Depois, começou a pensar, procurou instruir-se do assunto por meio de livros e conversas e foi obrigada a reconhecer: era exatamente por isso que a odiavam. Na verdade, o ponto de vista dela era que de fato "nós, judeus, somos diferentes dos demais", era essa a diferença que importava e era por essa razão que as pessoas odiavam os judeus. Também comentou que era estranho viver "com a consciência da diferença" e como, algumas vezes, sentia certo orgulho e, outras, uma espécie de vergonha. Quis saber como nos situávamos nessa diferença e perguntou se nos orgulhávamos ou nos envergonhávamos dela. A irmã mais nova e Annamária não sabiam o que dizer. Àquela altura, eu não via razão para tais sentimentos. Além disso, não podíamos decidir acerca da diferença por conta própria: afinal, a estrela amarela era boa justamente para isso. Mas ela teimou: trazemos a diferença "dentro de nós". De minha parte, acreditava que o mais importante era a aparência. Discutimos longamente não sei por quê, pois, na verdade, eu não enxergava a relevância da questão. Porém, havia algo no raciocínio dela que me perturbava: eu tinha a impressão de que isso tudo era bem mais simples. E era natural que eu tivesse vontade de sair vencedor da discussão. Em determinados momentos, Annamária pareceu querer dizer alguma coisa, mas não teve oportunidade porque deixamos de dar atenção a ela.

Por fim, propus um exemplo. Vez ou outra, por puro passatempo, eu já havia pensado nele e foi por isso que ele me veio à mente. Eu havia lido um livro, um romance, não fazia muito tempo: um mendigo e um rei que tinham uma extraordinária semelhança de rosto e de corpo, a ponto de serem confundidos, trocaram de destinos por pura curiosidade, e o mendigo se fez rei de verdade, e o rei, mendigo de verdade. Eu disse à menina que tentasse imaginar a coisa por ela mesma. Tratava-se de uma história improvável, mas, no fim das contas, muitas coisas são possíveis. Digamos que lhe acontecesse na mais remota infância, quando ainda não sabíamos falar nem nos lembrávamos de nada, não importava como, que ela, de algum modo, houvesse sido trocada com a filha de outra família, uma família que do ponto de vista racial tivesse documentos perfeitos: bem, nessa situação imaginária, seria outra a menina a sentir a diferença e, naturalmente, a usar a estrela amarela, ao passo que ela, pelos seus antecedentes, se veria – e também os outros a veriam – como os demais; não pensaria na diferença nem saberia dela. Pareceu-me que a coisa teve efeito. Primeiro, ela apenas silenciou e, lentamente, com uma visível ternura, abriu os lábios como se quisesse falar alguma coisa. Não foi isso que aconteceu, mas algo muito mais inesperado: ela se desfez em lágrimas. Enterrou o rosto na parte interna do cotovelo apoiado sobre a mesa, o ombro sacudido por pequenos tremores. Fiquei muito surpreso porque não havia sido essa a minha intenção e a cena me embaraçava. Curvei-me sobre ela e, tocando de leve seus ombros e braços, pedi que não chorasse. Com a voz entrecortada, amarga, ela disse aos gritos que, se as nossas qualidades individuais não tinham nada com isso, tudo não passava de acaso, e, se ela pudesse ser outra, diferente de quem era obrigada a ser, "nada fazia nenhum sentido" e a hipótese era "insuportável". Eu me senti constrangido, pois tinha sido o culpado, embora não pudesse prever que a minha opinião seria tão importante para ela. Eu quis dizer que não se preocupasse porque aos meus olhos isso tudo nada significava, eu não a repudiava por causa da raça; mas logo percebi que seria um tanto cômico falar e, portanto, fiquei em silêncio. Apesar disso, incomodava-me calar, pois, na verdade, a despeito da minha condição, naquele momento eu ainda me sentia livre. Embora, em outra situação, a minha opinião talvez também fosse diferente. Não sei. Também pensei comigo que não tinha nenhuma vontade de passar por aquela experiência. Ainda assim, de certo modo, a questão toda era embaraçosa. E não sei bem por que nessa hora senti pela primeira vez alguma coisa que, acho, se assemelhava a vergonha.

Por outro lado, só me dei conta de que os meus sentimentos haviam ofendido Annamária quando ela se comportou de maneira estranha na escadaria. Falei com ela e ela nem me respondeu. Tentei segurar seu braço, mas livrou-se da minha mão e me largou ali.

Na tarde do dia seguinte, esperei-a em vão. Por conseguinte, eu não podia ir à casa das irmãs porque sempre as visitávamos juntos e elas certamente fariam perguntas. Além disso, compreendi melhor o que a menina havia dito no domingo.

À noite, Annamária apareceu na casa dos Fleischmann. De início, mediu muito as palavras e seu rosto só se suavizou um pouco quando, ao comentar que esperava que a tarde com as irmãs tivesse sido agradável, eu lhe disse: "Não fui lá". Mostrou-se curiosa, e eu expliquei – o que era verdade – que sem ela me faltara vontade. Pareceu-me que isso lhe agradou. Passado algum tempo, quis ver os peixes comigo – e do aquário voltamos, com as pazes feitas. Mais tarde, ela fez uma única observação: "Foi a nossa primeira briga".

III

Na manhã seguinte, aconteceu uma coisa estranha. Acordei na hora certa e, como sempre, saí para o trabalho. O dia prometia ser quente e o ônibus estava lotado, já havíamos deixado as casas dos subúrbios da cidade e atravessado a pequena ponte que levava à ilha de Csepel. Desse local em diante, o caminho passava por campos abertos à esquerda, por uma construção que lembrava um hangar à direita e por estufas de plantas, diante das quais o ônibus freou de repente e ouvi então, vindos de fora, fragmentos de instruções dadas por alguém que eram repassadas pelo cobrador e pelos demais passageiros para que os judeus descessem. "Bem", pensei, "talvez queiram controlar as autorizações de passagem".

Na realidade, na estrada, eu me vi de frente com um guarda. Sem dizer palavra, estendi de pronto o documento. Mas antes, com um gesto contido, ele ordenou que o ônibus partisse. Pensei que ele não tivesse entendido o documento e me dispus a explicá-lo; ele veria que eu era funcionário de uma indústria de interesse estratégico e não tinha tempo a perder; enquanto isso, a estrada a meu redor se encheu de vozes e rapazes, e os meus companheiros da Shell saíram de trás de um aterro que margeava a estrada. As coisas se esclareceram: eles haviam sido retirados do ônibus que passara antes e riam da minha chegada. O próprio guarda sorriu timidamente, como quem, embora de uma distância maior, de alguma forma também participasse da diversão; logo vi que ele não tinha nada contra nós – nem poderia ter, naturalmente. Perguntei aos rapazes o que significava aquilo tudo, mas eles também não sabiam.

O guarda continuou parando todos os ônibus que vinham da cidade; postava-se diante deles a certa distância e erguia a palma da mão; nessas horas, mandava-nos para o barranco. A mesma cena se repetiu muitas vezes: a surpresa inicial dos mais novos, que, por fim, acabava em risos. O guarda parecia satisfeito. Assim passaram cerca de três quartos de hora. Era uma manhã de verão, límpida, e o sol aquecia a grama do barranco – sentíamos calor sempre que nos escondíamos. De longe, em meio à névoa azulada, os volumosos tanques da refinaria eram bem visíveis. Mais além, chaminés de fábricas e, adiante, apagado, o traço pontiagudo de uma torre de igreja. Dos ônibus, em grupos ou isolados, os rapazes vinham uns depois dos outros. Chegou um tipo mais popular, animado, sardento, com o cabelo aparado em escovinhas negras: o "artesão de couro", como o chamavam, porque, ao contrário dos demais, saídos de diversas escolas, ele escolhera esse ofício. A seguir, veio o "fumante", pois nunca era visto sem um cigarro. É verdade que outros também fumavam e, nos últimos tempos, para não ficar atrás, eu mesmo havia experimentado um cigarro; mas reparei que ele perseguia o hábito de modo muito diferente, com uma avidez febril. Os olhos exibiam uma expressão estranha, intensa. Tinha uma natureza mais calada, introvertida; os rapazes não nutriam muita afeição por ele. Ainda assim, perguntei-lhe um dia o que via de bom no meio de tanta fumaça. A resposta foi lacônica: "Custa menos do que comida". Fiquei um pouco espantado porque não teria pensado nisso. Mas surpreendeu-me ainda mais a expressão de desprezo, quase de censura, do olhar dele ante o meu embaraço; foi uma cena desagradável, e não fiz mais perguntas. Entretanto, compreendi melhor a prudência dos demais diante dele. Os rapazes já cumprimentavam outro colega numa algazarra descontraída: o recém-chegado. Os companheiros mais íntimos chamavam-no "menino de seda". Eu achava o nome bem escolhido: o cabelo escuro e liso, os grandes olhos cinza e a suavidade que ele irradiava o tornavam querido por todos; só mais tarde soube que aquela expressão tinha um sentido adicional e lhe fora conferida porque era muito jeitoso com as meninas. Um dos ônibus trouxe também "Rozi"; na verdade, o nome dele era Rózenfeld, mas todos usavam a forma abreviada. Por alguma razão, inspirava respeito entre os rapazes e, de modo geral, nas questões de interesse comum, o ponto de vista dele nos guiava; era sempre ele que nos representava perante o mestre de obras. Ouvi dizer que cursava a escola de contabilidade. Com um rosto em que transparecia inteligência, embora muito magro, os cabelos loiros ondulados e os olhos azul-claros fixos, lembrava velhas telas de museus acompanhadas de dizeres como "Criança com galgo". Moskovics também apareceu – um menino mirrado, de rosto menos bem delineado, até mesmo feio, diria, acrescido de uns óculos grossos, de fundo de garrafa, no nariz largo, achatado, como o de minha avó – e depois chegaram os outros todos. A opinião da maioria era semelhante à minha: de que a situação era incomum e talvez fosse um engano ou coisa parecida. Rozi, encorajado por alguns rapazes, procurou o guarda para se informar se não seria ruim chegar atrasado ao trabalho e quando tencionava autorizar que seguíssemos viagem. O guarda não se ofendeu com as indagações, mas respondeu que a decisão não dependia dele. Descobrimos que ele, na verdade, não sabia muito mais do que nós: mencionou uma "instrução adicional" que viria substituir a anterior e entendia que tanto ele como nós teríamos de esperar. Na essência, embora sem muita clareza, aquilo tudo soava razoável. Além disso, devíamos obediência ao guarda. E ela parecia mais fácil, pois as nossas identidades, com o carimbo da direção da empresa, nos inclinavam a não levar o guarda tão a sério. Ele, por sua vez, via – as palavras dele confirmaram – que estava diante de "rapazes inteligentes" e esperava contar com a nossa disciplina para o que viria depois; eu tinha a impressão de que nós lhe agradávamos. Ele era simpático: de estatura baixa, nem velho nem moço, de olhos bem claros no rosto curtido pelo sol. A fala dele me fez deduzir que devia ser alguém vindo do campo.

Eram sete horas: horário em que começava o trabalho na refinaria. Os ônibus já não traziam rapazes, e o guarda perguntou se faltava algum de nós. Rozi fez a contagem e declarou que estávamos todos ali. O guarda sugeriu que saíssemos da beira da estrada. Mostrou-se preocupado e senti que, de certa forma, ele havia sido tão pouco preparado para nós quanto nós para ele. Perguntou: "O que faço com vocês agora?", embora, evidentemente, não pudéssemos ajudá-lo. Nós o rodeamos, descontraídos, rindo, como se fosse um professor em uma excursão, e ele ficou no meio do grupo, pensativo, acariciando o queixo. Por fim, ordenou: iríamos até o galpão da alfândega.

Nós o acompanhamos até uma edificação decadente, isolada, bem próxima da estrada: era o galpão da alfândega – segundo os dizeres de uma placa corroída pelo tempo. O guarda sacou um chaveiro e entre as numerosas chaves que tilintavam escolheu uma que se ajustava à fechadura. No interior, deparamo-nos com um recinto fresco, amplo, embora, na verdade, desgastado, com alguns bancos velhos e uma longa mesa. O guarda abriu uma outra porta que dava para uma sala menor, com jeito de escritório. Vi, pela porta entreaberta, um tapete e uma escrivaninha; sobre ela, um telefone. Ouvimos o guarda ao telefone, breve, sem no entanto distinguir as palavras. Mas imagino que procurou apressar as novas ordens, pois quando saiu (fechando a porta com cuidado) disse: "Nada. Não adianta, temos de esperar". Propôs que nos acomodássemos. Perguntou se conhecíamos algum jogo. Um rapaz, se me lembro bem, o "artesão de couro", comandou um jogo de palitinho. O guarda não se entusiasmou muito, disse que esperava mais de nós, "meninos tão inteligentes". Por algum tempo brincou conosco e eu sentia que ele se esforçava por nos entreter de alguma maneira, talvez para que não tivéssemos oportunidade para indisciplina, como havia mencionado na estrada, embora se mostrasse bastante desajeitado. Pouco depois, deixou-nos por nossa própria conta; comunicou que tinha de cuidar de seu trabalho. Quando saiu, percebemos que tinha trancado a porta pelo lado de fora.

Não consigo relatar os acontecimentos seguintes com a mesma precisão. Pareceu que íamos ter de esperar muito tempo pelas instruções. Porém, de nossa parte não sentíamos nenhuma pressa: afinal de contas, não era o nosso tempo que se perdia. Todos concordavam: era mais agradável estar ali, em um lugar fresco, do que transpirar no trabalho. Na refinaria não havia muita sombra. Rozi chegara a conseguir do mestre de obras autorização para tirarmos a camisa. É verdade que isso contradizia um pouco o regulamento, pois a estrela amarela não seria vista, mas ainda assim o mestre de obras cedera, por humanidade. Somente a pele branca, que lembrava papel, sofrera um pouco, pois as costas logo ganharam uma cor vermelho-viva e ríamos muito dos grandes pedaços que descamavam delas.

Acomodamo-nos no banco ou no piso do galpão, mas não me lembro da forma como passamos o tempo. Seja como for, contamos piadas, surgiram cigarros e, mais tarde, embrulhos de comida. Pensamos também no mestre de obras. Comentamos que naquela manhã ele deveria ter ficado muito surpreso com a nossa ausência. Também apareceram os cravos de ferradura para um novo jogo. Eu o aprendi ali, com os rapazes: a gente jogava um deles para o alto e vencia quem apanhasse o maior número dos restantes antes de agarrar de novo o primeiro. O menino de seda, com os longos dedos nas mãos magras, ganhava sempre. Rozi também nos ensinou uma canção que repetimos várias vezes. O interessante era que a letra podia ser vertida para três línguas diferentes, embora sempre com as mesmas palavras, se acrescentássemos a elas uma terminação: em *s*, soava como alemão; em *io*, como italiano; e em *taki*, como japonês. É claro que essas coisas eram bobagens, mas me distraíram.

A seguir, passei a observar os adultos. Como nós, eles também haviam sido retirados dos ônibus pelo guarda. Percebi que, quando não estava conosco, ele estava na estrada dando prosseguimento à tarefa da manhã. Aos poucos, chegaram sete ou oito pessoas, todos homens. Notei que eles davam mais trabalho: faziam-se de desentendidos, meneavam a cabeça, explicavam-se, mostravam os documentos, faziam perguntas impertinentes. Também nós fomos interrogados – quem éramos? Porém, depois preferiram formar grupos entre eles; ficavam encolhidos ou andavam ao redor de alguns bancos que lhes cedemos. Falavam de várias coisas, mas eu não prestava muita atenção neles. Procuravam desvendar os motivos da conduta do guarda e as consequências dos acontecimentos para eles; quantos eram, tantas eram as opiniões. De modo geral, pareceu-me que elas dependiam do documento de cada um, pois deduzi que também eles tinham algum papel que os autorizava a ir a Csepel, por razões pessoais ou coletivas, como nós.

Guardei alguns rostos mais marcantes. Percebi, por exemplo, que um deles não participava de nenhuma conversa; em vez disso, lia um livro que havia trazido consigo. Era um homem bem alto, magro, com uma capa de chuva amarela e tinha no rosto hirsuto uma boca de traços ásperos e rugas que lhe davam a aparência de mau humor. Acomodou-se na extremidade de um dos bancos, perto de uma janela, com as pernas cruzadas, meio de costas para os demais. Talvez por isso ele me lembrasse um viajante experiente em cabinas de trem, que achava toda palavra, pergunta ou apresentação habitual entre companheiros de viagem inúteis e suportava a espera com indiferença tediosa antes da chegada ao destino – ao menos em mim ele despertava esses pensamentos.

Logo na chegada – no final da manhã –, notei um homem de boa aparência, um pouco mais velho, de têmporas grisalhas, calvo no alto da cabeça; mostrava-se muito indignado enquanto era conduzido pelo guarda. Perguntou se ali havia um telefone e se "poderia usá-lo". O guarda lhe informou que lamentava, mas o aparelho era apenas "para uso oficial"; depois disso, o homem se calou, com uma expressão irada. Mais tarde, procurou conversar com os outros e por suas respostas taciturnas descobri que, como nós, também ele trabalhava em uma indústria em Csepel. Disse ser um "especialista", sem contar mais detalhes. Por outro lado, parecia bastante seguro e eu tinha a impressão de que ter sido detido o ofendia mais do que a nós. Reparei que sempre se referia ao guarda com desprezo, sem nenhuma consideração.

Disse acreditar que o oficial devia ter "uma ordem vaga" que provavelmente cumpria com "zelo excessivo". Portanto, ponderava que chegaria alguém "mais competente" no assunto e esperava – completou – que isso acontecesse logo. Depois, mal ouvi sua voz e acabei por esquecê-lo. Somente à tarde ele voltou a chamar atenção, mas eu estava tão cansado que notei apenas que estava impaciente: ora se sentava, ora se punha em pé, cruzava os braços às costas ou olhava o relógio.

Havia também um homenzinho estranho, que tinha um nariz característico; estava com uma grande mochila e vestia a chamada "calça de golfe" e um coturno enorme; de certo modo, também a sua estrela amarela parecia maior do que a costumeira. Ele por sua vez se mostrava mais aflito. Em especial, queixava-se a todos da "má sorte". Em parte, guardei a história simples que repetiu diversas vezes. Ia visitar a mãe, que estava "muito doente", no município de Csepel – contou. Havia conseguido das autoridades uma permissão especial que exibia para todo mundo. Era válida até as duas da tarde daquele dia. Mas alguma coisa o atrasara, um assunto que ele dizia ser "inadiável" e, acrescentou, "ligado à empresa". Porém, havia outros como ele na repartição e a sua vez demorou a chegar. Viu a viagem ameaçada – disse. Por isso, pegou o bonde, apressado, para que, de acordo com o plano original, chegasse ao ponto final do ônibus. No caminho, confrontou a duração das viagens de ida e de volta com a hora autorizada e calculou. A tentativa era bem arriscada. Entretanto, no ponto final, viu que o ônibus do meio-dia ainda estava ali. Pensou: "Como foi duro conseguir esse pedaço de papel! E", acrescentou, "a minha mãezinha estava me esperando". Mencionou que a velha dava muito trabalho a ele e à esposa. Pediam-lhe havia tempos que se mudasse para a casa deles na cidade.

Mas a mãe se recusara, e já era tarde. Balançou muito a cabeça ao lembrar que ela se apegava à casa dela "a todo custo". "Pois não tem nem conforto", observou. "Mas", continuou, "tenho de compreendê-la, pois é a minha mãe". E prosseguiu, "está doente e já é de idade". Disse que "sentia que talvez nunca se perdoasse" se perdesse aquela única oportunidade. E assim acabou indo pendurado no ônibus. De repente, calou-se por um instante. Ergueu e deixou cair a mão devagar, com um gesto desconsolado, enquanto na fronte se formavam milhares de rugas interrogadoras: lembrava um pouco alguém corroído, caído em batalhas, triste. O que achavam – perguntou aos demais –, poderia lhe acontecer alguma coisa desagradável? E levariam em conta que ter passado da hora autorizada não havia sido sua falta? O que pensaria a mãe, avisada da visita, e, em casa, a esposa e os dois filhos pequenos, se não chegasse às duas horas? Notei pelo olhar dele que ante as dúvidas esperava um comentário do homem de aparência respeitável, "o especialista". Notei que este, por sua vez, não prestava muita atenção naquilo: batia a ponta do cigarro na carteira de brilho prateado, cuja tampa tinha letras em relevo e linhas caneladas. Tinha uma expressão absorta, mergulhado em pensamentos distantes, e parecia não ter ouvido nada de toda a história. O outro retomou a má sorte: se tivesse chegado ao ponto final cinco minutos depois, não teria alcançado o ônibus; nesse caso, não teria esperado; e assim – com base nisso, em que tudo "sucedeu por uma diferença de cinco minutos" – não estaria "aqui, mas em casa" – justificava e repetia sem parar.

Lembro-me também do homem de cara de foca: corpulento, cheio, de bigodes, óculos de aro dourado, queria "falar" com o guarda a todo instante. Não deixei de notar que procurava fazê-lo separado dos demais, um pouco mais distante, se possível a um canto ou à porta. "Senhor comissário" – eu ouvia nessas horas a voz embargada, rouca –, "poderia falar com o senhor?" Ou: "Senhor comissário, por favor... só uma palavra, se possível...". Por fim, o guarda, pela primeira vez, perguntou o que ele desejava. Mas nesse momento ele pareceu vacilar. Ajeitou os óculos, inseguro. E, embora estivessem num canto bastante próximo de mim, não consegui captar nada do seu resmungo abafado; parecia certificar-se de alguma coisa. Um sorriso mais confiante, doce, surgiu no rosto dele. Ao mesmo tempo, aproximou-se do guarda e curvou-se para junto dele. Enquanto isso, notei outro gesto estranho. A cena não me veio com clareza: de início, tive a impressão de que ele ia pegar alguma coisa no bolso interno. O gesto me fez pensar que talvez quisesse mostrar um papel importante ou um documento incomum, especial, ao guarda. Esperei a revelação em vão, pois ele não completou o movimento. Mas não o interrompeu por inteiro; mais o travou, esqueceu, de repente, quase no final – de certo modo, deteve-se. Depois disso, a mão só apalpou, correu e coçou por algum tempo, na altura do peito, um emaranhado de pelos ou, como um pequeno monstro marinho, procurou a fenda por onde se precipitou para dentro do casaco. Durante o tempo todo continuou falando, com o sorriso presente no rosto. Tudo durou alguns segundos. Depois, o guarda encerrou a conversa abruptamente, com uma determinação impressionante, e, mais, pareceu aborrecido; ainda assim, embora eu não entendesse o que acontecia, também para mim, de um modo difícil de explicar, o comportamento do homem despertou suspeitas.

Dos demais rostos, fatos, não me lembro muito bem. Além disso, à medida que as horas passavam, as percepções ficavam menos nítidas. Devo acrescentar que conosco, os rapazes, o guarda continuou sendo bastante atencioso. Mas, com os adultos, notei que se mostrava menos generoso. Porém, à tarde, também ele parecia exausto. Procurava refrescar-se junto de nós ou voltava a toda hora à sua sala, sem dar atenção aos ônibus que passavam nesse meio-tempo. Ouvia as tentativas de solução no telefone e de vez em quando deixava escapar o resultado: "Até agora, nada", com a insatisfação evidente no rosto. Lembro-me também de um outro episódio. Ocorreu mais cedo, pouco depois do final da manhã. Um colega, outro guarda, o visitou, de bicicleta. Encostou-a na parede do lado de fora. A seguir, trancaram-se, precavidos, no escritório. Saíram depois de um bom tempo. Na despedida, tagarelaram longamente à porta. Menearam a cabeça, mudos, olharam-se, repetindo a cena que, havia tempos, no escritório de meu pai, eu vira entre comerciantes, quando inicialmente discutiam os tempos difíceis e os negócios fracos. Obviamente, sabia que entre guardas isso era improvável, mas ainda assim a expressão deles trouxe-me a recordação familiar do desânimo preocupado e da resignação forçada ante a ordem inevitável das coisas. Assim, comecei a me sentir cansado; de resto, lembro-me apenas do calor, do tédio e, ao final, de ter ficado com sono.

O dia acabou passando. Por fim, a ordem chegou, em torno das quatro horas, como o guarda havia prometido. Ele deu a entender que deveríamos apresentar-nos a "superiores" para mostrar os nossos papéis. Ele deve ter sido instruído por telefone porque pouco antes havíamos ouvido vozes excitadas que exigiam uma providência: a campainha premente, repetitiva, do telefone, e ele fazendo contatos, resolvendo assuntos urgentes. O guarda disse ainda que, embora não lhe tivessem passado os detalhes, achava que, do ponto de vista da lei, em uma situação clara e indiscutível como a nossa, tudo não passaria de uma breve formalidade.

A caminhada começou organizada em filas de três, que vinham ao mesmo tempo de todas as passagens de fronteira, retornando na direção da cidade – certifiquei-me disso ao longo do percurso. Vencida a ponte, encontramos em algumas curvas ou cruzamentos outros grupos formados de um contingente maior ou menor de homens com a estrela amarela acompanhado de um, dois e, em um dos casos, três guardas. Na escolta de um desses grupos reconheci o guarda da bicicleta. Reparei também que os guardas se cumprimentavam secamente, como mandava o ofício, e como se contassem de antemão com os encontros. Só então compreendi melhor as negociações do nosso guarda no telefone: acertavam os tempos. Por fim, dei-me conta de que andava no meio de uma grande fila, ladeada pelos guardas postados a intervalos regulares.

Seguimos assim, sempre pela estrada, por bastante tempo. Era uma bela tarde de verão; como sempre nesse horário, as ruas estavam repletas de gente com roupas coloridas, mas vi tudo de modo um pouco indistinto. Também logo perdi o senso de direção porque passávamos por ruas e caminhos que eu não conhecia bem. E, além disso, a multidão crescente nas ruas, o movimento e a lentidão que acompanham a progressão de uma marcha forçada tomaram conta e rapidamente desgastaram a minha capacidade de atenção. Da longa caminhada, só me recordo de certa curiosidade fugidia, hesitante, quase furtiva, das pessoas nas calçadas ante a nossa passagem (no início, a coisa me divertiu, mas depois deixei de me preocupar), até o instante em que houve um episódio verdadeiramente perturbador. Passávamos por uma via larga, muito movimentada, de subúrbio, cercados de todos os lados pela torrente confusa e barulhenta do tráfego; não sei como, em certo ponto, surgiu à frente, próximo de mim, um bonde. Fomos obrigados a parar no momento exato em que ele passava – e nesse instante chamou minha atenção o brilho repentino de um pedaço amarelo de roupa, adiante, em meio à poeira, ao barulho e à nuvem emanada dos motores: era o "passageiro" sem sorte. Um único e longo salto e ele já se perdia no turbilhão de gente e de veículos. Fiquei completamente aturdido: de algum modo, pensei, aquilo não combinava com o comportamento dele no galpão. Mas também fui tomado por outro sentimento, certa surpresa bem-humorada, diria, pela simplicidade do ato: na verdade, vi um ou dois decididos logo a partirem na direção dele. Também olhei à volta, embora apenas, por assim dizer, pelo prazer da brincadeira, pois não vi razão para escapulir – e penso que teria tido tempo para isso; por outro lado, meu senso de dever foi mais forte. A seguir, os guardas tomaram providências e as fileiras de novo se cerraram ao meu redor.

Prosseguimos durante algum tempo e depois tudo aconteceu muito depressa, de forma inesperada e um pouco surpreendente. Ao fazermos uma curva, tive a impressão de que havíamos chegado porque a estrada se prolongava sob um portão escancarado. Somente então notei que o lugar dos guardas, depois do portão, foi ocupado por outros, em uniformes militares e penachos coloridos sobre os barretes. Eram gendarmes. Levaram-nos em meio a um labirinto de edifícios cinzentos e nos distanciamos cada vez mais da entrada, até nos vermos de súbito em um enorme pátio coberto de pedregulhos brancos que parecia um pátio de caserna. Na mesma hora, divisei uma figura alta, de ar autoritário, que saía de um prédio localizado na nossa frente e que vinha em nossa direção. Usava botas longas e um uniforme justo, com estrelas douradas e uma tira de couro atravessando o peito na diagonal. Em uma das mãos vi um chicote de montaria, que ele a toda hora estalava nas botas lustradas. Passado um minuto, quando já estávamos perfilados, imóveis, concluí que a seu modo ele era um homem bonito, de temperamento duro, que lembrava os heróis do cinema, de traços másculos, bigodes castanhos, finos, com o corte da moda, muito adequados ao rosto queimado de sol. À aproximação dele, as palavras de ordem dos gendarmes nos paralisaram. Do que se seguiu restaram somente duas impressões sucessivas: a voz do cavalheiro de chicote, rouca, como os gritos de um feirante, destoava tanto da aparência distinta que talvez, por isso, eu não tenha registrado muita coisa. Todavia, não deixei de compreender que o "exame" – a expressão que usou – só seria realizado no dia seguinte; depois, dirigiu-se aos gendarmes e ordenou, num tom que tomou conta de toda a praça, que levassem "o bando de judeus" ao local que, segundo ele, lhes caberia, ou seja, o estábulo, onde deveríamos passar a noite trancados. A segunda impressão foi a balbúrdia estrepitosa e inapreensível de comandos com que os gendarmes, de repente alertas pelas instruções dadas aos berros, nos conduziram. Na pressa, eu não sabia para que lado me virar e só me lembro de que, em meio a tudo, fiquei rindo à toa, de um lado pelo espanto e pela confusão, pela sensação de ter despencado de surpresa numa representação insensata em que não conhecia bem o meu papel; de outro pela imagem fugaz que me cruzou a mente: o rosto de minha madrasta ao constatar que nessa noite seria inútil esperar-me para o jantar.

IV

No trem, o que mais fazia falta era água. Em termos de mantimentos, considerando tudo, o estoque parecia ser suficiente para muito tempo; entretanto, não havia nada para beber depois da comida, o que era bem desagradável. Os passageiros disseram: a sede inicial logo passa. Primeiro, quase a esqueceríamos; mas depois ela voltaria a se manifestar – porém, dessa vez não daria mais margem ao esquecimento, explicaram. No entanto, em caso de necessidade – afirmaram os especialistas –, o homem pode passar de seis a sete dias sem água, de acordo com o clima, desde que tenha saúde, não transpire muito e, se possível, não coma carne ou alimentos temperados. Por ora – encorajaram –, ainda havia tempo; tudo dependeria da duraçao da viagem – acrescentaram.

Na verdade, eu tinha uma curiosidade adicional: na fábrica de tijolos não haviam dito nada. Só avisaram que, se alguém quisesse, poderia apresentar-se para trabalhar, e mais: na Alemanha. Eu, os rapazes e muitos da fábrica de tijolos logo achamos a ideia atraente. Além disso – disseram os membros de um chamado "conselho judaico", reconhecíveis por uma braçadeira –, de algum modo, por bem ou por mal, mais cedo ou mais tarde, todos na fábrica de tijolos seriam enviados para a Alemanha, e os primeiros voluntários ganhariam postos melhores e teriam o privilégio de viajar em número de sessenta em cada vagão, pois mais tarde seriam ao menos oitenta, pela insuficiência de composições. Quando explicaram isso, considerei, na verdade, que não havia muito lugar para reflexão.

Porém, eu não podia contestar os argumentos de que a falta de espaço na fábrica de tijolos teria consequências no terreno da saúde, bem como na distribuição das provisões: assim foi, testemunhei tudo. Quando chegamos da gendarmaria (muitos adultos disseram que a caserna se chamava "alojamento Andrássy"), encontramos todos os cantos da fábrica de tijolos repletos. Vi homens e mulheres, crianças de todas as idades e incontáveis velhos de ambos os sexos. Onde quer que pisasse, tropeçava em cobertores, mochilas, malas de toda espécie, trouxas, dejetos. É claro que isso tudo e mais os trambolhos miúdos, as contrariedades e os incômodos que fazem parte dessa vida coletiva logo me cansaram. Contribuíram a inação, o sentimento estúpido de imobilidade e o tédio; dos cinco dias ali passados, não me lembro de nenhum isolado, mas apenas do todo e de um ou outro detalhe. Seja como for, lembro o alívio representado pela presença dos rapazes à minha volta: Rozi, o menino de seda, o artesão de couro, o fumante, Moskovics e os demais. Parecia que não faltava ninguém: além de tudo, eles eram corretos. Mesmo na fábrica, tive algum trabalho com os gendarmes: de preferência, vigiavam do lado de fora do muro, aqui e ali, misturados aos guardas. Na fábrica, também se dizia que os guardas eram mais compreensivos que os gendarmes, mais inclinados a serem gentis graças a um acerto feito em dinheiro ou objetos de valor. Em especial – segundo ouvi –, muitos lhes confiaram cartas, recados, e um ou outro deles era tolerante quanto à possibilidade de fugas – embora, na verdade, raras e arriscadas; não sei ao certo. Sabedor disso, compreendi por que tinha desejado falar com o guarda do galpão da alfândega. Descobri que ele era decente. Isso explicava por que, ao perambular pelo pátio ou ao esperar a minha vez na cozinha coletiva, na confusão dos muitos rostos, vez ou outra reconhecia, na fábrica de tijolos, o homem de cara de foca.

Dos que haviam estado no galpão, vi também o homem sem sorte: era comum ele sentar-se entre nós, os "jovens", "para se animar um pouco" – como dizia. Dava a impressão de sentir-se protegido quando ficava entre nós no pátio todo uniforme, com um telhado de ripas e as laterais abertas; pelo que disseram, um edifício destinado à secagem de tijolos. O homem parecia extenuado, com inchaços e manchas de escoriações de várias cores no rosto, e dele viemos a saber que aquilo tudo era resultado do exame dos gendarmes: procuravam remédios e alimentos na mochila. Fora inútil tentar explicar: eram objetos velhos destinados à mãe que estava muito doente, mas o acusaram de negociar no mercado paralelo. Fora inútil que tivesse a autorização e também inútil que sempre houvesse respeitado a lei, da qual, de acordo com o relato dele, nunca transgredira uma única letra. "Ouviram isso? O que vai ser de nós?" – raciocinava. Voltou a falar da família e da má sorte. Do quanto se empenhara – lembrava meneando a cabeça, amargurado – em obter a autorização e de como se alegrara; realmente, não imaginara que a coisa tivesse "um fim como esse". Tudo se revirara por causa daqueles cinco minutos. Se não tivesse tido azar... Se o ônibus... – eram os pensamentos dele. Porém, parecia conformado com a punição. "Fiquei para o fim, talvez tenha sido sorte" – contou –, "já tinham pressa". No todo, "poderia ter sido pior" – resumiu, acrescentando que na gendarmaria "vira casos mais graves", o que, segundo a minha lembrança, era verdade. Que ninguém pensasse – avisaram os gendarmes na manhã do exame – que seria possível esconder deles crimes, dinheiro, objetos de ouro ou de valor. Eu também – ao chegar minha vez – tive de pôr sobre a mesa, diante deles, dinheiro, relógio, canivete, todos os meus pertences. Um gendarme corpulento, com movimentos ágeis e habilidosos, revistou-me das axilas à barra das calças curtas. Atrás da mesa vi o comandante – e então, das palavras trocadas entre os gendarmes, soubemos que o nome do cavalheiro de chicote era Szakál. À esquerda, postava-se um gendarme em mangas de camisa, de bigode de bagre, com aparência de açougueiro, com corpo em forma de cilindro; no final das contas, uma figura engraçada porque, na realidade, tinha nas mãos um objeto parecido com rolo de macarrão. O comandante foi bastante amável: perguntou se eu tinha papéis, embora depois eu não notasse nenhum sinal de vantagem por causa do meu documento, fiquei decepcionado, mas – principalmente com o aceno para que me afastasse depressa e o gesto inconfundível, ameaçador, do gendarme de bigode de bagre – achei mais inteligente não questionar nada, o que era compreensível.

A seguir, os gendarmes nos levaram da caserna; de início, puseram-nos num bonde, em certo ponto das margens do Danúbio, em seguida num navio e, depois do desembarque, conduziram-nos a pé – assim cheguei à fábrica de tijolos, mais precisamente, como vim a saber no próprio lugar, à "fábrica de tijolos de Budakalász".

Na tarde da apresentação, ouvi muitas coisas mais sobre a viagem. Mesmo os homens de braçadeira estavam em todo lugar e respondiam, gentis, às perguntas. Procuravam primeiro os jovens de espírito voluntário, solitários. Mas, segundo ouvi, asseguravam também, ante as muitas perguntas, que haveria espaço para as mulheres, para os pequenos, para os idosos, que poderiam levar parte das bagagens. A principal dúvida era se deveríamos resolver esses problemas entre nós, de modo humanitário, ou esperar que os gendarmes tomassem as decisões. Explicaram; a composição teria de estar completa e, se as listas não fossem preenchidas, os gendarmes encerrariam a chamada. Entretanto, para a maioria, e eu mesmo pensava assim, parecia claro que a primeira alternativa era naturalmente a melhor.

Sobre os alemães, também chegaram aos meus ouvidos toda sorte de opiniões. Muitos disseram, em especial os mais velhos que repassavam a própria experiência, que, fosse qual fosse a ideia deles acerca dos judeus, na essência – como era sabido de todos –, os alemães eram homens limpos, honestos, amantes da pontualidade e do trabalho, que valorizavam os outros se encontrassem neles os mesmos traços; de modo geral, na realidade, a minha opinião era a mesma, e pensava que junto deles seria uma vantagem eu ter me apropriado de alguma coisa da língua alemã na escola. Acima de tudo, do trabalho esperávamos organização, uma ocupação, um pouco de entretenimento: em suma, comparado ao lugar, contávamos com um modo de vida mais racional e gratificante, como haviam de fato prometido e, naturalmente, como nós, os rapazes, havíamos imaginado; e, a par disso, também me passou pela cabeça que assim poderia ver um pouco do mundo. E para dizer a verdade acerca dos acontecimentos dos últimos dias, se levasse em conta a atitude dos gendarmes e, em especial, a minha identidade, se procurasse ser justo, o amor pelo meu lar, levando esse sentimento em conta, não me prendia muito.

Havia os mais desconfiados, que tinham informações preocupantes e diziam saber de outras qualidades dos alemães; e outros que, sobre eles, pediam conselhos aos mais desconfiados; e outros ainda que, em vez dessas discordâncias, submetiam-se ao que dizia a razão, aos bons exemplos, ao comportamento respeitoso ante as autoridades, bem como discutiam interminavelmente no pátio todos os argumentos e objeções, e cada uma das inúmeras notícias, dados e conhecimentos, em grupos que se desfaziam por nada e depois se recompunham. Ouvi, entre outras coisas, invocarem também a Deus, "Sua vontade insondável" – como formulou um deles. Como um dia fizera "tio" Lajos, ele falou sobre o destino, o destino dos judeus, e, também como "tio" Lajos, considerou que "havíamos abandonado o Senhor", o que explicava os golpes que nos castigavam. Não deixou de me despertar o interesse, pois era um homem de presença e compleição forte, com um rosto incomum, marcado por um nariz afilado, de grande curvatura, olhos muito brilhantes, úmidos, bigode bonito, espesso, que se juntava a uma barba grisalha. Vi que muitos o cercavam, curiosos pelas suas palavras. Só depois vim a descobrir que era um religioso porque ouvi chamarem-no "senhor rabino". Guardei uma ou outra das palavras e expressões dele; por exemplo, quando deixou escapar que "o olho que vê e o coração que sente", o inclinavam a admitir que "nós, aqui na Terra, talvez possamos discutir a extensão da punição" – e de outra vez a voz límpida, que ecoava a distância, tropeçou e se interrompeu por um minuto enquanto os olhos estavam de algum modo mais úmidos que de hábito; não sei por que tive então a sensação estranha de que se havia preparado para dizer alguma coisa a princípio diferente e era como se as palavras tivessem surpreendido um pouco a ele próprio. Entretanto, prosseguiu e "não queria se iludir", segundo confessou. Sabia bem que olhar em redor "nesse lugar torturante e ver os rostos atormentados" – e a compaixão me surpreendeu, pois, afinal de contas, também ele estava ali – bastava para reconhecer a dificuldade de sua tarefa. Porém, não era sua intenção, por ser desnecessário, "conquistar almas para o Eterno", porque as nossas almas vinham d'Ele, disse. Além disso, advertiu alguns de nós: "Não vivam em contenda com o Senhor!" – nem tanto por causa do pecado, mas porque tal caminho "conduziria à negação do significado mais elevado da vida" e também porque, com "a negação no coração", não seria possível viver. Talvez um coração como esse seja leve, mas só por ser vazio como a desolação do deserto, disse; embora seja difícil, a única saída para o consolo seria ver também nos reveses a sabedoria infinita do Eterno, porque, como afirmou literalmente: "Chegará o minuto do triunfo d'Ele, e haverá alguns que do remorso e do pó O invocarão, os que se esqueceram do Seu poder". E assim se dizia que já nessa hora era preciso crer no advento da misericórdia final d'Ele ("que a crença seja o nosso apoio e a fonte inexaurível de força nessa hora de provas"), também assinalava o único caminho para se viver. A esse caminho ele denominou "a negação da negação", pois sem esperança "estamos perdidos" – porém, só podemos encontrar esperança pela fé e pela confiança inquebrantável em que o Senhor se compadecerá de nós e poderemos alcançar Sua graça. A argumentação dele, reconheci, parecia clara, embora percebesse que nem ao final dissera o que seria possível fazer de mais preciso nesse sentido, e também não dera um conselho útil aos que o incitavam a que emitisse uma opinião: se deveriam prontificar-se para o caminho àquela hora ou esperar. Por diversas vezes vi também o homem sem sorte: aparecia em um ou em outro grupo. Mas notei que a expressão excitada nos olhos ainda algo injetados de sangue buscava incessantemente novos grupos e novas pessoas. E vez ou outra ouvi também sua voz, quando detinha algumas pessoas com uma expressão de inquisição tensa e, apertando os dedos, perguntava: "Desculpe, também vão viajar?", ou: "Por quê?", e: "Acham que vai ser melhor?".

Bem naquela hora apareceu – lembro – outro conhecido do galpão: o "especialista". Nos dias da fábrica de tijolos eu o havia visto várias vezes. Embora tivesse a roupa amarrotada, a gravata houvesse desaparecido e o rosto estivesse coberto de pelos eriçados, ainda exibia os traços indiscutíveis da autoridade. Sua chegada de pronto chamou atenção, pois foi logo cercado de homens agitados, e ele mal vencia as muitas perguntas com que o assaltaram. Eu também não demorei para descobrir que ele tivera a oportunidade de falar diretamente com um oficial alemão. Isso havia ocorrido em um dos escritórios do comando da gendarmaria, onde, na verdade, vez ou outra, eu mesmo tinha observado a desaparição ou o surgimento de um uniforme alemão às pressas. Inicialmente – foi o que deduzi – fizera tentativas para falar com os gendarmes. Havia procurado – segundo disse – "entrar em contato com a sua empresa". Mas soubemos que os gendarmes "lhe negaram sistematicamente" esse direito, embora se tratasse de uma "indústria bélica" e a "direção da fábrica sem ele fosse inconcebível", como reconheceram também as autoridades, ainda que seu documento, como de todo o resto, fora "roubado" na gendarmaria: acompanhei tudo isso como pude, pois contou os acontecimentos ao mesmo tempo que dava as respostas às muitas perguntas que atropelavam sua narrativa. Parecia indignado de verdade. Porém, observou: "Não desejava detalhar o assunto". Por outro lado, fora por isso que procurara o oficial alemão. O oficial se preparava para sair. Descobrimos pelo relato que ele estava alojado próximo dali. "Parei à frente dele" – disse. Ademais, havia outras testemunhas que relembraram a ousadia. Ele, entretanto, deu de ombros e disse que sem correr riscos não se obtêm resultados e, afinal de contas, desejava falar com "alguém responsável". "Sou engenheiro" – prosseguiu. "E falo um alemão perfeito" – acrescentou. Dissera isso tudo também ao oficial alemão. Informou-lhe que "haviam tornado seu trabalho moralmente e de fato inviável", e mais, de acordo com as palavras dele: "Sem nenhuma razão e nenhum direito, mesmo ante os regulamentos atualmente existentes". "E quem ganha com isso?" – perguntara ao oficial alemão. Dissera, como dava a entender também a nós: "Não peço vantagens nem privilégios. Mas sou alguém e entendo de alguma coisa: gostaria de trabalhar de acordo com a minha capacitação, é tudo o que desejo". O oficial o aconselhou a se inscrever como voluntário. Não fez, disse, nenhuma "grande promessa", mas assegurou que a Alemanha, no presente esforço, tinha uma necessidade especial de pessoas assim preparadas. Essa "objetividade" do oficial demonstrava, segundo suas palavras, uma "atitude correta e realista". Essas foram as palavras com que o descreveu. Ainda deixou escapar uma referência especial aos "modos" do oficial: ao contrário da "estupidez" dos gendarmes, retratou-o como "razoável, ponderado e, por todos os aspectos, perfeito". Em resposta a outra pergunta, reconheceu que "obviamente não havia garantias", a não ser a impressão que tivera do oficial; mas disse que de momento tinha de se contentar com isso e não acreditava estar enganado. "Supondo" – acrescentou – "que não se equivocasse em seu juízo sobre os homens" – e, ao menos de minha parte, tal possibilidade parecia improvável.

Enquanto o especialista se distanciava, de súbito notei o homem sem sorte escapar do grupo como um boneco de mola e postar-se diante dele. Cheguei a pensar que em meio à excitação evidente exibia determinação no rosto: com isso, ia se dirigir a ele não como fizera no galpão. Porém, na pressa, acabou tropeçando e colidindo com um alguém de braçadeira, de lista e lápis na mão, corpulento e alto, que ia naquela direção e que o deteve de imediato; recuou, examinou-o dos pés à cabeça, curvou-se, perguntou-lhe alguma coisa – depois disso não sei o que aconteceu, pois Rozi disse: "É a nossa vez".

E só me lembro de que, quando cheguei com os rapazes ao lugar onde nos alojaríamos, via-se um crepúsculo de céu avermelhado de verão de uma paz especial, quente. Do lado oposto, na direção do rio, avistei a porção superior da fileira dos vagões de carreira verdes locais que corria acima da borda da cerca de tábuas: estava cansado e, naturalmente, depois da chamada, um pouco curioso. De modo geral, mesmo os rapazes pareciam satisfeitos. O homem sem sorte apareceu e disse, com um ar até certo ponto solene, embora um tanto inquiridor, que também ele já estava na lista. Aprovamos e me pareceu que isso lhe fez bem – mas depois não o ouvi mais. Ali, nos fundos, a fábrica era mais silenciosa. Embora visse grupos menores a debater, havia os que se preparavam para a noite, jantavam, vigiavam as bagagens ou simplesmente se deixavam ficar sentados assim, na noite, taciturnos. Tínhamos nos aproximado de um casal. Conhecia-os de vista por tê-los encontrado muitas vezes. A esposa de traços delicados e aparentemente de porte frágil e o marido magro, de óculos, sem um dente, aqui e ali correndo o tempo todo, de prontidão, com a testa sempre molhada de suor. Nessa hora também estava muito ocupado: ajoelhado no chão, auxiliado pelo empenho excitado da mulher, juntava apressado as bagagens, amarrava-as uma a uma e parecia dedicar-se somente ao trabalho, nada mais. Mas o homem sem sorte parou atrás dele e parecia conhecê-lo porque no minuto seguinte perguntou-lhe: pelo visto, também eles se tinham decidido pela viagem? Com isso, o homem só se voltou por um instante para olhar através dos óculos, piscando, suado, com o rosto contraído apesar das luzes da noite, e não fez mais do que oferecer como resposta essa pergunta surpreendente: "Temos de ir, não?". E achei a constatação tão verdadeira quanto elementar.

Na manhã seguinte puseram-nos a caminho bem cedo. O trem, no dia claríssimo de verão, partiu dos trilhos destinados ao tráfego local – um comboio de carga, com vagões de teto e portas vermelhos como tijolo. No interior, os sessenta de nós, as bagagens e o equipamento dos homens de braçadeira para a viagem: montanhas de pão, carne em conserva, que, se considerássemos as condições da fábrica de tijolos, era carregamento de raro valor. Seja como for, desde a véspera eu havia notado a atenção, a honradez, posso dizer, quase certo respeito com que nos cercaram os que prepararam a viagem, e essa generosidade talvez pudesse ser uma forma de compensação. Os gendarmes também estiveram presentes, com fuzis, aos resmungos, as roupas quase desabotoadas – como quem cuidava de uma mercadoria desejada à qual não tinham mais acesso (na verdade, pensei, por estarem diante de uma autoridade superior: os alemães). A seguir, fecharam as portas de correr, na qual martelaram alguma coisa do lado de fora: sinais, apitos, trabalho de ferroviários, movimentos bruscos; partimos. Logo no embarque, acomodamo-nos no terço dianteiro do vagão que havíamos ocupado, juntos, de cada lado, de uma ou outra janela bem alta, cuidadosamente fechada com arame farpado. A questão da água, e com ela a da duração da viagem, se impôs.

Além disso, no todo, não tenho muito para contar sobre a viagem. Como no galpão e depois na fábrica de tijolos, também no trem precisávamos fazer o tempo passar de algum modo. Talvez ali fosse mais difícil por causa das novas circunstâncias. Por outro lado, a consciência do objetivo e o pensamento de que tudo, ainda que vagaroso – os sacolejos, as baldeações, as paradas cansativas –, representava etapas cumpridas da viagem e nos aproximava do final ajudavam-nos a superar as preocupações e dificuldades. Mesmo nós, os rapazes, não perdemos a paciência. Rozi nos assegurou: a viagem só duraria até a chegada. Também provocaram muito o menino de seda por causa de uma menina acompanhada dos pais, que ele conhecera ainda na fábrica de tijolos e com quem, em especial no início – os rapazes descobriram –, com frequência desaparecia no fundo do vagão, dando margem a muitos comentários. O fumante vinha conosco: vez ou outra retirava do bolso alguma coisa se desmanchando, suspeita, um pedaço de papel e um palito de fósforo sobre cuja chama ele se debruçava como um pássaro viscoso, até mesmo de noite. De Moskovics (de sua fronte brotavam o tempo todo pequenos regatos de suor e fuligem que escorriam sobre os óculos, o nariz espesso, a boca grossa – como nos demais, e também em mim, o que era compreensível) e dos outros ouvi ainda no terceiro dia uma e outra palavra ou observação mais divertida, e do artesão de couro, embora revirasse a língua, pastosa, alguma brincadeira sem entusiasmo. Não sei como certos adultos conseguiram descobrir que o destino preciso da viagem seria um lugar chamado Waldsee: quando eu sentia sede, quando sentia calor, a promessa que o nome continha trazia, na verdade, um alívio. Também lembraram, e tinham razão, aos que se queixavam da falta de espaço: os próximos seriam oitenta. E, no fundo, se pensasse bem, já tinham estado em situação mais crítica: no estábulo da gendarmaria, onde havíamos solucionado o problema de acomodação por meio de um acordo que nos permitia acocorarmos todos à moda "turca". No trem, eu tinha mais conforto. Se desejasse, podia ficar em pé ou mesmo dar alguns passos – por exemplo, na direção do balde: ficava do lado direito, no fundo do vagão. Primeiro, decidimos que se fosse possível só o utilizaríamos para necessidades menores. Porém, à medida que passava o tempo, muitos fomos obrigados a constatar que os imperativos da natureza eram mais fortes que o nosso compromisso e agir de acordo com eles, reconhecê-los, os rapazes e os homens, e também as mulheres.

O gendarme, por sua vez, não nos causou maiores problemas. No início tive muito medo dele: seu rosto apareceu de repente na abertura do lado esquerdo e ele iluminou o vagão com a lanterna na primeira noite, ou melhor, na madrugada, durante uma parada mais longa. Porém, logo ficou evidente que a intenção dele era boa: "Pessoal" – a notícia não deixava de ser animadora –, "chegamos à fronteira húngara!". Ele queria nos dar um aviso e fazer um pedido. Esperava que, se um de nós ainda guardasse dinheiro ou objeto de valor, o entregasse a ele. "No destino de vocês" – argumentou – "não vão ter mais necessidade de objetos de valor". E asseverou que, se tivéssemos alguma coisa, ela seria apreendida pelos alemães. "Então" – prosseguiu, pela abertura que fazia as vezes de janela –, "por que não deixar que fiquem em mãos húngaras?" E após um breve intervalo, que de alguma forma me pareceu solene, completou num tom mais caloroso, íntimo, de quem se propunha esquecer, perdoar: "Pois, afinal de contas, vocês também são húngaros!". Uma voz masculina, grave, do fundo do vagão, depois de alguns sussurros e discussões, acatou o argumento, desde que à guisa de troca o gendarme nos desse água, a que ele se mostrou disposto, embora, segundo disse, "contrariasse o regulamento". Mas não chegaram a um acordo porque a voz queria primeiro a água, e o gendarme, os objetos, e nenhum dos dois abriu mão de sua intenção. Por fim, o gendarme expressou o seu ressentimento: "Judeus fedorentos, vocês transformam em negócio a questão mais sagrada!" – declarou. E com revolta e ódio, a voz entrecortada, desejou-nos: "Então, que morram de sede!". De todo modo, isso aconteceria mais tarde – ao menos foi o que asseguraram no vagão. A verdade é que do vagão que estava atrás do nosso, depois da tarde do segundo dia, chegava um som que eu também não pude deixar de ouvir: não era exatamente agradável. A velha – assim disseram em nosso vagão – estava doente e enlouquecera – não era de admirar – por causa da sede. A explicação parecia digna de crédito. Também reconheci o acerto dos que desde o início da viagem haviam observado: tínhamos a sorte de não haver em nosso vagão nem muitas crianças, nem muitos velhos e, esperavam, nem doentes. Na manhã do terceiro dia, a velha finalmente se calou. Disseram: morreu, pois não recebeu água. Porém, sabíamos: era velha e doente, e assim, todos, e eu também, afinal de contas, achamos o fato compreensível.

Posso assegurar: a espera não atrai a felicidade – ao menos foi essa a minha experiência quando por fim chegamos. É possível que estivesse cansado e a ansiedade de chegar me fizesse esquecer da ideia; entretanto, de certo modo, fiquei mais apático. Mas precipitei um pouco os acontecimentos. Lembro-me de que acordei de repente por causa de um estrépito insano de sirenes que pareciam próximas; a luz débil que se filtrava no nosso vagão marcava o amanhecer do quarto dia. A base das costas, que tocava o piso do vagão, doía. O trem ficou parado, como das outras vezes, e como sempre quando havia um ataque aéreo. Nessas horas, as janelas ficavam ocupadas. Ultimamente todos esperavam ver alguma coisa. Passado algum tempo, consegui um lugar: não vi nada. Fora, a madrugada estava fresca e perfumada, sobre os vastos campos pairava uma neblina cinza e, de repente, um facho parecido com o anúncio de um trompete, intenso, concentrado, vermelho, alcançou-nos de algum lugar às nossas costas e eu compreendi: assistia ao nascer do sol. Era belo e, no conjunto, interessante. Nessa hora, em casa, eu estaria dormindo. Vislumbrei um edifício, uma estação no fim do mundo ou o prenúncio de uma estação maior, à frente, um pouco à esquerda. Era acanhada, cinzenta, vazia, com pequenas janelas fechadas e um telhado de inclinação engraçada, como os que eu havia visto na região, na véspera: no amanhecer enevoado, ganhava, a princípio, contornos sólidos, arredondados, passava do cinza ao lilás, e as janelas adquiriam um brilho avermelhado à medida que sobre elas caíam os primeiros raios. Outros também a perceberam; eu mesmo falei dela aos curiosos atrás de mim. Perguntaram se eu não conseguia ver o nome do lugar. Divisei duas palavras na luz incipiente, na parede debaixo do teto, do lado mais estreito do edifício, voltadas para nós: "*Auschwitz – Birkenau*" – li, em letras alemãs anguladas, sinuosas, ligadas por um traço de união que formava duas ondas. Entretanto, de minha parte, a busca nos conhecimentos de geografia foi inútil, e os demais também não se mostraram mais bem-informados. A seguir, sentei, pois os que estavam atrás de mim queriam o meu lugar e, como era cedo e eu estava com sono, logo voltei a dormir.

Mais tarde fui acordado por agitação, movimentos. Fora, o sol ardia pleno. O trem voltara a andar. Perguntei onde estávamos aos rapazes: responderam que nos encontrávamos no mesmo lugar, mas acabávamos de partir de novo; devo ter despertado com os sacolejos. Porém, não restava dúvida – acrescentaram – de que adiante havia fábricas e uma espécie de acampamento. Um minuto depois, os da janela disseram, e eu também o havia imaginado pela mudança da luz, que tínhamos passado sob um arco abobadado. Mais um pouco e o trem parou, e eles, excitados, avisaram que viam uma estação, soldados, pessoas. Muitos logo começaram a juntar os pertences, abotoar a roupa; alguns, em especial as mulheres, passaram a se limpar, embelezar-se, pentear-se de improviso. Ouvi pancadas nos vagões vindas de fora, barulho de portas que se abriam, balbúrdia de passageiros que se confundiam à saída do trem, e nessa hora tive de concordar que, sem dúvida, havíamos chegado. Fiquei feliz, era natural, mas com um espírito diferente do que sentira na véspera. Depois, uma ferramenta golpeou a porta do vagão e alguém, ou alguns, fez a porta pesada correr.

Primeiro ouvi vozes. Era como se falassem alemão ou uma língua muito parecida, todas ao mesmo tempo. Do que pude depreender, pediam que descêssemos. Entretanto, a impressão era de que eles se espremiam entre nós; eu não via nada. Logo correu a notícia de que as malas e bagagens ficariam ali. Mais tarde, naturalmente – explicaram, traduziram e passaram de boca em boca –, todos receberiam seus pertences; porém, antes, seriam desinfetados, enquanto um banho nos esperava: eu também achava que não era sem tempo. Na confusão, eles se aproximaram de mim e eu finalmente vi as pessoas do lugar. Fiquei muito surpreso porque, afinal de contas, encontrava, pela primeira vez na vida – ao menos assim de perto –, prisioneiros de verdade, vestidos com a roupa listrada dos malfeitores, de cabeça raspada e gorros redondos. Era natural que eu recuasse, assustado. Alguns respondiam às perguntas, outros examinavam o vagão e outros ainda, com a velha habilidade dos carregadores, começavam a descarregar as bagagens, isso tudo com uma vivacidade estranha, qual raposas. No peito de todos, além do número costumeiro dos prisioneiros, notei também um triângulo amarelo que – embora não me fosse difícil adivinhar o significado da cor – de certa forma me feriu os olhos; durante a viagem, cheguei até a esquecer essa questão. O rosto deles também não inspirava muita confiança: orelhas salientes, nariz proeminente, olhos fundos, miúdos, espertos. Sob todos os aspectos, lembravam judeus. Pareceram-me suspeitos e estranhos. Quando nos viram, os rapazes, notei que ficaram excitados. Logo se entregaram a uma falação atropelada e descobri, surpreso, que a língua dos judeus não era somente o hebraico, como até então acreditara: "*Reds di jiddis, reds di jiddis?*" ["Fala iídiche?" (em iídiche)] – decifrei aos poucos a pergunta deles. Os rapazes e eu lhes dissemos: "*Nein*" ["Não" (alemão)]. Percebi que não ficaram muito satisfeitos. Assim – com base no alemão, compreendi com facilidade –, passaram a se interessar de repente pelas nossas idades. Dissemos: "*Vierzehn, fünfzehn*" ["Catorze, quinze" (alemão)] – cada um a sua. Passaram a insistir de imediato, com as mãos, a cabeça, o corpo todo: "*Zescájn*", sussurravam por todos os lados, "*Zescájn*" ["Dezesseis" (iídiche)]. Surpreso, perguntei a um deles: "*Warum?*" [Por quê? (alemão)] "*Willst die arbeiten?*" [Você quer trabalhar? (iídiche)], perguntou um deles com o olhar vazio sob as órbitas arqueadas, inteiramente pregado no meu. Eu disse: "*Natürlich*" [Naturalmente (alemão)], pois, se refletisse um pouco, era por isso que tinha vindo. Ao que ele não só grudou as mãos amareladas, esqueléticas, rijas, no meu braço, mas o sacudiu, dizendo: "*Zescájn... verstajszt di?... zescájn!...*" [Dezesseis... entendeu?... dezesseis! (iídiche aproximativo)]. Via que ele estava irritado, mas, apesar disso, me parecia que a coisa era muito importante, e como na pressa já tinha combinado com os rapazes, com certo otimismo, concordei: eu teria 16 anos. Entre nós não deveria mais haver – a despeito do que nos dissessem, e da verdade – irmãos e, sobretudo – para o meu grande espanto –, gêmeos; entretanto, em especial: "*Jeder arbeiten, nist ka mide, nist ka krenk*" ["Todo mundo trabalha, sem cansaço, sem doença" (iídiche aproximativo)] – soube por meio deles durante os dois minutos, talvez nem completos, em que no empurra-empurra me desloquei do meu lugar à porta do vagão, onde, por fim, dei um grande salto para a luz do sol, para o ar livre.

Antes de tudo, vi um imenso terreno plano. A amplidão repentina, o brilho esbranquiçado, uniforme, do céu e da planura cegaram-me um pouco. Mas não tive muito tempo para me acostumar. Ao meu redor havia agitação, alarido, palavras, frases fragmentadas, ordens. As mulheres – segundo ouvi – teriam de se separar por um curto período, pois não poderiam tomar banho debaixo do mesmo teto que nós; os idosos, os fracos, as mulheres com bebês, os exaustos pela viagem eram aguardados por carros um pouco adiante. Tudo isso nos foi informado por outros presos. Entretanto, notei que do lado de fora, vestindo capacetes verdes, golas verdes, os braços apontando as direções, soldados alemães postados atrás deles controlavam tudo: senti certo alívio ao vê-los, pois limpos, bem-cuidados, passavam firmeza e serenidade em meio à confusão. Muitos adultos advertiram, e eu concordei: deveríamos fazer tudo para agradar-lhes, abreviar as perguntas e as despedidas, usar a razão e evitar apresentar-nos aos alemães como uma turba. Do que se seguiu custa-me prestar contas: uma enchente fluida, borbulhante, turbulenta me levou, me arrastou, viscosa. Atrás de mim, uma voz de mulher gritava com alguém sobre uma "bolsinha" que havia ficado com ela. À minha frente arrastava-se uma velha desgrenhada e ouvi a explicação do jovem baixo: "Obedeça, mamãe, pois logo vamos nos encontrar de novo. *Nicht war, Herr Offizier*", dirigiu-se com o sorriso dos adultos leais a um soldado alemão que estava por ali, "*wir werden uns bald wieder...*" ["Não é, senhor oficial... vamos nos encontrar de novo..."]. E logo atentei para uma gritaria infernal de um menino sujo de cabelos cacheados, vestido como um artigo de vitrine, que claramente procurava livrar-se das mãos da mãe, uma mulher loira, em meio a safanões e convulsões estranhas. "Quero ir com meu pai! Quero ir com meu pai!", gritava, urrava, bradava, sapateando, batendo, um tanto cômico, os pés calçados de branco no cascalho branco, no pó branco. Enquanto isso esforcei-me por acompanhar o passo dos rapazes, atender os chamados, os acenos de Rozi, enquanto um grupo de mulheres vestidas com roupas de verão floridas, sem manga, atropelou a todos, a mim também, seguindo na direção em que haviam indicado os carros. A seguir, um velho miúdo, de cartola preta, gravata preta, rodou, colidiu à deriva, à minha frente, durante algum tempo, procurando à sua volta, com o rosto inquiridor, aos gritos: "Ilonka! Minha Ilonka!". E um homem alto, de maçãs salientes, e uma mulher morena, de cabelos compridos, grudada nele pelo rosto, pela boca, pelo corpo todo, passaram incomodando todo mundo até que o cerco contínuo da enchente acabou por separar, levar e engolir a mulher – ou melhor, a moça –, que, ao se distanciar, ainda vi vez ou outra erguer-se com esforço e, com gestos largos, acenar em despedida.

Todas essas imagens, sons, acontecimentos me perturbaram, me deixaram um pouco atordoado no redemoinho singular, colorido, diria, na confusão enlouquecida; talvez por isso não tenha conseguido perceber outras coisas, quem sabe mais importantes. Assim, não sei dizer: se pelo esforço de todos, do nosso, dos soldados, dos prisioneiros, por fim, apesar de tudo, formou-se a meu redor uma longa fileira só de homens, em ordem, em colunas de cinco, que, devagar, mas em linha reta, movia-se comigo, passo a passo, para a frente. Mais adiante – repetiram, reiteraram –, banho; antes, porém – vim a saber –, esperava-nos um exame médico. Esclareceram, embora eu não tivesse dificuldade de entender: passaríamos por uma seleção, um exame de aptidão que naturalmente visava ao trabalho.

Nesse meio-tempo pude respirar um pouco. Ao meu lado, à minha frente, atrás, nós, os rapazes, nos falávamos, nos acenávamos: estávamos ali. Fazia calor. Consegui olhar à minha volta, situar-me. A estação era arrumada. Sob nossos pés, o betume costumeiro dos lugares desse tipo; mais adiante, um gramado com flores amarelas, um caminho sem fim de asfalto branco, imaculado. Notei também que uma linha de postes de mesmo formato, unidos por arame farpado reluzente, separava a estrada do terreno que se estendia invisível atrás dela. Foi fácil adivinhar: os presos deviam morar ali. Pela primeira vez tive interesse – talvez porque finalmente tivera tempo para isso –, curiosidade, pelos delitos deles.

À medida que olhava ao redor, as dimensões, a extensão do descampado me surpreenderam de novo. Entretanto, em meio a tanta gente e na luz que cegava –, não consegui formar uma imagem precisa do lugar: mal divisei as construções que a distância se esparramavam pelo chão, aqui e ali uma plataforma semelhante a um abrigo de caçadores, recessos, torres, chaminés. Os que me cercavam, rapazes, adultos, apontavam alguma coisa no alto – uma massa brilhava como uma chaminé, esguia, imóvel, e penetrava na bruma esbranquiçada, mais pálida, do céu sem nuvens. Sim, era um Zeppelin. As explicações que corriam ao meu redor concordavam em que serviria à defesa antiaérea. Naquele instante, lembrei-me de novo do som das sirenes de madrugada. Entre os soldados alemães que me acompanhavam não vi sombra de perturbação ou medo. Lembrei-me do pânico em casa nessas horas, e a calma desdenhosa, invulnerável, tornava de súbito compreensível o respeito com que se falava dos alemães. Só então me chamaram atenção dois traços em forma de raios pregados nas golas deles. Deduzi que pertenciam à célebre corporação das SS de que tanto falavam em casa. Devo assinalar que não os achei nada assustadores: andavam de um lado para outro, descontraídos; patrulhavam ao longo dos postes, respondiam às perguntas, assentiam, davam tapinhas gentis nas costas ou nos ombros de alguns de nós.

Notei alguma coisa mais nos minutos improdutivos da espera. Em casa, naturalmente, também tinha visto soldados alemães. Sempre apressados, os rostos sempre impenetráveis, ocupados, em trajes impecáveis. Porém, ali – observei –, movimentavam-se de modo diferente, mais desleixados, na verdade mais à vontade. Reparei também em diferenças mais sutis: havia os mais flexíveis e os mais duros, uns mais arrumados, outros com gorros, botas e uniformes próprios para o trabalho. Todos de arma na cintura, o que era de esperar, pois, afinal de contas, eram soldados. Mas nas mãos de muitos reparei também um bastão, como as bengalas de passeio, com um grampo na ponta, o que me causou certa surpresa porque eles eram todos homens de andar normal, de aparência saudável. Entretanto, mais tarde pude examinar esses objetos mais de perto. Vi que um deles, à minha frente e meio de costas para mim, levou-o para a parte de trás da bota, na horizontal, e, segurando-o pelas duas pontas, passou a dobrá-lo com um gesto entediado. Na fila, aproximei-me dele. Só então percebi que não era de madeira, mas de couro, e não era bengala, mas chicote. Tive uma sensação meio estranha – mas não o vi sendo usado e reconheci que, afinal, havia muitos prisioneiros por todos os lados.

Enquanto isso eu ouvi, embora não lhes desse atenção, os chamados; numa das vezes – lembro – pediram que se apresentassem os entendidos em mecânica; na outra, os gêmeos, os deficientes físicos e, em meio a um espanto geral, os anões; e, além disso, procuravam pelas crianças, porque – segundo a notícia que correu – elas teriam um tratamento distinto – em vez de trabalho, estudo e toda sorte de privilégios. Alguns adultos nos encorajaram: que não deixássemos escapar a oportunidade. Mas eu tinha em mente a advertência dos prisioneiros do trem e, fosse como fosse, queria trabalhar, naturalmente, e não viver como criança.

Em meio a isso tudo, andamos um bom pedaço. Notei que o número de soldados e prisioneiros havia crescido muito à nossa volta. Em dado momento, a fileira de cinco se transformou em única. Ao mesmo tempo, ordenaram que tirássemos os casacos, as camisas, para passarmos de peito nu pelo médico. Senti que o ritmo das nossas passadas aumentava. Divisei dois grupos separados mais adiante. À direita, um maior, mais heterogêneo, e o outro, à esquerda, menor e de certo modo mais agradável aos olhos, em que distingui alguns rapazes conhecidos. Eles pareciam ser – ao menos para mim – os mais aptos. Eu caminhava cada vez mais depressa, em linha reta, na direção do lugar onde, na confusão dos muitos vultos que andavam de um lado para outro, se destacava um ponto imóvel, um uniforme impecável e o barrete alto, curvo, dos oficiais alemães; depois disso, só fiquei surpreso com a velocidade com que chegou a minha vez.

O exame em si levava apenas de dois a três segundos (aproximadamente). Bem à minha frente estava Moskovics – para ele, porém, o médico apontou o dedo para o outro lado. Ainda ouvi as tentativas de explicação: "*Arbeiten... Sechszehn...*" ["Trabalho... Dezesseis..."], mas de algum lugar uma mão o alcançou e logo chegou a minha vez. Percebi que o médico me examinou com mais cuidado, com um olhar meticuloso, sério e atento. Endireitei-me para mostrar-lhe o peito e – lembro – sorri um pouco, assim, de pensar que vinha depois de Moskovics. Logo senti confiança no médico, pois ele tinha boa aparência, rosto amistoso, alongado, barbeado, lábios mais para finos, olhos azuis ou cinza, de todo modo claros, bondosos. Pude vê-lo bem enquanto, com as duas mãos, de luvas, apoiadas em cada lado do meu rosto, abaixou ligeiramente a pele debaixo dos meus olhos com os polegares – no gesto comum praticado pelos médicos. Ao mesmo tempo, com um tom baixo e ainda assim claro, que revelava o homem culto, perguntou com certa indiferença: "*Wie viel Jahre alt bist du*?" ["Quantos anos você tem?"]. Respondi: "*Sechzehn*" ["Dezesseis"]. Assentiu desconfiado, embora, de alguma maneira, mais pela resposta apropriada do que pela verdade – ao menos foi essa a minha sensação imediata na ocasião. Tive mais uma impressão, talvez uma percepção passageira, possivelmente equivocada, de que ele parecia satisfeito, quase aliviado; senti que tinha gostado de mim. Em seguida, empurrando meu rosto com uma das mãos enquanto com a outra indicava a direção, mandou-me para o outro lado do caminho, junto dos aptos. Os rapazes estavam à espera, exultantes, riam de alegria. E à visão dos rostos felizes eu talvez tenha compreendido a diferença que separava o nosso grupo dos que se alinhavam do lado oposto: o sucesso.

Vesti a camisa, troquei algumas palavras com os rapazes e fiquei de novo à espera. Dali, pude ver de um ângulo diferente o trabalho que se desenrolava. O fluxo de gente prosseguia ininterrupto, aglomerava-se num leito mais estreito, ganhava velocidade e se dividia em dois depois do médico. Os rapazes chegavam um após outro, e eu também participava da recepção, naturalmente. Ao longe, vi mais uma coluna: a das mulheres. Vinham igualmente acompanhadas de soldados, de prisioneiros, à frente delas um médico, e ali tudo acontecia exatamente da mesma forma, com a ressalva de que não tinham de tirar a parte de cima da roupa, o que era bem compreensível. Tudo se movia, tudo funcionava, cada qual no seu lugar, fazendo a sua parte, de modo preciso, claro, azeitado. Vi sorrisos em muitos rostos, mais humildes ou mais seguros, não de dúvida ou desconfiança do resultado final – no fundo, parecidos, de certa forma reproduzindo o que eu mesmo sentia. Com o mesmo sorriso, uma mulher morena, de brincos redondos, de aparência bonita a distância, com a capa de chuva apertada contra o peito, fez uma pergunta e ainda sorridente se apresentou diante do médico, um homem moreno, de rosto de belos traços: foi aprovada. A tarefa do médico ficou logo evidente. Chegou um velho – sem dúvida: o lado de lá. Mais jovem – aqui conosco. Um outro, barrigudo, embora aprumado: inútil – mas não, o médico o enviou para o nosso grupo e eu não fiquei muito satisfeito, pois, de minha parte, achei-o envelhecido. Também tive de admitir que a maioria dos homens exibia um aspecto muito desarrumado, que não causava boa impressão. Assim, fui obrigado a ver com os olhos do médico quantos de nós eram velhos ou, por razões diversas, inaproveitáveis. Um era muito magro; o outro, muito gordo; outro ainda, pelos olhos cerrados, pelas contrações da boca, do nariz, que lembravam um coelho farejador, tomei por doente dos nervos – embora também ele sorrisse com disposição, conhecedor das obrigações, enquanto acorria com esforço, com passos estranhos, como um pato, para junto dos inaptos. Mais um – o casaco e a camisa nas mãos, o suspensório largado sobre as coxas e, bem visível nos braços e no peito, a pele flácida, que começava a pender aqui e ali. Mas, ao chegar diante do médico – que logo lhe apontou a direção dos incapacitados –, o rosto salpicado pela barba, certa expressão, a boca ressecada, rachada, e o sorriso ainda assim familiar reavivaram minha memória: parecia que tinha alguma coisa a dizer ao médico. Porém, este já não prestava atenção nele, mas no seguinte, quando uma mão, provavelmente a mesma que agarrara Moskovics, também o arrancou do caminho. Fez um gesto, voltou-se com uma expressão de espanto e indignação: era o especialista, eu não me enganara.

A seguir, esperamos por mais um ou dois minutos. Diante do médico havia ainda muitos, e eu calculava que nós, os rapazes e os demais, devíamos ser uns quarenta quando nos avisaram: iríamos tomar banho. Um soldado se aproximou de nós; na pressa nem vi de onde ele surgiu; um homem baixo, de certa idade, aparência amistosa, com um grande fuzil – parecia um soldado comum. "*Los, ge'ma'vorne!*" ["Vamos, ande para a frente" (alemão coloquial)] – disse ele, ou coisa parecida, não seguindo com exatidão as regras da gramática. Seja como for, aos meus ouvidos a ordem soou agradável, pois já estávamos um tanto impacientes; para falar a verdade, nem tanto pelo sabão, mas pela água, claro. No percurso, atravessamos um portão de arame farpado e chegamos a um lugar do terreno que se abria atrás da cerca, onde deveriam ficar os banheiros. Partimos em grupos mais dispersos, sem pressa, conversando, olhando à volta e, atrás de nós, calado, o soldado, com passos lentos, indiferente. Debaixo dos nossos pés, de novo um caminho largo, de brancura impecável; à nossa frente a planura, na realidade cansativa pelo calor, e tudo no ar parecia trêmulo e flutuante. Eu também estava ansioso por saber se a distância não seria muito grande; logo descobri que o recinto dos banhos ficava a uns dez minutos de caminhada da estação. O que vi nesse curto trajeto também me agradou. Em especial, animou-me um campo de futebol aberto na clareira que se estendia à minha direita. Gramado verde, traves brancas, linhas em branco – estava tudo ali, atraente, novo, bem conservado, na maior ordem. Entre os rapazes, comentamos: depois do trabalho é aqui que vamos jogar. Causou uma alegria ainda maior o que vimos depois de alguns passos, à esquerda da estrada: uma torneira, sem dúvida uma espécie de fonte, dessas que margeiam as estradas. Uma tabuleta junto dela nos advertia: "*Kein Trinkwasser*" ["Água não potável"], mas nesse instante ela não deteria nenhum de nós, claro! O soldado foi muito paciente. Havia muito que água não caía tão bem, mesmo que deixasse um gosto de produto químico, ardido, nauseante. Mais adiante vimos casas, as mesmas em que eu havia reparado quando chegamos à estação. Na realidade, mesmo de perto, eram construções de formato estranho, longas, planas, de cor imprecisa, e ao longo de toda a extensão delas destacava-se um aparelho de ventilação ou de iluminação. Eram contornadas por jardins decorados com pedrinhas vermelhas, separadas da estrada por um gramado bem-cuidado, e entre elas, para minha surpresa, viam-se hortas de repolhos e nos canteiros flores de todas as cores. Tudo limpo, bem tratado e bonito – de verdade: era preciso reconhecer, tínhamos razão na fábrica de tijolos. Percebi que, na realidade, faltava uma coisa: vida, movimento, nos arredores. Mas achei natural, pois, afinal de contas, estávamos no horário de trabalho dos moradores.

Também nos banhos (virando à esquerda, depois de uma nova cerca e portão de arame farpado, num pátio) receberam-nos a postos, explicaram-nos tudo muito bem e nos prepararam. Primeiro, chegamos a um local semelhante a uma antessala, com piso de pedra. Entre os que ali estavam reconheci muitos que tinham vindo em nosso trem. Disso deduzi que o trabalho seguia ininterrupto: as pessoas vinham da estação para o banho em grupos sucessivos. Havia um prisioneiro para nos ajudar, um prisioneiro – fui obrigado a admitir – muito bem escolhido. Também ele usava roupa listrada, mas com um enchimento nos ombros, presa na cintura, num estilo ousado, talhada segundo a melhor e a mais atraente moda; tinha o cabelo negro brilhante, bem penteado, como o nosso, o dos homens livres. Recebeu-nos em pé, na entrada do recinto, à direita de um soldado que ocupava um lugar atrás de uma pequena mesa. Este era baixo, de aparência agradável e bem gordo, com uma barriga que começava no pescoço, um queixo que contornava toda a gola, olhos estreitos e bem-humorados no rosto enrugado, sem pelos. Na verdade, lembrava os anões que haviam sido separados na estação. Na cabeça, um gorro bem-comportado; na mesa, uma maleta que brilhava de tão nova; a seu lado, um chicote trançado de couro branco – tive de reconhecer – bem trabalhado, obviamente um objeto de uso pessoal. Observei isso tudo, descontraído, entre os muitos ombros e cabeças, enquanto nós, recém-chegados, procurávamos acomodar-nos, distribuir-nos pelo salão cheio. Nesse meio-tempo, o preso esgueirou-se apressado por uma porta que se abria à nossa frente para em seguida comunicar alguma coisa ao soldado, de forma muito íntima, curvado junto do seu ouvido. O soldado pareceu satisfeito, e sua voz fina, aguda e sussurrada, mais de criança ou de mulher, fez-se ouvir quando respondeu com algumas frases. A seguir, o prisioneiro endireitou-se e, erguendo uma das mãos, pediu-nos "silêncio e atenção" – e pela primeira vez vivi a experiência tão citada, a alegria proporcionada pela língua húngara de sabor caseiro, inesperada, no estrangeiro: estava, portanto, diante de um compatriota. Logo senti certa pena dele, pois não podia deixar de ver que se tratava de um prisioneiro muito jovem, inteligente, um homem de rosto cativante, e tive muita vontade de saber de onde ele era e por que espécie de violação havia sido preso; entretanto, ele só nos fez saber que a intenção era informar-nos o que deveríamos fazer, repassar as determinações do "*Herr Oberscharführer*" [Senhor comandante do batalhão]. Se agíssemos de acordo com o que esperavam de nós – prosseguiu –, tudo aconteceria "depressa e com lisura", atendendo, segundo ele, não só ao nosso interesse, mas também, assegurou, ao desejo do "*Herr Ober*" – como, deixando um pouco de lado a formalidade, referiu-se a ele de forma abreviada e, conforme senti, com certa intimidade.

Depois, orientou-nos acerca de algumas coisas simples, relativas à nossa situação, enquanto o soldado assentia, animado, confirmando as palavras dele – pois, afinal, tratava-se de um prisioneiro, com rosto amistoso e por vezes voltado para nós. Soubemos, por exemplo, que no salão seguinte, no vestiário, teríamos de nos despir e pendurar em ordem as roupas nos cabides ali existentes. Nesses cabides encontraríamos números. Durante o banho, as roupas seriam desinfetadas. Talvez fosse desnecessário ressaltar – ponderou, e achei que ele tinha razão – a importância de guardarmos bem o número do cabide. Não foi difícil ver a utilidade da orientação de que seria "recomendável" amarrarmos os sapatos aos pares, "para evitar toda possibilidade de confusão", como acrescentou. A seguir, conforme prometeu, passaríamos pela mão dos barbeiros e por fim viria o banho propriamente dito.

Antes, porém – continuou –, pediu que se adiantassem os que ainda tivessem dinheiro, ouro, pedras preciosas ou outros valores, e os entregassem espontaneamente à custódia do "*Herr Ober*", pois seria a última oportunidade de "livrar-se" desses objetos sem uma "punição". Explicou que o comércio, toda espécie de compra ou venda e, portanto, a entrada e a posse de objetos de valor eram "rigorosamente proibidos no campo" – usou essa palavra, nova para mim, mas fácil de entender em alemão. Depois do banho, todos seriam "radiografados" num "aparelho destinado a esse fim" – disse o prisioneiro, com o assentimento expressivo do soldado, muito bem-humorado, com ênfase na palavra "radiografia", que este também deve ter entendido. Pensei: as instruções do gendarme haviam sido mesmo precisas. De sua parte, o preso disse ainda que a tentativa de contrabando, além de implicar "a mais severa punição", poria em dúvida a nossa honestidade perante a autoridade alemã e, segundo o ponto de vista dele, isso seria "inútil e sem sentido". Indiscutivelmente, embora a questão não me dissesse respeito, achei que ele tinha razão. Seguiu-se certo silêncio, o qual, à medida que o tempo passava, senti tornar-se incômodo. Depois, uma movimentação à minha frente: um homem pediu passagem e se apresentou, pôs um objeto sobre a mesa e voltou, apressado, ao seu lugar. O soldado lhe disse alguma coisa: pareceu elogiosa. O objeto – pequeno, não pude perceber o que era de onde eu estava – desapareceu na gaveta da mesinha depois que o soldado o avaliou com uma olhadela. Ele me pareceu satisfeito. A seguir, novo intervalo, mais curto que o precedente, e de novo uma movimentação, e mais um homem – e, na sequência, sem interrupção, cada vez mais numerosos e corajosos, outros se apresentaram, repetindo os passos do anterior até a mesa e ali deixando uma ou outra peça brilhante, barulhenta, tilintante, sonora, no pequeno espaço entre o chicote e a maleta. Isso tudo – à parte os passos, o ruído dos objetos e mesmo as manifestações agudas, breves, em tom bem-humorado e encorajador – desenrolou-se no mais completo mutismo. Notei também que a cada item depositado na mesa o soldado se comportava exatamente do mesmo modo. Assim, se alguém chegasse a depositar duas peças diante dele, ele as examinava separadamente – às vezes com um meneio de reconhecimento –; primeiro analisava uma delas, abria a gaveta apenas para ela, guardava-a e tornava a fechar a gaveta, quase sempre com a barriga; depois se dedicava à outra; e recomeçava tudo de novo. Fiquei espantado com a quantidade de objetos que apareceram, mesmo depois da advertência dos gendarmes. Mas a pressa, o despertar repentino também me surpreenderam, pois até então aqueles homens tinham arcado com todos os riscos e preocupações que a posse dos objetos implicava. Seria talvez a explicação para as expressões um tanto envergonhadas, solenes, mas no geral de certo alívio, em alguns rostos. Afinal de contas, estavávamos no limiar de uma nova vida e reconheci que a situação era bem diferente daquela da gendarmaria. Para ser preciso, tudo aquilo, o episódio todo, levou de três a quatro minutos.

Do que se seguiu, não tenho muito a dizer: na essência, tudo aconteceu de acordo com as instruções do prisioneiro. Passamos por uma porta que se abria à nossa frente e entramos num espaço mobiliado com longos bancos encimados por cabides. Encontrei o meu número, que repeti comigo várias vezes para não esquecer. Amarrei os sapatos como o prisioneiro havia recomendado. Depois, seguimos para um salão de teto baixo, bem iluminado: a toda a volta, ao longo das paredes, as navalhas trabalhavam, os aparelhos elétricos de aparar vibravam, os barbeiros se ocupavam – todos prisioneiros. Destacaram-me um deles, do lado direito. Ele mandou que eu me acomodasse – é o que deve ter dito, pois eu não compreendia a língua – no banco à frente dele. Apertou a máquina contra o meu pescoço e aparou o meu cabelo até o último fio – fiquei completamente careca. Depois, pegou a navalha, pediu que eu ficasse em pé e erguesse o braço – fez o gesto – e raspou alguma coisa de minha axila. Sentou-se no banco diante de mim. Nenhuma palavra, nenhuma observação, grudou o meu órgão mais sensível e também dali raspou toda a coroa com a navalha, todos os pelos, a última gota do meu orgulho masculino que começava a proliferar havia pouco. Talvez não faça sentido, mas essa perda doeu mais que a do cabelo. Fiquei surpreso e um pouco contrariado; porém, admiti que, na verdade, seria ridículo apegar-me a algo tão insignificante. Entretanto, vi que os outros homens, e também os rapazes, passavam por situação semelhante e aproveitamos para provocar o menino de seda: como faria agora com as moças?

Contudo, seguimos em frente: veio o banho. Na porta que se abriu, um prisioneiro enfiou um pedaço de sabão marrom nas mãos de Rozi e disse, gesticulando, que serviria para três pessoas. No banheiro, sob nossos pés, ripas de madeira; sobre a cabeça, uma rede de canos cheia de duchas. Estávamos todos descalços, exalando um odor nada agradável. Achei curioso a água começar a cair inesperada, automaticamente, depois de todos termos procurado em vão por uma torneira. O jato de água não era abundante, mas naquele calor intenso a água refrescante proporcionou uma sensação agradável. Antes de mais nada, tomei um grande gole e de novo senti aquele mesmo sabor de antes na fonte; depois, deixei a água correr pelo corpo. Ao meu redor, por todos os lados, sons alegres, gente que chapinhava, espirrava, assoprava: foi um momento feliz, despreocupado. Entre os rapazes, as provocações eram muitas por causa das cabeças raspadas. O sabão, infelizmente, não fazia muita espuma, mas continha inúmeras partículas afiadas que riscavam a pele. Um homem gordo, próximo de mim – as costas e o peito cobertos de pelos negros encaracolados que, parecia, haviam sido poupados –, esfregou-se longamente com o sabão, com gestos solenes, diria, de certo modo, rituais. Aos meus olhos, faltava alguma coisa nele – além do cabelo, obviamente. Então reparei que o contorno da boca dele era mais claro e ele tinha a pele cheia de cortes recentes, vermelhos. Reconheci o rabino da fábrica de tijolos; portanto, ele tinha vindo também. Sem barba, era menos estranho. Parecia um homem simples, com o nariz um pouco grande, no fundo um homem comum. Ainda ensaboava, feliz, as pernas quando – surpreendentemente como começara – a água parou de cair; admirado, ele olhou para cima, depois para baixo e para a frente, porém, de certo modo resignado, como quem reconhece e compreende os desígnios superiores e curva-se diante deles.

Eu também não tive tempo de fazer nada diferente pois já nos levavam, empurravam-nos para fora. Caímos em um lugar mal iluminado onde um preso enfiava um lenço em cada mão que passava, e também na minha – entregava toalhas com uma condição: queria-as de volta depois de usadas. Um outro, com uma espécie de pincel achatado, passou na minha cabeça, nas axilas e naquele lugar sensível um líquido desinfetante de cor suspeita, que provocou coceira e me fez torcer o nariz. Em seguida, chegamos a um corredor que terminava num aposento sem portas, ladeado por duas janelas iluminadas à direta: em cada uma delas, um prisioneiro distribuía roupas. Recebi – como todos – uma camisa de listras brancas sobre um fundo azulado, do tempo do meu avô, com a gola sem botões ou colarinho, e uma calça mais adequada à velhice, dobrada nos tornozelos, com dois barbantes para amarrá-la, uma espécie de paletó com aparência de usado, cópia exata do que vestiam os presos, de lona, com listras azuis e brancas – roupa regular de prisioneiros, qualquer que fosse o ponto de vista; num salão mais amplo, eu mesmo escolhi numa pilha um par de sapatos de sola de madeira, forrados de tecido, sem cadarço, com três botões na lateral que se ajustavam a meus pés. Não posso me esquecer de dois pedaços de tecido cinza que me pareciam destinados a serem usados como lenços. E por fim um acessório indispensável: o gorro de prisioneiro, macio, redondo, gasto, com listras horizontais. Hesitei um pouco, mas com as vozes que nos apressavam de todos os lados, entre os que à minha volta se vestiam precipitados, febris, eu também não podia demorar-me se não quisesse ficar para trás. Na calça – por ser larga e faltar-lhe um cinto ou uma passadeira –, fui obrigado a fazer um nó, às pressas, e o sapato revelou o detalhe, imprevisto, de que a sola não dobrava. Em meio a isso tudo, e para que as minhas mãos ficassem livres, ajeitei o gorro na cabeça. Os rapazes estavam todos prontos: nos olhávamos sem saber se deveríamos rir ou nos espantar. Mas não houve tempo nem para uma coisa nem outra; já nos víamos fora dali, de novo ao ar livre. Eu não sabia quem comandava nem o que se passava, só me lembro de que se impunha uma pressão, um ímpeto me arrastava, me empurrava nos sapatos novos em que eu tropeçava um pouco, numa nuvem de pó, e entre pancadas estranhas às minhas costas, como se alguém estivesse nos açoitando, continuava na direção de novos pátios, novos portões que se abriam e se fechavam.

V

Acredito que numa situação como essa, de início, não exista prisioneiro que não se surpreenda um pouco: assim, no descampado para onde nos dirigimos após o banho, os rapazes e eu olhávamos ao redor e nos medíamos, aturdidos. Entretanto, fixei a minha atenção num jovem, nas proximidades, que examinava, apalpava os trajes longamente, absorto e um tanto hesitante, como se quisesse se convencer da textura, da realidade. Depois, ergueu o olhar como se de repente tivesse uma observação a fazer, mas, talvez porque à volta viu apenas roupas iguais, acabou por não falar nada – ao menos foi essa, quem sabe equivocada, a minha impressão. Mesmo sem o cabelo e nas roupas de prisioneiro um tanto curtas para sua estatura, reconheci nele, no rosto ossudo, o amante que havia cerca de uma hora pois era o intervalo que devia ter passado entre a chegada e a nossa completa transformação – deixara escapar das mãos, relutante, a moça de cabelos negros. Logo me senti tomado por um arrependimento. Lembrei-me de que um dia, ainda em casa, eu tinha retirado por acaso da estante um livro empoeirado, escondido, e, possivelmente, não aberto havia muito tempo. O escritor era um prisioneiro e não o li até o final porque não consegui acompanhar o raciocínio, porque os personagens tinham com frequência três nomes muito longos, impossíveis de guardar e, também, para dizer a verdade, senti certa aversão pela vida dos prisioneiros: agora, na necessidade, estava na ignorância. De tudo só tinha ficado a lembrança de que o prisioneiro, o escritor, lembrava-se melhor dos primeiros dias, ou seja, dos mais distantes em vez dos mais recentes, mais próximos do momento da escrita. À época, isso me pareceu duvidoso, na verdade um pouco exagerado. Bem, creio que ele tenha dito a verdade: eu também me lembrava com mais exatidão do primeiro dia do que de todos os seguintes.

No começo, eu diria que na prisão me sentia um hóspede como, imagino – e era compreensível –, todos, de acordo com a enganosa natureza humana. O descampado do pátio castigado pelo sol parecia um tanto deserto, e eu não vi sombra de campo de futebol, gramado ou flores, somente uma construção de madeira sem adornos, cujo exterior lembrava um grande celeiro: a nossa futura morada. Soube que só poderíamos entrar ali para o descanso noturno. À frente e atrás, uma longa fileira de celeiros parecidos, ao infinito, e outras fileiras iguais nas laterais, a intervalos regulares. Adiante delas, via-se um caminho largo, ofuscante – ou melhor, outro caminho artificial, como o que vinha do banho, pois os caminhos, as praças e a uniformidade das construções nessa imensa planura não permitiam distinguir nada de nada, ao menos aos meus olhos. No ponto em que o caminho principal se cruzava com aquele que passava entre os celeiros, uma barreira elegante, vermelha e branca, frágil, fechava a passagem. À direita, porém, a já bem conhecida cerca de arame farpado, para o meu espanto, eletrificada; na verdade, só acreditei nisso quando notei nos pilares de cimento os muitos pivôs de porcelana branca, como se veem em postes elétricos e telegráficos.

Tocá-los – asseguraram – seria fatal: bastaria pisar a estreita trilha que levava à base deles para que da torre de guarda (mostraram-na, e reconheci o que pensara ser postos utilizados na estação de caça) atirassem sem uma única palavra de advertência – avisaram-nos, com ares de importância e zelo profissional, os mais bem-informados. Logo chegaram também os voluntários, fazendo muito barulho, subjugados pelo peso de recipientes cor de tijolo. Antes, havia corrido a notícia, logo espalhada por todos os cantos, repetida e disseminada pelo pátio inteiro: "Vamos ganhar sopa quente em breve!". Eu também achava que já não era sem tempo, mas ainda assim os muitos rostos radiantes, a gratidão singular, quase infantil com que receberam a notícia me surpreendeu um pouco e por isso tive a impressão de que não era tanto pela sopa, mas, afinal, pela ideia, em meio às muitas surpresas iniciais – ao menos foi o que senti. Achei que o aviso viesse do preso que parecia ser o nosso guia, para não dizer o nosso guardião. Também ele, como o prisioneiro que cuidava dos banhos, usava uma roupa justa ao corpo, tinha cabelo – o que me agradava, por ser um fato raro naquela realidade –, e o que em casa chamávamos de "chapéu basco", de feltro azul-escuro grosso; nos pés, sapatos amarelos, bonitos; no braço, uma faixa vermelha evidenciava autoridade, e tive de concordar com um princípio que me haviam ensinado em casa, segundo o qual "não é o traje que faz o homem". Também trazia um triângulo vermelho no peito – que de imediato mostrava a todos que ele não estava ali pelo sangue, mas apenas pelo modo de pensar, como vim logo a saber. Conosco, embora medisse e economizasse um pouco as palavras, era amistoso, explicava de boa vontade todas as necessidades, e nisso não vi nada de especial, pois, afinal de contas, ele estava ali havia mais tempo – assim eu pensava.

Era um homem alto, mais para magro, de rosto um pouco enrugado, desgastado, mas no todo simpático. Notei ainda que se afastava com frequência de nós, e a distância, vez ou outra, eu surpreendia nele um olhar de estranhamento, de incompreensão, por assim dizer; um sorriso inconformado, como se espantado de nos ver, não sei por quê. Mais tarde, disseram que ele era de origem eslovaca. Alguns de nós falávamos essa língua, e muitas vezes formávamos pequenos grupos ao redor dele.

Ele próprio nos passou a sopa, com uma colher-medida de cabo longo, meio estranha, em forma de funil, e dois outros homens, que não eram dos nossos, ajudaram entregando-nos pratos de esmalte vermelho e colheres desgastadas – uma para cada dois de nós, pois, como nos disseram, os utensílios eram escassos: por esse motivo era preciso – acrescentaram – devolvê-los depois de tomada a sopa. Passado algum tempo, chegou a minha vez. Recebi o prato e a colher junto com o artesão de couro: não gostei muito daquela situação, pois nunca tive o hábito de dividir um prato e uma colher com outro, mas era necessário, concluí, para não sofrer as consequências. Ele a provou primeiro e logo a passou para mim. Seu rosto estava um pouco estranho. Perguntei-lhe o que achara e ele propôs que eu a experimentasse. Nesse momento eu via os rapazes se entreolhando pasmos, ou explodindo de rir. Assim, eu também a experimentei: não pude deixar de concordar que era, infelizmente, intragável. Perguntei o que fazer ao artesão de couro, e ele respondeu que eu poderia jogá-la fora. Ao mesmo tempo, atrás de mim, uma voz sussurrou em meus ouvidos, esclarecedora: "Essa é a chamada *dörgemüze*" – explicou. Era um homem atarracado, mais velho, que tinha debaixo do nariz a marca de um bigode anguloso. Seu rosto refletia bondade e sabedoria. Alguns homens de ar insatisfeito nos cercaram, apertando nas mãos o prato e a colher, e ele lhes contou que tomara parte na guerra mundial passada como oficial. "Tive oportunidade de sobra" – disse – "para conhecer bem essa comida", ainda por cima entre soldados alemães no front, "com quem lutamos juntos" – ponderou. Segundo ele, aquilo não era o mesmo que "cozido seco". Para estômagos húngaros – acrescentou, com um sorriso compreensivo, como quem se desculpava –, era obviamente estranha. Entretanto, afirmou que era rica em "nutrientes e vitaminas", assegurados pela experiência dos alemães nesse tipo de conservação. "Além disso" – observou, com um novo sorriso –, "para o bom soldado a primeira lei é comer tudo o que oferecem hoje porque não sabe se ganhará amanhã", foram as palavras dele. E depois raspou o prato, calmo, resoluto, sem nenhuma careta, até a última gota. Apesar de tudo, joguei a minha parte na base da parede do barracão, como vira alguns adultos e rapazes fazerem. Mas fiquei constrangido porque notei o olhar do nosso superior a distância e me afligiu a possibilidade de tê-lo ofendido; porém, em seu rosto percebi uma expressão singular, num sorriso indeciso. Levei o prato de volta e em troca recebi uma grossa fatia de pão sobre a qual, ocupando toda a extensão, havia uma substância branca em barra, parecida com uma peça de brinquedo de montar: manteiga não, margarina, disseram. Acabei comendo, embora nunca tivesse visto pão como aquele: quadrado, como se tivesse sido feito de uma lama preta, recheado de tiras de palha e sementinhas que estalavam sob os dentes; mas era pão e, ao final da longa caminhada, eu sentia fome. A margarina, na falta de utensílio melhor, passei-a com os dedos, como um Robinson, por assim dizer, como vi os outros fazerem. Depois, tive vontade de tomar água; foi desagradável descobrir que não havia; aborrecido, pensei que voltaríamos a sentir sede, como no trem.

Nessa hora tivemos, dessa vez mais compenetrados, de prestar atenção em um cheiro. Era difícil defini-lo: adocicado e um tanto viscoso, com o produto químico já familiar, me fez recear que aquele pão talvez subisse de volta pela garganta. Não foi difícil constatar: a responsável era uma chaminé, situada à nossa esquerda, na direção do caminho, embora bem mais distante. Logo se percebia que era uma chaminé de fábrica, e pelos que iam à frente soubemos que era uma fábrica de couro. Lembrei-me dos domingos em que ia com meu pai ao jogo de futebol em Újpest e de que o bonde passava por uma fábrica de couro: naquele trecho eu tinha de prender a respiração. Por outro lado – espalhou-se a notícia –, nessa fábrica, por sorte, não teríamos de trabalhar: se tudo corresse bem, se não pegássemos tifo, disenteria ou outra epidemia, tranquilizaram-nos, seguiríamos em breve para um lugar mais acolhedor. Era por isso que não trazíamos um número na roupa nem, sobretudo, na pele, como o nosso superior, "o comandante do bloco", como o chamavam. Desse número, por sua vez, muitos se certificaram com os próprios olhos: era escrito em tinta verde, sobre o pulso, como uma tatuagem permanente, feita com agulhas apropriadas. Foi nessa hora que chegou aos meus ouvidos o relato dos voluntários que distribuíam a sopa. Também eles tinham visto os números talhados na pele dos prisioneiros mais antigos, na cozinha. A resposta, que passou de boca em boca, cujo sentido buscavam e que repetiam sem parar ao meu redor, havia sido dada por um preso: o que era aquilo? "*Himmlische Telephonnummer*", ou seja, "telefone do céu", teria ele dito. Notei que a coisa fez todos ficarem pensativos e, embora eu não me sentisse mais esclarecido, estranhei, sem dúvida, aquelas palavras. Seja como for, passaram a assediar, agitados, o comandante do bloco e os dois ajudantes, a ir e a vir, a questionar, inundá-los de perguntas, trocar informações entre si, por exemplo, se havia alguma epidemia. "Sim" – ecoou a resposta. O que acontece aos doentes? "Morrem." E com os mortos? "São queimados." Na verdade – descobrimos pouco a pouco, e não pude compreender bem como –, a chaminé não era de uma fábrica de couro, mas um "crematório", a chaminé dos fornos de incineração, como ficou claro pelo significado da palavra. Enquanto isso, examinei-a melhor: era uma chaminé de boca larga, maciça, achatada, como se tivesse tido a cobertura arrancada de repente. Devo dizer que a não ser pelo cheiro, cuja realidade nos fez imergir numa espécie de pasta espessa, num pântano, não senti mais nada. A distância, divisamos, surpresos, uma, e mais uma, e, no horizonte do céu claríssimo, mais uma, chaminés iguais; duas delas emitiam uma fumaça parecida com a da nossa, e talvez tivessem razão os que passaram a desconfiar de uma espiral de fumaça que subia por trás de um parque distante, de vegetação escassa, e refletiram, creio que com razão: seria tão grande a epidemia a ponto de existirem tantos mortos?

Posso afirmar que mal caíra a noite do primeiro dia e eu tinha já uma consciência bastante precisa de tudo. Nesse meio-tempo conhecemos também o lavatório – um salão feito de três plataformas que balançavam, em cada uma delas recortados dois buracos, ou seja, ao todo, seis: tivemos de nos ajeitar sobre eles, ou acertá-los, cada um segundo sua vontade. Seja como for, não houve muito tempo para isso porque logo apareceu um prisioneiro enfurecido, com uma braçadeira negra, um chicote de aparência pesada nas mãos, e todos, onde quer que estivéssemos, fomos obrigados a nos afastar. Alguns prisioneiros antigos, mais humildes, perambulavam por ali: eles se dispunham a oferecer-nos algumas palavras mais amáveis e esclarecedoras. Sob a direção do comandante do bloco tivemos de percorrer, ida e volta, um caminho que passava por um lugar interessante: atrás da cerca de arame farpado, os celeiros de costume, e, entre eles, mulheres estranhas (ante uma delas, virei de pronto as costas, pois da roupa aberta pendia alguma coisa a que um bebê, de cabeça raspada, brilhante à luz do sol, se pendurava) e homens ainda mais estranhos, vestindo roupas iguais – embora gastas – às daqueles que viviam do lado de fora, por assim dizer, em liberdade. Na volta, eu também já sabia: era o campo dos ciganos. Fiquei um pouco surpreso. Em casa, sobre ciganos, todos tínhamos reservas naturalmente, mas até então nunca ouvira dizer que também fossem criminosos. Do outro lado da cerca, vi uma carroça chegar exatamente àquela hora, puxada por crianças pequenas com correias nos ombros, como se fossem pôneis, acompanhadas pelas passadas de um homem de bigode grande e com um chicote na mão. O carregamento vinha coberto de mantas, mas pelas aberturas, entre os trapos, viam-se pão e sapatos brancos, inconfundíveis: concluí que eles gozavam de uma posição um degrau acima da nossa. Do passeio, ficou a lembrança de mais uma visão: do outro lado, também pelo caminho principal, de roupa branca, com uma faixa vermelha larga na lateral da calça e um grande gorro vermelho de artista, como os vistos nos primeiros pintores da Idade Média, nas mãos uma elegante bengala com um gancho na ponta, passava um homem, olhando à direita e à esquerda, e era difícil acreditar que – segundo afirmaram – essa eminência não passava de um prisioneiro como nós.

Sou capaz de jurar: nesse passeio, não falei com nenhum desconhecido. Ainda assim, foi, na verdade, por meio deles que tive minhas informações mais seguras. Disseram que à minha frente, naquele momento, ardiam os companheiros de viagem do trem, todos os que escolheram ir de carro, os que, pela idade ou por outra razão, pareceram incapazes perante o médico, bem como os pequenos com as mães ou as mulheres que davam sinais de serem futuras mães. Da estação, também elas foram levadas aos banhos. Também elas foram informadas dos cabides, dos números, de como deviam se banhar, exatamente como nós. Também passaram pelos barbeiros – contaram – e também receberam sabonetes. Entraram no recinto dos banhos, onde, ouvi, também havia canos e chuveiros: porém, deles não saía água, mas gás. A compreensão disso tudo não veio de repente, mas aos poucos, a cada vez complementada de novos detalhes, alguns questionados, outros aceitos, e emendados de mais novos ainda. Enquanto isso – me contaram –, eram gentis com eles, cercavam-nos de amor e cuidados, as crianças jogavam bola e cantavam, e o local onde seriam asfixiados ficava entre belos gramados, parques e canteiros; tudo despertou em mim a lembrança de travessuras, brincadeiras de estudante. Como também, pensando bem, a habilidade com que me haviam feito trocar de roupa, a ideia do cabide e do número, ou como tinham assustado os que guardavam posses com as radiografias que, ao final, não passaram de palavras. Evidentemente, eu reconhecia que por outro ângulo isso tudo não era exatamente uma brincadeira, pois o resultado – para expressar assim – eu podia vê-lo com meus próprios olhos, sobretudo senti-lo pelo estômago nauseado o tempo todo; era isso que sentia, e no fundo – ao menos imaginava – não podia ser muito diferente. Afinal de contas, também ali deveria haver reuniões: provavelmente juntavam as cabeças, ainda que não exatamente de estudantes, é claro, mas de adultos maduros, mais, certamente de senhores, em trajes respeitosos, fumando charutos, condecorados, presumivelmente comandantes que naqueles momentos não podiam ser importunados. Um deles idealizara o gás; um outro, o banho; um terceiro, o sabonete; um quarto acrescentara as flores, e assim por diante. Algumas ideias talvez tivessem sido discutidas mais longamente, aprimoradas, ao passo que teriam se alegrado de imediato diante de outras, e num salto (não sei por quê, mas faço questão disso: num salto) batiam nas palmas uns dos outros – era fácil de imaginar, ao menos de minha parte. A fantasia dos comandantes se transformava em realidade na esteira de muitas mãos que se ocupavam, muitas idas e vindas, e quanto ao sucesso da apresentação, eu via, não podiam restar dúvidas. Da estação, assim caminhou, sem desconfianças, a velha que obedecia ao filho, o menino de sapatos brancos com a mãezinha loira, a dama corpulenta, o velho de cartola preta ou o doente dos nervos diante do médico. Lembrei-me do especialista: deve ter ficado muito surpreso, coitado. Rozi também o observou meneando a cabeça, penalizado: "Pobre Moskovics" – e todos concordamos com ele. Mesmo o menino de seda bradou: "Nossa Senhora!". Descobrimos por ele que a suspeita dos rapazes era acertada: entre ele e a menina da fábrica de tijolos havia "acontecido tudo", e ele pensava nas consequências um dia visíveis desse feito. Concordamos que a preocupação era justa, embora, a par da inquietação, era como se o rosto dele espelhasse um sentimento diferente, difícil de definir, e nesses momentos os rapazes olhavam para ele com certo respeito, evidentemente fácil de compreender.

Na verdade, uma outra coisa me fez mergulhar em reflexões naquele dia: o fato de que – como vim a saber – esse lugar, essa instituição, existia havia anos, funcionava dia após dia do mesmo modo e – embora admitisse que nesse pensamento talvez houvesse algum exagero – ainda assim: era como se estivesse à minha espera. Seja como for – muitos mencionaram num reconhecimento horrorizado –, o comandante do nosso bloco vivia ali havia quatro anos. Naquela hora, ocorreu-me que aquele ano havia sido significativo também para mim, pois eu havia iniciado o ensino fundamental 2. Tenho bem guardada na memória a festividade de abertura – eu, com o traje chamado *Bocskai*, azul-escuro, bordado, à húngara. Registrei também as palavras do diretor – pensando agora, também ele um homem de ar respeitável, com aparência de comandante, óculos severos, bigode branco, bonito. Lembro-me de que para finalizar ele citou um sábio da Antiguidade: "*Non scolae sed vitae discimus*" – "Não estudamos para a escola, mas para a vida". Então, me pareceu que de acordo com isso deveria ter estudado o tempo todo sobre Auschwitz. Teriam explicado tudo, abertamente, com honestidade, clareza. Entretanto, acerca disso, ao longo de quatro anos, não ouvi uma única palavra na escola. Mas concordei que teria sido angustiante, não fazia parte da cultura. A desvantagem foi que tive de aprender na prática, descobrir, por exemplo, que estávamos em um *Konzentrationslager*, "campo de concentração". Eles, porém, não eram todos iguais, explicavam. Este era um *Vernichtungslager*, ou seja, um "campo de extermínio", esclareciam. Por outro lado – acrescentavam logo –, um *Arbeitslager*, "campo de trabalho", era completamente diferente: corria a notícia de que a vida era fácil, as relações entre as pessoas e as provisões eram naturalmente incomparáveis, pois, afinal de contas, os objetivos eram diferentes. Nós também iríamos a um lugar como esse caso não acontecesse nada no meio do caminho, o que em Auschwitz – comentavam à minha volta – não seria impossível. Os que passaram as informações complementaram dizendo que não era nada aconselhável ficar doente. Por outro lado, a área do hospital ficava na direção de uma das chaminés, que os iniciados diziam ser aos pés da "número dois". O perigo vinha da água, sobretudo da água não fervida, por exemplo, aquela de que no caminho entre a estação e o banho eu mesmo havia bebido – mas, afinal de contas, eu não tinha como saber. Não, um aviso era exibido, não havia como discutir, mas ainda assim achava que talvez os soldados devessem ter advertido. Porém – pensei –, tinha de considerar o que era objetivo: graças a Deus, eu me sentia bem e também dos rapazes não ouvira queixas até então.

Nesse dia, tive acesso a novas informações, cenas, costumes. À tarde, ao meu redor, falaram das nossas perspectivas, possibilidades e esperanças futuras, em vez de sobre a chaminé. Nessas horas, era como se ela nem estivesse ali, não a notávamos. Como muitos descobriram, tudo dependia da direção do vento. Naquele dia também vi as mulheres pela primeira vez. Foram mostradas por pessoas aglomeradas, agitadas, junto da cerca de arame farpado: estavam mesmo ali, embora fosse difícil percebê-las, quanto mais reconhecê-las como mulheres, naquela distância, do outro lado do campo de terra que se estendia à nossa frente. Cheguei mesmo a ficar assustado e percebi que, depois da alegria inicial da excitação da descoberta, os homens à minha volta silenciaram. Somente uma observação abafada, um tanto rouca, chegou a meus ouvidos: "Estão carecas". E, no grande silêncio, pela primeira vez, escutei, entre uma e outra lufada de vento da noite estival, embora débil, áspera, quase inaudível, mas indubitável, a música alegre, pacificadora, que – assim, com a visão – de certa forma surpreendeu muito a mim e a todos. Pela primeira vez fiquei parado por mais tempo, ainda sem saber à espera de quê, num dos últimos lugares, entre fileiras de dez, diante do nosso barracão – na verdade, como todos os prisioneiros diante de todos os barracões, ao lado, à frente, atrás e onde a vista alcançava –, e pela primeira vez tirei, ao ser advertido, o gorro da cabeça, enquanto lá fora, no caminho principal, deslizando devagar, silenciosas, no ar manso do crepúsculo, surgiram as silhuetas de três soldados de bicicleta: era uma visão de algum modo – não pude deixar de sentir – bela, austera. Então, me ocorreu: veja, há quanto tempo você não se depara com soldados. Fiquei encantado com esses homens tão frios, gélidos, que de uma altura inatingível escutaram – um deles tomando notas numa caderneta comprida –, do outro lado da barreira, o que o comandante do nosso barracão (também ele com o gorro entre as mãos) lhes disse; sem uma única palavra ou aceno, prosseguindo o voo ligeiro no caminho principal vazio, com um poder quase sinistro, seria difícil reconhecer neles as palavras gentis, os membros da corporação jovial que hoje cedo nos havia saudado no trem. Ao mesmo tempo, um ruído suave chegou a meus ouvidos e à minha direita vi um perfil tenso, o arco curvado de um peito; era um oficial. Sussurrava de modo que seus lábios não se moviam: "Chamada noturna" – com um meneio contido, o sorriso, a expressão do conhecedor de pessoas para quem era bem compreensível, perfeitamente claro, que em certo sentido quase tudo acontecesse conforme sua vontade. E vi pela primeira vez – porque a escuridão nos saudou ali – a cor da noite do lugar, e um fenômeno: as fagulhas, as chamas e as faíscas de fogos de artifício em toda a borda esquerda do céu. Ao meu redor muitos cochicharam, murmuraram, repetiram: "Os crematórios!". Mas como se fosse espanto ante um fenômeno da natureza. Logo estava *abtreten* e com um pouco de fome, mas descobri que o jantar havia sido o pão que eu comera de manhã. O barracão, "o bloco", revelou-se um recinto desnudo, sem móveis nem mesmo iluminação, com um piso de cimento onde a paz noturna só se resolvia como no estábulo da gendarmaria. Eu apoiava as costas nas pernas de um dos rapazes sentado atrás de mim e nos meus joelhos se recostava o que estava sentado à minha frente; e, por estar cansado e com sono pelas muitas experiências e aventuras novas, caí logo no torpor do sono.

Dos dias que se seguiram – como os passados na fábrica de tijolos – restaram menos detalhes, mais o colorido, um sentimento, diria, uma impressão geral. Seria difícil precisar. Nesses dias, continuaram a acontecer coisas novas para aprender, ver e experimentar. Nesses dias, uma e outra vez senti o calafrio da sensação diferente, estranha, que experimentara pela primeira vez à visão das mulheres, uma e outra vez aconteceu de me achar entre rostos surpresos, magros, homens petrificados, amontoados uns sobre os outros, que se perguntavam o tempo todo: "O que dizem? O que dizem?" – e não havia resposta ou ela era sempre a mesma: "É horrível". Mas essa não era a palavra, não era exatamente essa a experiência – não para mim, naturalmente – que poderia de fato representar Auschwitz. Entre os mais de cem ocupantes do nosso bloco descobri que estava também o homem sem sorte. Dentro da enorme roupa de prisioneiro pintada de modo um tanto esquisito e com o gorro largo que escorregava: "O que dizem?", perguntava ele também – "o que dizem?..." –, mas, claro, não tínhamos muito a dizer. Depois, não consegui acompanhar suas palavras atropeladas, confusas. Não se deveria pensar, embora pudesse e fosse necessário, sem descanso, nos "que deixara em casa" e por quem "era preciso ter força", pois o esperavam: a esposa e os dois filhos pequenos – essa me pareceu ser a essência das palavras dele. Pois a preocupação principal, também ali, no limite, era a mesma que no galpão da alfândega, no trem ou na fábrica de tijolos: a longa passagem dos dias. Começava bem cedo, pouco depois do nascer do sol do meio do verão. Descobri como eram frias as manhãs de Auschwitz: com os rapazes, ficávamos acocorados do lado da barraca que dava para a cerca de arame farpado, aquecendo-nos uns aos outros, bem de frente para o sol ainda baixo, vermelho. Algumas horas depois, buscávamos a sombra. Seja como for, o tempo passava, o artesão de couro também estava conosco, e ouvia-se uma ou outra brincadeira; ali havia, igualmente, se não pregos de ferradura, pedregulhos, que o menino de seda acabava ganhando em série, e destacava-se a voz de Rozi: "Agora cantemos em japonês!". Além disso, duas viagens diárias para as necessidades, de manhã uma caminhada para o barracão dos banhos (lugar parecido, mas em vez de estrados, três fileiras de valas escavadas no comprimento, revestidas de metal, encimadas por canos paralelos de ferro, de onde a água escorria por pequenos furos), a distribuição de alimento, o *Appel* [a chamada] da noite, e ainda, claro, os comunicados – era com isso que tinha de me satisfazer, essa era a rotina diária. Acrescentavam-se as aventuras: assim, uma *Blocksperre*, uma "contagem do bloco" na segunda noite – vi o nosso comandante impaciente pela primeira vez, mais, diria, exasperado, quando sons distantes se filtravam, sons confusos em que, se atentássemos bem, divisaríamos gritos, latidos de cães e estampidos de tiros na escuridão asfixiante do barracão; ou de novo a visão de uma marcha, atrás da cerca de arame, segundo disseram, dos que voltavam do trabalho, e fui obrigado a acreditar, porque a mim também pareceu que entre os andrajos trazidos pelos que vinham atrás sem dúvida jaziam mortos de verdade, conforme afirmaram à minha volta. Naturalmente, durante algum tempo, aquilo tudo exigiu muito da minha imaginação. Por outro lado, porém – posso afirmar –, não era suficiente para preencher um dia de inação. Assim descobri: parecia que mesmo em Auschwitz era possível existir tédio – desde que fôssemos privilegiados. Ficávamos à espera, esperávamos – se penso bem – que na verdade não acontecesse nada. Esse tédio, aliado à estranha espera; creio que essa impressão, aproximada, representava na verdade Auschwitz – claro, aos meus olhos.

Tenho de reconhecer mais uma coisa: no dia seguinte comi, e mais, no terceiro esperava pela sopa. Em Auschwitz, não pude deixar de estranhar a rotina da alimentação. De manhã logo chegava um líquido, o café, segundo diziam. O almoço, a sopa, serviam curiosamente cedo, por volta das nove horas. Depois, nada acontecia até a chegada do pão com margarina ao pôr do sol, antes da hora do *Appel*: dessa forma, depois do terceiro dia, estabeleci uma intimidade tolerável com a sensação irritante de fome, de que os rapazes também se queixavam. Somente o fumante reparou que a sensação não lhe trazia nada de novo, e o cigarro lhe fazia mais falta – dizia, com uma expressão quase satisfeita no rosto, e os rapazes, creio que por isso, não se preocuparam mais com ele.

Quando, depois, fiz a conta, por mais surpreendente que possa parecer: em Auschwitz passei, na verdade, apenas três dias inteiros. Na quarta noite estava de novo no trem, em um dos vagões de carga já conhecidos. O destino – descobrimos – era Buchenwald, e, embora fosse mais cuidadoso com os nomes promissores, senti que a afabilidade, diria, um traço inconfundível de calor, uma afeição, um ar sonhador, um sentimento de inveja no semblante de alguns dos presos que vieram despedir-se de nós não poderia ser um completo engano. Também não pude deixar de ver que entre eles estavam muitos dos prisioneiros mais antigos, mais sabidos, de alguma importância, evidenciados pelas braçadeiras, pelos gorros e pelos sapatos. Junto do trem também foram eles que providenciaram tudo; guardas, só vi alguns mais ao longe, a um canto da rampa, de patente mediana, e nesse lugar silencioso, nas cores suaves da noite calma, nada lembrava, a não ser talvez a grandiosidade, a estação agitada, animada pela excitação, pelas luzes, pelo movimento, pelo barulho e pela vida que vibrava e pulsava em todos os cantos, onde uma vez, ou melhor, havia três dias e meio, havia descido.

Da viagem, tenho menos a contar: tudo aconteceu do modo costumeiro. Agora não éramos sessenta, mas oitenta, porém não tínhamos bagagens nem precisávamos cuidar das mulheres. Também havia um vaso, igualmente sentimos calor e sede, porém estávamos expostos a menos tentações, por exemplo, quanto aos mantimentos: a porção, o pão maior do que o habitual, a margarina em dobro e alguma coisa que, na verdade, lembrava o salsichão de casa, um pedaço de *Wurst*, distribuído no trem, que logo comi, primeiro porque estava com fome, depois porque não havia onde armazená-lo e, por fim, porque não avisaram que a viagem duraria três dias.

Também a Buchenwald chegamos de manhã, num dia ensolarado, límpido, mas sob um clima menos quente, mais fresco, com nuvens e rajadas de vento. A estação, se comparada à de Auschwitz, lembrava uma simples plataforma, acolhedora, típica de interior. A recepção foi mais desagradável: não foram prisioneiros, mas guardas que abriram as portas, e – pensei – foi a primeira vez de verdade, por assim dizer, sem disfarces, que tivemos um contato tão próximo, íntimo, com eles. Fiquei espantado com a rapidez, a precisão com que tudo se passou. Alguns gritos breves: "*Alle raus!*" ["Todos para fora!"],

"*Los!*" ["Vamos!"], "*Fünfe Reihen!*" ["Cinco fileiras!"], "*Bewegt euch!*" ["Mexam-se!"], alguns golpes surdos, algumas pancadas, um ou outro passo de bota, um ou outro empurrão com a ponta de uma arma, gemidos abafados, e a fila se formou, a marcha, como se tracionada por uma corda, à qual, no final da plataforma e com a mesma meia-volta, um guarda se juntou a cada quinta fileira, ou seja, a cada 25º homem de roupa listrada, e mais dois, a espaços de cerca de um metro, sem tirar os olhos nem por um minuto, mudos, marcando o ritmo com os passos, mantendo viva em ondas permanentes a fila toda em movimento, parecida com uma centopeia conduzida para dentro da caixa de fósforos com a ajuda de pedacinhos de papel e agulhadas; isso tudo de algum modo me amorteceu, fascinou. Não pude deixar de sorrir, pois, de repente, me ocorreu o acompanhamento desleixado, ingênuo dos guardas que nos levaram à gendarmaria. E mesmo os excessos todos dos gendarmes, reconheci, eu só podia considerar como um ar falso de importância em comparação com essa competência taciturna, ajustada em todos os detalhes. E a despeito de, por exemplo, ver bem os rostos, a cor dos olhos ou a dos cabelos, um ou outro traço pessoal, defeitos, e uma ou outra erupção na pele, não era capaz de me agarrar a coisa alguma, era obrigado a ter dúvidas: apesar de tudo seriam semelhantes a nós, na essência, feitos fundamentalmente da mesma matéria humana? Porém, me ocorreu que talvez a minha impressão fosse equivocada, pois eu também não era mais o mesmo.

Ainda assim, notei que aos poucos subíamos uma elevação cada vez mais íngreme, de novo por uma estrada boa, não como a de Auschwitz, reta, mas cheia de curvas. Nos arredores, vi muito verdor natural, edifícios elegantes; na distância, mansões escondidas entre as árvores, parques, jardins; e a paisagem toda, as dimensões, as proporções sóbrias, posso dizer sem medo, pareciam acolhedoras – ao menos para olhos habituados a Auschwitz. Na margem direita da estrada fui surpreendido por um pequeno zoológico: veados, roedores e outros animais, entre os quais um urso marrom-claro, que ao som dos nossos passos logo se postou sentado, como se esperasse oferendas, exibindo alguns movimentos brincalhões na jaula – mas depois o esforço se mostrou inútil. Passamos perto de uma estátua no gramado situado numa bifurcação da estrada. Repousava sobre um pedestal branco, feita da mesma pedra branca, macia, granulosa e sem brilho, para o meu gosto, na realidade, grosseira, uma obra de acabamento improvisado. Das listras entalhadas na roupa, da cabeça raspada, mas sobretudo pela aparência, logo se via: visava representar um prisioneiro. A cabeça inclinada para a frente, a perna elevada no ato de andar, enquanto, no colo, ele abraçava por baixo um pedaço de pedra inacreditavelmente grande, quadrado, com as mãos num gesto contraído. No primeiro momento olhei – como aprendera na escola – pelo prazer artístico, diria, sem nenhum interesse especial; só depois me ocorreu que deveria ter um significado, que, se pensasse bem, não poderia ser tomado como um sinal muito agradável. Diante dos meus olhos surgiu uma cerca de arame denso, um portão ornamentado escancarado entre dois postes maciços de pedra, acima dele uma estrutura envidraçada que lembrava a ponte de comando dos navios, e, caminhando, logo passei por baixo dela: cheguei ao campo de concentração de Buchenwald.

Buchenwald ficava numa região de montanhas e vales, no dorso de uma elevação. O ar era límpido, os olhos se maravilhavam com a paisagem cambiante, os bosques circundantes, os telhados de cerâmica vermelha das casas de aldeia nos vales mais baixos. Os banhos se estendiam à esquerda. A maioria dos presos era amistosa, mas de certo modo diferente de Auschwitz. Depois da chegada, também fomos recebidos por banho, barbeiros, líquido desinfetante e troca de roupa. Os acessórios da rouparia eram exatamente os mesmos de Auschwitz. Mas o banho era mais quente, os barbeiros faziam o trabalho com mais cuidado, e o roupeiro, ainda que com uma rápida olhadela, procurava avaliar as nossas medidas. Depois, entrávamos em um corredor com janelas de correr de vidro, onde se certificavam de que não tínhamos dentes de ouro. Companheiros que moravam ali havia mais tempo, com cabelos, anotavam os nomes num livro grande e entregavam um triângulo amarelo e uma tira larga, listrada, feitos de lona. No meio do triângulo, como símbolo de que, afinal de contas, éramos húngaros, uma grande letra U; na tira lia-se um número impresso; na minha, por exemplo, 64921. Era aconselhável aprender o quanto antes a pronúncia em alemão, com clareza e de modo compreensível, assim: "*Vier und sechzig, neun, ein-undzwanzig*" ["Sessenta e quatro, nove, vinte e um"], pois essa seria sempre a resposta caso perguntassem quem eu era. Se não marcavam o número na pele e se, angustiado, você fizesse essa pergunta na hora do banho, o velho prisioneiro, com as mãos erguidas para o alto, negava, com os olhos voltados para os céus: "*Aber Mensch, um Gotteswillen! Wir sind doch ja hier nicht in Auschwitz!*" ["Mas, pelo amor de Deus, nós não estamos em Auschwitz!"]. Além dessa memorização, tanto o número como o triângulo deviam estar pregados na roupa até a noite, com a ajuda dos alfaiates, proprietários únicos das agulhas e linhas; caso você se entediasse por ficar na fila até o cair da tarde, com um pouco da porção de pão, ou melhor, de margarina, poderia conseguir que eles tivessem mais boa vontade, embora, mesmo sem isso, o fizessem com prazer, pois era a obrigação deles, segundo diziam. O clima de Buchenwald era mais frio do que o de Auschwitz, os dias, cinzentos, e a garoa, frequente. Mas em Buchenwald recebemos, surpresos, uma espécie de sopa com pedaços de pão frito no café da manhã; aprendi com o tempo que a porção normal de pão era um terço, mas em certos dias poderia ser uma metade – não um quarto e às vezes um quinto, como em Auschwitz –, que no fundo da sopa do almoço havia restos de carne vermelha, e mais: com alguma sorte um ou outro cubo inteiro de carne, e conheci o termo *Zulage* [suplemento], que significava que se poderia surrupiar um pouco de *Wurst* [salsicha] ou uma colher de geleia – dependendo do oficial ali presente, que nessas ocasiões exibia um ar de satisfação. Em Buchenwald, morávamos em barracas, no *Zeltlager*, o "campo das barracas", ou, em outras palavras, no *Kleinlager*, o "campo pequeno", dormíamos sobre palha espalhada, inseparáveis e, na verdade, apertados, mas na horizontal. A cerca de arame dos fundos ainda não era eletrificada, mas, se alguém saísse da barraca à noite, seria estraçalhado por cães pastores – advertiram, e da seriedade do aviso, ainda que no primeiro momento nos surpreendesse, era melhor não duvidar. Na outra cerca, por sua vez, já no campo propriamente dito, onde começavam as ruas largas de calçamento que sobre a colina se espalhavam para o alto e para todos os lados, e os barracões verdes bem-cuidados e as casinhas de pedra de um andar, todas as noites surgiam boas oportunidades para compras: colheres, facas, potes e peças de roupa dos prisioneiros negociantes do lugar; um deles me ofereceu uma malha; mostrou, indicou, explicou, ao preço de apenas meio pão – mas ainda assim não comprei nada, pois no verão não precisava de malha e o inverno me parecia distante. Foi então que notei a variedade de triângulos e letras inscritas, a ponto de ao final nem sempre conseguir me situar: onde ficava a casa de cada um? À minha volta, ouviam-se muitas palavras de sabor local em meio à fala húngara, e diversas vezes chegou a meus ouvidos a língua estranha que ouvira pela primeira vez dos prisioneiros que nos receberam no trem em Auschwitz.

Em Buchenwald, para os residentes do *Zeltlager*, não havia chamada, o lavatório ficava ao ar livre, mais exatamente à sombra das árvores; uma instalação como a de Auschwitz, mas feita de pedra em forma de cocho, e pelos furos do cano espirrava, ou ao menos pingava, água o dia todo, e desde que estivera na fábrica de tijolos pela primeira vez me aconteceu o milagre de poder beber, se tivesse sede, e mesmo se apenas sentisse vontade. Em Buchenwald também havia crematório, naturalmente, mas apenas um, e não era a finalidade, a essência, a alma, a razão do campo – posso afirmar, corajoso –; só queimavam nele os que no campo morriam, pelas condições cotidianas de vida, por assim dizer. Em Buchenwald – é provável que o tenha descoberto dos prisioneiros antigos – era aconselhável evitar a pedreira, embora – acrescentaram – ela mal funcionasse, não como na época deles, segundo disseram. O campo, fiquei sabendo, funcionava havia sete anos e abrigava prisioneiros vindos de campos mais antigos; entre eles, conheci os nomes de uma certa "Dachau", e mais "Oranienburg" e "Sachsenhausen". Compreendi o sorriso com ar de indulgência que víamos no rosto de algumas eminências bem-vestidas do outro lado da cerca, que exibiam números na casa dos 10 ou 20 mil, ou ainda com quatro ou três algarismos. Nas proximidades do nosso campo – descobri – havia uma cidade célebre do ponto de vista da cultura, Weimar, de cuja fama ouvira falar ainda em casa, é claro: ali vivera e criara suas obras o homem cujo poema que começava por "*Wer reitet so spät durch Nacht und Wind*"[1] ["Quem cavalga tão tarde à noite e ao vento?"] eu mesmo sabia de cor e – como corre a notícia –, protegida de nós, prisioneiros, por uma cerca, existia em algum lugar do campo uma árvore plantada com as próprias mãos dele e que desde então ramificara as raízes. Considerando tudo, não era nada difícil entender certos semblantes de Auschwitz: posso dizer que logo me afeiçoei por Buchenwald.

Zeitz, mais precisamente o campo que levava o nome desse lugar, ficava a uma noite de viagem de trem de carga, e mais 20 a 25 minutos de caminhada, na companhia de soldados, numa estrada margeada de terras aradas, bem cultivadas, paisagens do campo – como eu mesmo pude constatar. Este, por sua vez, viria ser o destino final – asseguraram – para aqueles do nosso grupo cujos nomes começavam com uma letra do alfabeto que antecedesse o M; os demais teriam como destino o campo de Magdeburg, um nome mais familiar por causa da fama histórica – assim nos contaram ainda em Buchenwald, na noite do quarto dia, numa espécie de grande praça iluminada por luzes em arco, fantasmagórica, os prisioneiros com longas listas nas mãos e que usavam diversas distinções, e eu só lamentava ter de me separar de muitos dos rapazes, em especial de Rozi. Além disso, por capricho, fomos acomodados no trem pelos nomes, o que me afastou de todos os outros.

Posso dizer que entre as fadigas irritantes não existe nenhuma mais dolorosa, extenuante, entre as que é preciso passarmos, do que a chegada a um novo campo de

1 Trata-se do primeiro verso da balada "Der Erlkönig" (1782), de Johann Wolfgang von Goethe.

concentração – ao menos depois de Auschwitz e Buchenwald, também em Zeitz a experiência foi essa. Na verdade, logo percebi que dessa vez chegara somente a uma espécie de campo menor, pobre, remoto, de aldeia. Ali seria inútil procurar – tudo indica que existem somente em campos mais importantes – banheiro ou crematório. A região também era uma planície monótona e apenas da extremidade do campo via-se uma linha distante azulada: "a região montanhosa da Turíngia" – ouvi alguém dizer. A cerca de arame farpado, com torres de vigia cravadas nos quatro cantos, estendia-se bem ao lado da estrada. O campo em si era quadrado – na essência, um grande descampado que se abria do portão voltado para a estrada, os três outros lados cercados de barracas enormes, do tamanho de hangares ou lonas de circo: a longa contagem, o ordenamento, a pressa e o empurra-empurra serviram apenas, como ficou claro, para que designassem e alinhassem em filas de dez os moradores recém-chegados de algumas barracas, "blocos" – segundo disseram. Eu também me arrastei até um deles, mais exatamente o da extremidade à direita da fileira de trás, se me imaginasse em pé, de frente para o portão – e em pé eu estava havia muito tempo, até a dormência, sob o peso interminável do dia cada vez mais desagradável. Também era inútil procurar os rapazes com o olhar: à minha volta, todos desconhecidos. À minha esquerda, um vizinho alto, magro, um tanto estranho, que o tempo todo murmurava alguma coisa para si enquanto movimentava o peito para diante e para trás num balanço ritmado; à minha direita, alguém mais baixo e de ombros largos, que por sua vez fazia o tempo passar lançando cuspidas precisas, longas, na poeira à sua frente, a intervalos regulares. Ele também me olhou, primeiro só de passagem, da segunda vez mais detidamente, com os olhos como fecho de sapato, puxados, vivos. Abaixo deles vi um nariz miúdo, como se não tivesse osso, e ele usava o gorro de prisioneiro alegremente jogado para o lado. Bem – interessou-se da terceira vez e notei que lhe faltavam os dentes da frente –, de onde eu vinha? Quando respondi que era de Budapeste, ele se animou: ainda existiam o Körút [anel viário que circunda a cidade] e o bonde número 6 como quando os deixei "pela última vez?" – foi logo perguntando. Disse-lhe que sim, tudo estava igual; pareceu satisfeito. Também teve curiosidade de saber como eu "tinha parado ali" e lhe contei: "Simples. Me tiraram do ônibus". "E?" – quis saber, e eu lhe disse que mais nada: depois me transportaram até ali. Parecia admirado, como quem não estivesse a par das coisas da vida em casa, e eu quis lhe perguntar... mas não pude, pois naquele instante levei o bofetão desferido por alguém do outro lado.

Na realidade, eu já me via sentado no chão quando ouvi o estalo e o peso que começava a queimar o lado esquerdo do meu rosto. Havia um homem em pé à minha frente, num traje de cavaleiro da cabeça aos pés, um gorro preto de artista, com cabelos, e mais: um bigode preto no rosto moreno e um cheiro surpreendente: sem dúvida, estava em meio a uma nuvem de perfume de verdade. Da gritaria confusa, só distingui a repetição insistente da palavra "*Ruhe*", ou seja, "silêncio". Parecia uma autoridade de alta patente, em quem tudo – o número baixo, um triângulo verde com a letra Z, o peito enfeitado por um apito de prata que pendia de uma corrente de metal e o braço com as letras LÄ brancas que vicejavam de longe – servia para reforçar essa impressão. Apesar disso, fiquei furioso porque, afinal de contas, não estava acostumado a apanhar e, fosse ele quem fosse, mesmo sentado e somente pela minha expressão, procurei demonstrar a minha revolta. Deve tê-la notado, pois percebi que – embora continuasse a berrar – a expressão de seus olhos negros, que pareciam flutuar em óleo, assumia devagar um ar mais suave, por fim, quase de desculpa, enquanto me examinava todo atencioso, dos pés ao rosto: de certa forma, tive uma sensação desagradável, tensa. Depois, correu entre os homens que lhe abriram caminho com a mesma presteza com que havia pouco aparecera.

Quando me ergui, o vizinho da direita logo quis saber: "Doeu?". Eu disse de propósito e bem alto: "Nem um pouco". "Nesse caso" – comentou –, "seria bom você limpar o nariz". Pus a mão nele: meu dedo ficou vermelho. Ele mostrou como eu deveria curvar a cabeça para trás para estancar o sangramento, e sobre o homem negro observou: "Cigano"; a seguir, depois de ter meditado um pouco, constatou: "O sujeito está cheio de areia". Não entendi bem o que ele queria dizer e perguntei o significado da expressão. Riu e disse: "É viado!". Com isso, penso que tive mais clareza, ao menos aproximada, da ideia. "Além disso" – assinalou, estendendo a mão de lado: "Sou Bandi Citrom" – a quem, então, disse-lhe também o meu nome.

Ele, por sua vez – soube depois –, tinha vindo de um campo de trabalho. Havia sido convocado assim que os húngaros entraram em guerra, quando ele mal completara 21 anos; a idade, o sangue, a saúde eram perfeitos para trabalhar e havia quatro anos ele estava longe de casa. Estivera também na Ucrânia, onde caçara minas. "E os dentes?" – perguntei. "Quebraram" – respondeu. Dessa vez, fui eu que me espantei: "Como…?" – mas ele disse apenas que era uma "longa história" e não explicou mais nada. Seja como for, havia "se desentendido com o comandante do destacamento" e, entre outras coisas, foi quando quebrou também o osso do nariz – foi o que pude saber. Sobre a detecção de minas também contou pouco: pá, um pedaço de fio e sorte, segundo as palavras dele. Também por isso restaram poucos no "destacamento de castigo" quando os alemães vieram substituir a soldadesca húngara. Haviam sido bem recebidos, pois estes logo prometeram trabalho mais leve e um tratamento melhor. Do trem, depois, também eles desceram em Auschwitz, naturalmente.

Eu teria continuado a matar a minha curiosidade, mas nesse instante os três homens voltaram. Antes, havia cerca de dez minutos, dos acontecimentos precedentes só prestara atenção na gritaria em uníssono, em que todos bradavam um nome: "Doutor Kovács!" – a que humilde, relutante, submisso aos berros incitantes, apresentou-se um homem gorducho, de rosto macio, com uma calvície feita por barbeador em toda a volta e pela natureza no centro, e outros dois escolhidos por ele. Os três e o homem de preto logo foram embora e só depois chegou até mim, nas fileiras de trás, a notícia de que na realidade tínhamos escolhido um comandante, como diziam, *Blockältester*, e *Stubendiensten*, ou seja – como traduzi de improviso para Bandi Citrom, pois ele não sabia alemão –, "serviçais". A seguir, quiseram ensinar-lhes algumas palavras de ordem e os gestos que as acompanhavam e que não voltariam a demonstrar – mostraram-lhes os gestos e eles os repetiram para nós. Alguns deles, os gritos de "*Achtung!*" ["Atenção!"] "*Mützen... ab!*" ["Gorros... tirar!"] e "*Mützen... auf!*" ["Gorros... colocar!"] eu, na verdade, conhecia pela experiência de até então, mas eram novos o "*korrigieret!*", ou seja, "ajustar!" – o gorro, naturalmente –, bem como o"*Aus!*" ["Fora!"] a que cerrávamos as mãos ruidosamente – como diziam – "junto das coxas". Depois, treinamos isso tudo várias vezes. O *Blockältester* – viemos a saber – tinha nessas horas um trabalho adicional: o relatório que ele, diante de nós, ensaiou várias vezes, em que um dos *Stubendiensten* – um homem atarracado, vermelho, de bochechas pendentes, arroxeadas – representou o guarda. "*Block fünf*" – ouvi as palavras – "*ist zum Appel angetreten. Es soll zweihundert fünfzig es ist...*" ["Bloco Cinco alinhado para a chamada. Do efetivo de 250, presentes..."] e assim por diante, e descobri que eu também era morador do Bloco v, que contava com 250 homens. Depois de algumas repetições, todos acharam que tudo estava claro, compreensível e perfeitamente ensaiado. Seguiram-se de novo minutos sem que nada acontecesse, e nesse meio-tempo notei uma elevação de terra no descampado à direita da nossa barraca, a barra que passava por cima dela e a vala que se adivinhava atrás, e perguntei a Bandi Citrom qual seria a função daquilo. "Latrina" – disse no ato, depois de uma única olhada. Meneou a cabeça porque percebeu que eu não conhecia a expressão. "Vê-se que até hoje você ficou o tempo todo debaixo da saia da sua mãe" – ponderou. Apesar disso, explicou o que era aquilo em poucas palavras. Acrescentou, e o cito literalmente: "Até enchermos isso tudo de merda, estaremos livres!". Ri, mas ele continuou sério, como quem estava convencido disso, para não dizer decidido. Entretanto, não pôde completar o pensamento, pois da direção do portão apareceram de repente três guardas muito severos, de boa aparência, sem nenhuma pressa, que se aproximaram com visível familiaridade, extrema segurança, a que o *Blockältester*, com um novo colorido na voz, entusiasmado e estridente, que durante os ensaios eu não tinha ouvido, gritou: "*Achtung! Mützen... ab!*" – e diante de todos, e também de mim, tirou o gorro da cabeça, naturalmente.

VI

Só em Zeitz me dei conta de que a vida de prisioneiro tinha dias de semana, ou melhor, que a verdadeira vida de prisioneiro, na realidade, não passava de dias de semana cinzentos. Como se eu não estivesse naquela situação, mas ainda no trem, a caminho de Auschwitz. Também no trem tudo dependia da passagem do tempo, em especial da capacidade de cada um. Porém, em Zeitz – para me ater a meu exemplo –, não pude deixar de constatar: o trem havia parado. De outro ponto de vista, no entanto – e isso também era uma verdade –, ainda corria com tal velocidade que eu não conseguia acompanhar as muitas mudanças que se passavam à minha frente, à minha volta e também em mim mesmo. Posso ao menos contar uma coisa: de minha parte, cumpri todo o percurso, vivi todas as oportunidades que só se oferecem nesse caminho – com honestidade, as experimentei.

Seja como for, em qualquer lugar, mesmo num campo de concentração, nos atiramos às coisas novas com boas intenções – havia sido essa a minha experiência: até então fora suficiente eu me tornar um bom preso, o futuro traria o resto – de modo geral, era assim que eu pensava, tinha baseado nisso meu modo de vida, como via fazer a maioria das pessoas. Logo percebi que as expectativas animadoras ouvidas em Auschwitz sobre os

"*Arbeitslager*" deviam, na verdade, fundamentar-se em informações exageradas, o que era bem fácil de entender. Porém, da medida completa desse exagero, e em especial de todas as consequências dele decorrentes, não pude – afinal, não poderia – dar conta por completo, com precisão, de imediato, igualmente como, posso afirmar sem medo de errar, os demais: via o mesmo neles, nos cerca de 2 mil prisioneiros do campo, com exceção dos suicidas, naturalmente. Pois eles eram raros, jamais a regra, jamais o exemplo, como todos concordavam. Aos meus ouvidos também chegou uma ou outra notícia desses casos – ouvi quando discutiam, trocavam ideias, com algumas críticas abertas, uns mais compreensivos, os conhecidos se lamentando – como quando os homens se esforçam por formar uma opinião sobre atos incomuns, distantes, de difícil explicação, quem sabe impensados, ou dignos de respeito, mas ainda assim precipitados.

O essencial era não nos entregarmos: de alguma maneira, o que for será, porque nunca aconteceu de não ter sido de algum modo – como raciocinava Bandi Citrom, com a sabedoria adquirida no campo de trabalho. Fossem quais fossem as circunstâncias, a coisa mais importante, a primeira, era lavar-se (a linha paralela de valas debaixo dos canos de ferro furados, ao ar livre, na área do campo junto da estrada). Era igualmente primordial – houvesse ou não – a repartição econômica da ração. Do pão tinha de restar, a despeito da disciplina que essa determinação demandasse, um pedaço para o café da manhã do dia seguinte, e mais um pouco ainda – toda a nossa atenção dirigida ao bolso e à vigilância permanente do gesto esboçado pelas mãos nessa direção – para o intervalo do almoço – e somente conseguiríamos evitar a tentação torturante se pensássemos: não há o que comer. Dos meus trajes, imaginava os trapos que usava nos pés como sendo lenços; durante o *Appel*, durante a marcha, a fileira do meio era a mais segura; durante a distribuição da sopa não era na frente, mas era atrás que devíamos procurar ficar, pois, presumia-se, os últimos seriam servidos com aquela porção mais substanciosa, depositada no fundo do caldeirão; as bordas do cabo da colher poderiam ser transformadas numa faca: isso e muitas coisas mais, sabedoria necessária em matéria de vida de prisioneiro, aprendi com Bandi Citrom e procurei me comportar como ele.

Nunca teria pensado, mas é verdade: evidentemente, em nenhum outro lugar é tão importante certa organização da vida, certa exemplaridade, ou seja, virtude, quanto na prisão. Bastava correr os olhos pelos lados do Bloco I, onde moravam os mais antigos. O triângulo amarelo no peito revelava tudo o que era importante, e a letra L indicava ainda que vinham da distante Letônia, mais exatamente da cidade de Riga – como soube. Entre eles, eu via seres estranhos, que no início me causaram espanto. A certa distância, pareciam velhos ou anciãos, com as cabeças enterradas nos pescoços, os narizes proeminentes, zombeteiros, o uniforme imundo pendente dos ombros elevados, e lembravam, mesmo nos dias mais escaldantes do verão, galos friorentos no inverno, como se a cada passada enrijecida, hesitantes, perguntassem: o esforço compensa o sacrifício? Como vim a saber, esses pontos de interrogação que se moviam – porque, pela aparência e também pelo espaço que ocupavam, eu mesmo não seria capaz de descrevê-los de outro modo – eram conhecidos no campo de concentração pelo nome de "muçulmanos". Bandi Citrom logo me aconselhou que os evitasse: "Só de olhar para eles a vontade de viver vai embora" – ponderou, e as palavras continham alguma verdade, embora, com o tempo, eu concluísse que, para tanto, era preciso mais.

E, sobretudo, os instrumentos da obstinação: ainda que diferentes, posso afirmar que em Zeitz não faltavam, e em certas horas ajudavam muito. Contávamos, por exemplo, com a presença de um grupo, uma corporação ou espécie – não sei como chamá-la, era estranha –, cujo primeiro representante, que estava à minha esquerda na fila, tinha chamado minha atenção ao chegar. Foi Bandi Citrom quem me deu mais explicações. Disse ele que eram chamados de "*finns*". Se lhes perguntássemos de onde vinham, respondiam – se nos achassem dignos da resposta – "*fin Minkács*", pelo que entendiam "de Munkács"; ou "*fin Sadarada*", que tínhamos de adivinhar: "Satoraljüjhely". Bandi Citrom havia conhecido a confraria ainda no campo de trabalho e não tinha uma opinião muito boa acerca dela. Podiam ser encontrados em todos os lugares: no trabalho, na fila durante a marcha ou o *Appel*, e nessas horas murmuravam, balançando para a frente e para trás, incansáveis, como se tivessem uma dívida que jamais pudessem saldar: a reza. Se, enquanto isso, desviassem a boca para o lado para sussurrar, por exemplo: "Tenho uma faca para vender", não lhes dávamos ouvidos. Principalmente se fosse alguma coisa mais atraente, especialmente de manhã: "Tenho sopa para vender" – porque, mesmo que parecesse estranho, não tomavam sopa nem comiam salsicha – nada que não estivesse de acordo com a prescrição religiosa. "Mas do que vivem então?" – perguntávamos, e Bandi Citrom respondia: nunca é preciso temer por eles. Até mesmo porque, pelo que se via, sobreviviam. Entre eles, como os letões, falavam a língua judia, mas sabiam também alemão, eslovaco e sabe Deus o que mais: só não sabiam húngaro – a não ser quando tratavam de negócios, é claro. Um dia – não houve como evitá-lo – o destino me fez cair sob o comando deles.

"*Reds di jiddis?*" ["Fala iídiche?"] – foi a primeira pergunta. Quando lhes disse que, infelizmente, não, acabaram comigo, perdi o lugar, olhavam-me como se eu fosse invisível ou, de preferência, um nada. Procurei falar, fazer-me notar – em vão. "*Da bist nist ka jid, d'bist á ségec*" ["Você não é judeu, você é um gentio" (iídiche aproximativo)] – balançavam a cabeça, e me admirava o fato de – afinal de contas, parecia ser comum no mundo dos negócios – homens se apegarem de modo tão irracional a alguma coisa que lhes causava muito mais prejuízo e a despesa fosse muito maior do que o lucro, se avaliássemos o resultado final. Constatei naquele dia que ao estar entre eles eu era por vezes tomado pelo constrangimento, pelo incômodo que conhecia de casa, como se alguma coisa em mim não estivesse muito bem, como se não estivesse inteiramente ajustado à situação, em suma: na verdade, de certa forma, como se eu fosse judeu, de modo um tanto inusitado, apesar de estar entre judeus num campo de concentração.

Em outras ocasiões era Bandi Citrom quem me surpreendia. Tanto durante o trabalho como durante o descanso eu o ouvi muitas vezes cantando e logo aprendi a canção que trouxera da época do campo de trabalho, do destacamento de castigo.

"Nas ter ras da U-crâ-ni-a ca-ça-mos mi-nas
Mas co-var-des co-mo e-les não se-re-mos"

– assim começava ela, e eu gostava especialmente da última parte:

"E se um com-pa-nhei-ro de lu-tas pe-re-ce, um bom ca-
-ma-ra-da
Man-da-mos di-zer em ca-sa
Que se-ja o que for que nos es-pe-re

Pá-tria que-ri-da, be-la
In-fi-éis não se-re-mos, não, nun-ca".

Era bonita, sem dúvida, a melodia tristonha, lenta, sem ritmo, e as palavras desse poema não tinham perdido o efeito, naturalmente – entretanto, evocavam o gendarme, no trem, pois me faziam lembrar do nosso passado húngaro; mas, a rigor, eles também foram punidos pela pátria. Certa vez disse a Bandi Citrom o que a canção despertava em mim. Ele não encontrou argumento para me contestar, mas pareceu um pouco incomodado, ou melhor, irritado. No dia seguinte, numa determinada hora, muito compenetrado, ele voltou a assobiá-la, murmurá-la e, por fim, cantá-la, como se não se lembrasse do que eu tinha dito. Havia ainda um outro pensamento que ele repetia amiúde: "Pisar na praça Flasz, perto da rua Nefelejcs" – era onde ele morava – e recordava a rua e o número das casas tantas vezes e de tantos modos que por fim eu também assimilei todo o seu poder de atração, eu também só desejava estar lá, embora, na minha memória, eu guardasse apenas as ruelas dos arredores da estação Keleti. Ele falava com frequência, e isso me fazia rever certos lugares, praças, caminhos, casas, e, no alto delas e das diferentes vitrines, os lemas, os anúncios luminosos conhecidos, ou melhor, segundo as palavras dele: "as luzes de Budapeste", e tive de corrigi-lo, não pude deixar de esclarecer que as luzes não existiam mais por causa da determinação de que tudo ficasse às escuras e que aqui e ali as bombas haviam transformado certas paisagens da cidade. Ele ficou em silêncio, mas notei que a explicação não o abalou muito. No dia seguinte, quando a oportunidade se ofereceu, voltou a falar das luzes.

Mas, antes do campo, quem conheceria as diversas modalidades de resistência? A verdade é que – se conhecesse mais – em Zeitz poderia ter escolhido entre muitas.

Ouvia falar do passado, do futuro e, sobretudo, ouvia muito, muito sobre a liberdade, diria que em nenhum lugar ouve-se tanto sobre a liberdade como entre prisioneiros, o que, afinal de contas, me parece compreensível, naturalmente. Alguns, numa observação, numa brincadeira, numa piada encontravam uma felicidade solitária. Eu também participei disso, é claro. Existia uma hora no campo, entre a chegada da fábrica e o *Appel* da noite, uma hora marcante, movimentada e liberta que eu sempre esperava e de que usufruía – de passagem, essa era também a hora do jantar. No pátio, eu andava, um dia, entre grupos agitados que se espalhavam por todos os lados, que fechavam negócios, tagarelavam, quando alguém me deu um encontrão e de sob o gorro largo de prisioneiro um par de olhos miúdos, ansiosos, sobre um nariz peculiar, num rosto peculiar, me encarou. "Mm", dissemos, por assim dizer, ao mesmo tempo, ele para mim e eu para ele: reconheci o homem sem sorte. Na verdade, ele parecia estar feliz e quis saber onde eu estava alojado. Respondi que estava no Bloco V. "Pena", lamentou, pois ele morava em outro lugar. Queixou-se – "Não via os conhecidos" –, e, quando eu lhe disse que eu também não, ele, não sei bem por quê, ficou um tanto tristonho. "Nos misturamos, nos misturamos todos", observou, a meu ver, com um ar misterioso nas palavras e no balanço da cabeça. A seguir, o rosto dele de repente se iluminou. Perguntou: "Sabe o que significa aqui" – bateu no peito – "a letra U?" Eu disse que sim, certamente: Ungar, húngaro. "Não", respondeu ele: "*Unschuldig*", ou seja, inocente. Deu uma curta risada e meneou a cabeça longamente, pensativo, como quem se comprazia com a ideia. E depois vi a mesma coisa acontecer com outros de quem ouvi a mesma anedota, no início com bastante frequência: como se dela emanasse um sentimento acolhedor que dava força – ao menos era o que indicava a risada sempre igual, a reiterada descontração dos rostos, o sorriso amargo, ainda assim numa expressão embevecida, sempre que se contava e se ouvia essa anedota, na verdade como ouvimos uma música que fala ao coração ou uma história particularmente excitante.

Também nos demais eu via o mesmo empenho, a mesma boa intenção: eles também queriam apenas parecer bons prisioneiros. Nem pensar, esse era o nosso interesse, era isso que as condições demandavam, era isso que ali impunha, por assim dizer, a vida. Se a ordem das fileiras fosse exemplar e se a contagem conferisse, o *Appel* demorava menos – no início. Se fôssemos diligentes no trabalho, podíamos evitar as surras – na maioria das vezes.

Ainda assim, acredito com toda a honestidade que, ao menos no começo, não era apenas a vantagem, exclusivamente esse gênero de ganho, que guiava os pensamentos de todos. Vejamos, por exemplo, o trabalho, a primeira tarde de trabalho, para começarmos logo por ele: a tarefa consistia no descarregamento de um vagão de pedregulhos cinzentos. Bandi Citrom, depois de termos começado a trabalhar – é claro que com a permissão do guarda, um soldado mais velho e à primeira vista de aparência mais bondosa (vi então pela primeira vez a pele marrom-amarelada, debaixo dela os grandes músculos lisos que trabalhavam e um sinal mais escuro embaixo do peito esquerdo), disse: "Vamos mostrar a eles do que os pestes são capazes!" – com muita seriedade. Se eu levasse em conta que manuseava um forcado pela primeira vez na vida, tanto o nosso guarda como o homem com aparência de mestre de obras, de operário, que por ali rondava, pareceram satisfeitos, o que só aumentava o meu ritmo, naturalmente. Se, ao contrário, com o tempo, uma sensação de ardor aparecesse na palma da mão e eu percebesse que a base dos meus dedos estava cheia de sangue; se nessa hora o guarda dissesse: "*Was ist denn los*?" ["O que está acontecendo?"] – eu riria e lhe mostraria a palma da mão; a que ele, de súbito sério, também distendendo a alça do fuzil, exigia: "*Arbeiten! Aber los!*" ["Trabalhem! Mais rápido!"]; assim, era natural que o meu interesse se modificasse. Daí em diante passei a observar apenas uma coisa: quando ele não tinha os olhos sobre mim, eu podia roubar um ou outro minuto de descanso, como podia pôr o menor peso possível na pá, na enxada, no forcado, e com esses truques, mais tarde, fiz muitos progressos, e neles adquiri muito mais habilidade, conhecimento e prática do que em qualquer trabalho anterior. E, afinal de contas, quem ganhava com isso? – como perguntou um dia, lembro, o especialista. Asseguro: ali havia um problema, uma barreira, uma falha, uma falência. Uma palavra, um sinal, vez ou outra uma centelha de aprovação, nada mais, somente uma faísca: ao menos para mim, seria de muita valia. Porque, na verdade, que rancor pessoal tínhamos um contra o outro, se pensássemos bem? – e conserva-se a vaidade mesmo na prisão; quem não tem a necessidade secreta de um pouco de agrado? E parecia-me que com uma palavra de reconhecimento eles conseguiriam mais.

Porém, com base nessas experiências, sei que ainda não me controlavam verdadeiramente. Mesmo com o trem avançando, eu olhava para diante, na distância imaginava o objetivo e, nos primeiros tempos – nos tempos dourados, como os chamávamos mais tarde com Bandi Citrom –, Zeitz, com os cuidados apropriados e alguma sorte, mostrava-se um lugar bastante suportável – temporariamente, até que o futuro não nos tirasse o que restava, é claro. Duas vezes por semana, meio pão; três vezes, um terço; e um quarto somente duas vezes. *Zulage* com frequência. Uma vez por semana, batata cozida (seis unidades, medidas no gorro, e sem direito a *Zulage*, era fácil de entender); uma vez por semana, massa de pão ázimo com leite. A irritação inicial por acordar cedo era logo esquecida diante da madrugada de verão cheia de orvalho, do céu claro e do café fervente (nessa hora, era necessário ser habilidoso na latrina, porque logo: "*Appel!*" "*Antreten!*" – ecoavam os gritos). O *Appel* matinal era sempre curto, pois, afinal de contas, o trabalho urgia. Uma das entradas laterais da fábrica que também nós, prisioneiros, utilizávamos ficava à esquerda da estrada, na direção de um terreno de areia, a cerca de dez a quinze minutos de caminhada do campo. De longe, zumbidos, estrépitos retinidos, resfolegar, tosse rouca de três ou quatro torres de ferro: a fábrica saudava – o labirinto de caminhos principais e travessas, gruas que se arrastavam, máquinas devoradoras de terra, os muitos trilhos e buzinas, torres de resfriamento, redes de tubos, edifícios de escritórios, mais parecia uma cidade real. As muitas valas, trincheiras, ruínas e desabamentos, diques rompidos e a multidão de cabos expostos evidenciavam a visita de aviões. O nome da fábrica – descobri no primeiro intervalo de almoço – era Brabag, abreviação, como a que figurava na bolsa de ações, de Braun-Kohl-Benzin Aktiengesellschaft – assim ouvi dizer, e me apontaram o homem corpulento, que suspirava, cansado, apoiado sobre os cotovelos, enquanto pescava do bolso um pedaço mastigado de pão, de quem, mais tarde, contavam no campo com certo bom humor que – embora eu nunca o ouvisse dele próprio – em certa época ele também fora proprietário de algumas ações. Ouvi – e o cheiro logo me lembrou a refinaria de Csepel – que ali também se empenhavam na produção de gasolina, porém, com a ajuda de uma invenção que permitiria sua obtenção não de petróleo, mas de azeviche. Achei a ideia interessante – mas não era isso que esperavam de mim, era natural, compreendia. As contingências do *Arbeitskommando* eram sempre uma questão excitante. Uns se comprometiam com as pás, outros com as picaretas, alguns assumiam a passagem dos cabos, outros mais preferiam ocupar-se da máquina de misturar argamassa, e quem sabe da razão oculta, do gosto suspeito que atraía alguns para o trabalho no canal, em lama amarela ou óleo até a cintura, embora ninguém discutisse a existência de uma razão, pois na maioria das vezes eram os letões e os amigos que pensam como eles, os *finns*. A palavra "*antreten*" com a melodia descendente, arrastada, doce e tristonha, longa e insinuante, aparecia apenas uma vez por dia: à noite, quando indicava o instante de voltar para casa. Na agitação ao redor dos lavatórios, Bandi Citrom gritava: "Afastem-se, muçulmanos!" –, espremendo-se por um lugar, e não havia parte do corpo que ficasse fora do alcance de olhos curiosos. "Lave também o pinto, é onde mora o piolho!" – dizia, e, rindo, eu cedia a ele. Depois, começava a hora especial: a das coisas miúdas a serem resolvidas, da brincadeira ou da queixa, das visitas, dos acordos, dos negócios e da troca de informações em meio ao tilintar dos caldeirões, interrompida somente pelo chamado perturbador que de pronto punha todos alertas. Então: "*Appel!*" – e o tempo que iria durar era apenas questão de sorte. Mas depois de uma, duas, não, talvez três horas (em que os holofotes também ficavam acesos), era grande a confusão nos corredores das barracas, com fileiras de caixotes de três andares, ali chamados de "boxes", onde se dormia, ao longo das paredes. A seguir, durante algum tempo, a barraca era toda meia-luz e sussurros – era a hora das conversas, do passado, do futuro, da liberdade. Descobri: lá em casa viviam todos numa felicidade exemplar, na maioria das vezes abastada. Nessas horas também ficava sabendo o que jantavam e de certos assuntos íntimos discutidos entre homens. Também mencionavam – o que depois nunca mais ouvi – que na sopa, segundo a hipótese de alguns, por certa razão, misturavam um sedativo, "bromo" – ao menos era o que afirmavam os que entre si concordavam, sempre com uma expressão algo desconfiada. Bandi Citrom não deixava de mencionar a rua Nefelejcs, as luzes ou – em especial, nos primeiros tempos, e isso eu não tinha muita capacidade de avaliar, naturalmente – "as mulheres de Budapeste". Em outras ocasiões eu atentava para um murmúrio suspeito, palavras entoadas em voz baixa, cantadas, meio soluçadas, uma luz suave, de vela, vinda de um dos cantos da barraca, e eu ouvia que era sexta-feira de noite e aquele era um religioso, um rabino. Eu também passava por cima dos beliches para assistir, e no meio de um grupo de homens lá estava de verdade ele, o rabino, que eu também conhecia. Conduzia o culto com a roupa de prisioneiro e o gorro, e eu não prestava atenção durante muito tempo porque à reza preferia dormir. Eu morava com Bandi Citrom no andar mais alto. Dividíamos o boxe com mais três parceiros de sono, jovens agradáveis e também de Budapeste. Madeira na base; sobre ela, palha, e sobre esta, tecido de saco. Cada dois de nós dividiam um cobertor, mas no verão, afinal, mesmo isso era muito. Em matéria de espaço, não tínhamos muita folga: se eu me virasse, o vizinho também tinha de fazê-lo; se o vizinho encolhesse a perna, eu tinha de encolher a minha, mas apesar disso o sono era profundo e fazia esquecer tudo – a despeito das circunstâncias, foram dias dourados.

Comecei a notar as mudanças um pouco mais tarde – primeiro, no que dizia respeito às porções. Eu não podia fazer mais do que tentar – tentarmos – adivinhar para onde teria partido tão depressa a época dos meios pães: no lugar deles, seja como for, chegou, implacável, o tempo do terço e do quarto, e o próprio *Zulage* deixou de ser uma certeza. O trem também começou a rarear até, por fim, parar de vez. Procurei olhar para o futuro, mas a perspectiva só alcançava o dia seguinte, o dia seguinte e esse mesmo dia, ou seja, de novo um dia exatamente como esse – se tivesse sorte, é claro. Meu humor piorou, o ânimo se deteriorou, a cada dia me levantava com um pouco mais de dificuldade, a cada dia voltava para o descanso um pouco mais cansado. Tinha mais fome, movia-me à custa de ser um pouco empurrado, de algum modo tudo começou a ficar mais difícil, e eu me sentia um peso maior para mim mesmo. Eu não era mais um bom prisioneiro (nenhum de nós, ouso afirmar). E logo sentiríamos os reflexos disso – entre os soldados, claro, mas também entre aqueles de nós que tinham algum cargo entre eles. Em primeiro lugar, por sua importância, o *Lagerältester* [prisioneiro que ocupava a posição mais alta na hierarquia do campo].

Nos últimos tempos, ele só era visto de preto. Era ele quem soprava o apito para o despertar matutino, inspecionava tudo pela última vez à noite e sobre a residência dele, em algum lugar mais adiante, diziam muitas coisas. A língua dele era o alemão; o sangue, cigano – nós só o conhecíamos desta forma, "o cigano", que também era a razão primeira pela qual lhe permitiram instalar-se no campo de concentração, sendo a segunda um traço de sua natureza que divergia do bom exemplo, e que Bandi Citrom reconheceu, na verdade, de imediato. A cor verde do triângulo indicava que tinha matado e roubado uma senhora muito abastada, de quem obtivera – diziam – o necessário para viver: assim, vi pela primeira vez na minha vida, pessoalmente, um verdadeiro ladrão assassino. O cargo dele era a lei, seu trabalho era impor ordem e justiça no campo – para nós, a ideia não era exatamente agradável. Porém, por esse aspecto as diferenças podiam ser sutis. Pessoalmente, por exemplo, tive mais problemas com um dos *Stubendienst*, embora fosse um homem de honestidade irrepreensível. Também por isso votaram nele os que o conheciam bem, os mesmos que haviam escolhido o *Blockältester*, o doutor Kovács (o título, informaram-me, não era de médico, mas de advogado), todos naturais do mesmo lugar: da bela região do Balaton, na comarca de Siófok. O nome do homem escarlate era – todos sabiam – Fodor. Verdade ou não, era opinião geral: o *Lagerältester* usava a bengala ou o chicote por diversão, porque, segundo a voz corrente no campo, isso lhe dava algum prazer, semelhante – supunham os mais experientes – ao que ele buscava com os homens, com os rapazes e também com as mulheres. Para ele, portanto, a ordem no campo não era pretexto, mas fato e interesse de todos, ainda que agisse – e jamais deixava de nos lembrar – por necessidade. Por outro lado, a ordem nunca mais foi e era cada vez menos perfeita. Por essa razão, ele era obrigado a bater com o cabo de ferro da colher-medida nos que se acotovelavam na fila e, assim, nos aproximávamos – como se não soubéssemos onde devíamos ficar para ajustar o prato a um canto preciso do caldeirão – da fileira das vítimas porque nessa hora a tigela e a sopa podiam voar com facilidade – e o murmúrio de aprovação vindo de trás o confirmava –, pois ele cumpria o seu papel e, assim, nos retardava, os seguintes na fila, e arrastava os dorminhocos pelas pernas, sendo o pecado de um pago pelos demais, inocentes. A diferença entre uns e outros – eu admitia – tinha de ser percebida pela intenção, naturalmente; porém, a partir de certo ponto, pensava, as nuances podiam se apagar e o resultado me parecia sempre o mesmo, independentemente do ponto de vista.

Além dele, havia o *kapo* alemão com a braçadeira amarela e a roupa listrada sempre passada, impecável, que por sorte eu não via muito, e, para minha grande surpresa, entre as nossas fileiras havia também algumas braçadeiras negras com a inscrição "*Vorarbeiter*" [capataz], mais modesta. Eu estava presente quando apareceu no jantar um morador do nosso bloco, para mim não muito destacado até então e, segundo a minha lembrança, pouco considerado ou conhecido pelos demais, embora fosse um homem forte, robusto, em boas condições, que tinha na borda da manga uma braçadeira novíssima. Não pude deixar de notar que havia ocorrido uma transformação: os amigos e conhecidos o cercavam, por todos os lados a chegada dele era saudada com cumprimentos expressivos, votos de boa sorte e mãos estendidas; algumas, ele acolhia, enquanto recusava outras que depois se retiravam, apressadas. E mais tarde verificou-se – ao menos para mim – o momento mais solene, quando, em meio a um silêncio generalizado de respeito e de reverência – diria, de devoção –, com grande dignidade, sem nenhuma pressa, diante do fogo cruzado dos olhares de espanto ou inveja, ele se apresentou para receber do fundo do caldeirão uma segunda porção, que lhe cabia pela posição de superioridade, e que o *Stubendienst* mediu com a distinção devida aos de direitos iguais.

Em outra ocasião, reconheci o homem de andar duro, peito estufado: as letras irradiavam dos braços do oficial de Auschwitz em minha direção. Um dia caí sob seu comando e posso afirmar que era verdade: pelos seus homens bons ele era capaz de pôr a mão no fogo, mas não ganhavam lauréis os preguiçosos e os que fariam os outros quebrarem as nozes – como ele mesmo declarou no início dos trabalhos. No dia seguinte, Bandi Citrom e eu nos esgueiramos para um outro destacamento.

Uma nova mudança, interessante, me chamou atenção, mais marcada nos de fora, nos homens da fábrica, nos nossos vigias, e em especial em uma ou outra autoridade também no acampamento: notei que haviam se transformado. No início, não sabia muito bem como explicar: de modo geral, todos pareciam bem, ao menos aos meus olhos. Só depois percebi, por meio de certos sinais, que éramos nós que devíamos ter mudado, naturalmente, mas isso me era mais difícil de entender. Se, por exemplo, olhasse para Bandi Citrom, não via nele nada de especial. Porém, eu procurava lembrar-me dele e compará-lo à sua primeira aparição, à minha direita na fileira, ou quando no trabalho chamou minha atenção pelos tendões, pela musculatura saliente, bem desenhada, flexionada ou fortemente contraída, que se movimentava com vigor, e com base nesse pensamento, na verdade, passei a desconfiar de alguma coisa. Compreendi que o tempo ali, ao que parecia, podia às vezes enganar os nossos olhos. É assim que devia ter escapado à minha atenção esse – embora pelos resultados, bem palpável – processo ocorrido, por exemplo, numa família inteira, a família Kollmann. Todos do campo os conheciam. Eram de um lugarejo chamado Kisvárda de onde havia muitos outros, e pela forma como falavam com eles ou sobre eles deduzi que em casa deviam ser pessoas muito respeitadas. Eram três: o pai, de estatura baixa, calvo; um menino maior e um menor, diferentes do pai, mas – e, portanto, penso que talvez lembrassem a mãe – dois rostos muito parecidos; cabeleiras iguais, loiras; olhos iguais, azuis. Os três andavam sempre juntos, da mesma maneira: de mãos dadas. Passado algum tempo, notei que o pai já não os acompanhava, e os dois meninos tinham de ajudá-lo arrastando-o pela mão. Ultimamente o pai não vinha mais com eles. Assim, o menor passou a ser puxado pelo maior. Mais tarde, o pequeno também desapareceu, e o maior só arrastava a si próprio, e por fim eu também já não o via em nenhum lugar. Isso tudo eu notei, não como depois, quando, ao pensar bem, pude juntar, recuperar o todo, mas gradualmente, acostumando-me a cada nova etapa – e dessa forma, na verdade, eu não percebia nada. Porém, eu mesmo tinha mudado, parece, pois o artesão de couro, que um dia vi sair bem à vontade da barraca da cozinha – e soube que fora destacado para aquele lugar entre os olhares de inveja dos descascadores de batatas –, recusou-se a me reconhecer. Tentei provar que era eu, "da Shell", e perguntei se não havia por acaso na cozinha alguma coisa para se morder, algum resto, talvez alguma coisa no fundo dos caldeirões. Respondeu que veria e, embora não quisesse nada para si, perguntou se eu não teria por acaso um cigarro, pois o *Vorarbeiter* da cozinha "ficava enlouquecido por um cigarro", segundo disse. Confessei: não, e ele foi embora. Não demorou e eu concluí que não valia a pena esperar por ele, que a amizade era coisa restrita por limites traçados pela lei da vida – naturalmente, na verdade. Numa outra vez fui eu quem mal reconheci um ser estranho: cavoucava de modo suspeito para os lados das latrinas. O gorro de prisioneiro enterrado até as orelhas, o rosto cheio de sulcos, inchaços e recessos, o nariz pálido com uma gota de água trêmula na ponta. "Menino de seda!" – chamei: nem ergueu os olhos. Só se arrastou, segurando a calça com uma das mãos; prosseguiu, e pensei: de verdade, eu não teria sido capaz de imaginar isso tudo. Mais pálido, mais magro, com os olhos maiores e mais febris, creio que divisei também o fumante. Foi nessa época que, na hora do *Abend* e do *Morgenappel*, apareceu na fala do *Blockältester* a expressão que mais tarde tornou-se constante, mas que sempre mudava em termos de número: "*Zweie im Revier*" ou "*Fünfe im Revier*", "*Dreizehne im Revier*" ["Dois na enfermaria", "Cinco na enfermaria", "Treze na enfermaria".], e assim por diante; um conceito novo, a falta, a redução, a exclusão, ou seja: "*Abgang*". Não, em certas circunstâncias nem a boa vontade era suficiente. Ainda em casa havia lido que com o tempo, à custa do esforço, podemos nos habituar à vida de prisioneiro. E deve ser mesmo assim, não tenho dúvida, digamos, em casa, numa prisão regular, decente, civil ou coisa parecida. Só que num campo de concentração, de acordo com a minha experiência, isso não era possível. E me arriscava a afirmar que – ao menos de minha parte – nunca faltou dedicação, boa vontade: o problema é que simplesmente não havia tempo suficiente.

Conheço três tipos de caminhos, modos, para a fuga – porque os vi, ouvi ou vivenciei – num campo de concentração. Experimentei o primeiro, e talvez, concedo, o mais modesto – a nossa natureza possui um território que, como aprendi, é nossa propriedade perene, inalienável. É fato: a imaginação continua livre mesmo na prisão. Conseguira chegar a um ponto em que, por exemplo, enquanto me ocupava da pá ou da picareta – econômico, organizado, restrito aos movimentos mais indispensáveis –, eu mesmo não estava presente. Descobri que a imaginação não é de todo, ao menos em certas condições, ilimitada. Pois com o mesmo esforço poderia estar em qualquer lugar, em Calcutá, na Flórida ou nos lugares mais bonitos do mundo. Porém, ainda assim, a fantasia não era muito séria, não conseguia acreditar nela – por assim dizer –, e depois de algum tempo, na maioria das vezes, eu me via em casa. Sim, nem pensar, isso não era menos audacioso do que seria, digamos, Calcutá; só que ali eu encontrava alguma coisa, certa simplicidade e mesmo um equilíbrio que compensava o esforço. Se parasse para pensar, por exemplo: não vivi de modo correto, não aproveitei bem os meus dias em casa, havia muito, demais, de que me arrependia. Fui obrigado a me lembrar de que havia comidas que eu escolhia, remexia, punha de lado, simplesmente porque não gostava delas, e naquele momento isso me parecia uma perda incompreensível e irrecuperável. Ou ali estava a disputa sem razão entre meu pai e minha mãe por minha causa. Quando eu voltar para casa, pensava, com essas palavras simples, compreensíveis por si mesmas, como quem só se interessasse pelas perguntas dirigidas aos fatos mais naturais, quando eu voltar para casa vou, de toda forma, acabar com isso, é preciso que haja paz – assim decidi. E lá em casa havia coisas que me irritavam, ou melhor, que – embora fossem dignas de riso – me causavam medo, relativas aos estudos, aos professores que ensinavam, faziam chamada e na hora de responder eu desistia, e por fim ao meu pai, quando lhe prestava contas do resultado: naquela hora eu retomava esses medos pela pura diversão de imaginá-los, a seguir experimentá-los e rir deles. Mas meu passatempo mais agradável sempre foi imaginar repetidas vezes, um dia inteiro, sem que nada faltasse, da manhã até a noite se possível, insistindo em conservar a simplicidade. Afinal, seria um grande esforço imaginar um dia especial, perfeito – de hábito, eu imaginava um dia desagradável, acordando cedo, com escola, angústias, almoço ruim e todas as muitas possibilidades; nelas eu me perdia, me equivocava, mas no campo de concentração, agora, com o maior cuidado possível, eu punha tudo no lugar. Já tinha ouvido dizer, e agora posso também testemunhar: na realidade, para os voos da imaginação, as paredes estreitas da prisão não estabelecem limites. A única falha: se eles me levassem longe, a ponto de me fazer esquecer das mãos, o argumento mais pesado, mais categórico, se via no direito de me lembrar rapidamente da realidade ali presente.

Nessa época o número do *Appel* da manhã começou a não conferir – como nesses dias, também na vizinhança, no Bloco VI. Todos sabem bem o que acontece nessas horas, pois no despertar de um campo de concentração só não acorda quem não pode mais ser acordado, e esses podem ser encontrados. E, assim, essa é a outra maneira de fugir, e quem não seria tomado – uma vez, uma única vez ao menos – pela tentação, quem poderia manter sempre uma firmeza inabalável, em especial de manhã, quando acordávamos para mais um dia, a barraca já barulhenta, em meio aos vizinhos que se aprontavam – eu mesmo sem dúvida o teria feito se Bandi Citrom não me impedisse. Afinal de contas, o café não era tão importante, para o *Appel* estaríamos presentes – era assim que pensávamos, era assim que eu também pensava. É claro que não ficávamos onde dormíamos – pois ninguém pode ser tão infantil –, mas levantávamos, como de hábito, honestos como os demais, e depois... conhecíamos um lugar, um canto indiscutivelmente seguro, apostaria cem contra um nele. Ontem, talvez há mais tempo, o escolhemos, mostrou-se aos nossos olhos, por acaso, sem nenhuma premeditação, sem intenção, apenas ensaiado em silêncio. E agora nos vinha à mente. Por exemplo, enfiávamo-nos debaixo dos últimos boxes. Ou procurávamos aquela fenda, ângulo, depressão, canto cem por cento seguro. Ali nos cobríamos bem com palha, feno, mantas. Com o pensamento de que para o *Appel* estaríamos presentes – houve um tempo em que eu compreendia isso bem muito bem. Os mais corajosos pensariam que uma pessoa pudesse escapar de algum modo: eles errariam nas contas, por exemplo – pois, afinal, somos todos humanos –, hoje, apenas hoje de manhã – uma única falta não chamaria atenção, e à noite, por outro lado, cuidaríamos disso, a contagem conferiria; os mais audazes: naquele lugar seguro certamente não seriam encontrados com nenhum instrumento. Mas os decididos de verdade não pensavam nem nisso, pois simplesmente achavam naqueles tempos – eu também pensava assim – que uma hora de sono bom compensava todo risco e qualquer preço.

Mas isso não acontecia porque de manhã tudo era rápido e – vejam! – já se formava depressa o grupo de busca: à frente, o *Lagerältester*, de preto, recém-barbeado, o bigode jovial, perfumado, seguido de perto pelo *kapo* alemão, atrás dele alguns *Blockältesters* e *Stubendiensten* apitando, com bastões de inspeção e os ganchos preparados nas mãos, e entravam direto no Bloco VI. Dentro, barulho, confusão e, passados alguns minutos – silêncio! – e o triunfo festivo, estridente, dos farejadores. Gritos se confundiam, cada vez mais débeis, silenciavam, e logo os caçadores reapareciam. O que traziam da barraca – daqui, parecia a forma imóvel das coisas mortas, amontoado amarrotado de trapos –, atiravam no fim da fileira: procurava não olhar. Porém, um ou outro detalhe, fragmento, um ou outro traço, um contorno, ainda assim visível, um sinal que ainda assim atraía o meu olhar, e reconheci quem tinha sido um dia o homem sem sorte. Depois: "*Arbeitskommandos antreten!*" ["Comando de trabalho, em fila!"] – e podíamos contar: nesse dia os guardas seriam mais severos.

E, por fim, a terceira forma de fuga, também passível de ser considerada por meio de palavras, na realidade ocorreu uma única vez em nosso campo. Os fugitivos eram três – correu aos sussurros a notícia –; os três eram, pela experiência, pela língua alemã que falavam, bem conhecidos no lugar, seguros do trabalho que faziam; depois da admiração inicial, do escárnio secreto dirigido aos nossos guardas, de certo respeito e excitação que ponderava, pesava as possibilidades de seguir o exemplo, estávamos, na medida do possível, todos furiosos com eles, já à noite, por volta das duas ou três horas da manhã, quando, como punição pelo feito deles, continuávamos em pé no *Appel* ou, mais precisamente: cambaleávamos. Na noite seguinte, na volta, de novo me esforcei para não olhar à minha direita. Três cadeiras continuavam ali, e sobre elas três homens, ou coisa parecida, sentados. Mais exatamente, que visão eles proporcionavam e o que estaria escrito em grandes letras desajeitadas nas tabuletas de cartolina penduradas do pescoço deles? Pareceu mais simples eu não me interessar pelos dizeres (apesar disso, acabei sabendo, porque foram lembrados durante muito tempo no campo: "*Hurrah! Ich bin wieder da!*", ou seja, "viva, estou aqui de novo!"); vi acima deles mais um serviço malfeito, um suporte que lembrava os postes em que se batiam tapetes nos quintais lá de casa, neles três cordas amarradas com nós – e assim compreendi: forcas. De jantar nem falar, e sim, de imediato: "*Appel!*" –, e depois: "*Das ganze Lager: Achtung!*" ["O campo todo: Atenção!"] – adiante, a plenos pulmões, o próprio *Lagerältester* comandava pessoalmente. Os carrascos de sempre se reuniram, pouco tempo depois os representantes dos poderes militares, e em seguida tudo aconteceu como tinha de ser, por assim dizer – por sorte, bastante longe de nós, à frente, perto dos lavatórios, e eu não olhei naquela direção. Preferi olhar para a esquerda, de onde vinha ao mesmo tempo um som, um murmúrio, uma espécie de canção. Ali, na fila, vi uma cabeça trêmula sobre um pescoço fino, esticado – na verdade, mais um nariz, e, banhados na luz de algum modo irreal, imensos olhos úmidos: o rabino. Não demorou e entendi o que ele dizia, ainda mais porque, aos poucos, outros, na fila, passaram a repetir as palavras dele. Os *finns*, por exemplo, todos, mas muitos mais. E não sei como o murmúrio chegou de algum modo à vizinhança, aos demais blocos, espalhou-se e disseminou--se por tudo, pois também eu avistava cada vez mais bocas que se moviam, ombros, pescoços e cabeças que balançavam para a frente e para trás, com dificuldade, mas ainda assim decididos. Enquanto isso, mal ouvia o murmúrio no meio da fileira, como se fosse um rumor vindo do interior da terra: "*Jiszkadal, vöjiszkadal*" ["Engrandeça-se e santifique-se", início de oração em hebraico] – ecoou de novo, e de novo e eu também sabia que era o chamado "*Kadish*", a reza judaica em memória dos mortos. E era possível que fosse simples obstinação, a derradeira, a única, talvez – tive de reconhecer –, na verdade, um pouco imposta, diria, prescrita, em certo sentido uma infração, uma forma contida e inútil da obstinação (porque ali adiante, por outro lado, nada mudou; sem levar em conta os últimos espasmos dos enforcados, nada se moveu, nada se abalou ante as palavras); mas ainda assim fui obrigado a de algum modo compreender o sentimento em que o rosto do rabino parecia se dissolver, e de cuja força mesmo a asa do nariz estremecia de maneira estranha. Como se nessa hora fosse chegado o minuto havia muito esperado, o minuto de triunfo, de cujo advento, lembro, ele falara ainda na fábrica de tijolos. E, na verdade, também eu fui tomado, não sei por quê, de um sentimento de falta, ou melhor, de certa inveja, pela primeira vez lamentei não saber rezar – ainda que algumas frases – na língua dos judeus.

Porém, nem a obstinação nem a reza e nenhuma fuga podiam me libertar de uma coisa: da fome. Naturalmente, em casa também sentira – ou pelo menos acreditara ter sentido – fome; sentira fome na fábrica de tijolos, no trem, em Auschwitz, mesmo em Buchenwald – mas assim, prolongada, durante muito tempo, por assim dizer, era uma sensação desconhecida. Transformei-me num buraco, num vazio, e toda a minha intenção, toda a luta voltou-se para a cessação, o preenchimento, o silenciar desse vazio sem fundo, totalmente exigente. Só tinha olhos para ele, toda a minha razão estava a serviço dele, dirigia todos os meus atos, e se não comi árvore, ferro ou pedras foi somente porque não eram mastigáveis ou digeríveis. Mas, por exemplo, fiz tentativas com areia, e quando via grama, nunca hesitava – infelizmente, não havia muita grama na fábrica nem no campo. Por uma única cebola pequena cobravam duas fatias de pão, e pela mesma quantia vendiam aos afortunados beterraba e nabo: de modo geral, eu gostava mais deste último, porque era mais suculento, na maioria das vezes maior e, embora os entendidos achassem que a beterraba valia mais, seu conteúdo também era nutritivo – porém, quem teria preferências? –, ainda que eu tolerasse mal a polpa viscosa, o gosto ardido; entretanto, me satisfazia; era também certo consolo ver ao menos os outros comerem. Os nossos guardas sempre traziam o almoço para a fábrica, e eu não tirava os olhos deles. Devo dizer que me proporcionavam muita satisfação: comiam depressa, nem mastigavam, atropelavam tudo, via que eles não tinham ideia do que, na verdade, faziam. Certa ocasião, eu trabalhava numa oficina: ali eram os mecânicos que desembrulhavam o que traziam de casa e – lembro – observei longamente, talvez com uma expectativa insegura, nebulosa, reconheço, uma mão cheia de grandes verrugas amarelas que retirava longas vagens de um vidro comprido, uma após outra. A mão verrucosa – conhecia todas as verrugas, todos os movimentos eram previsíveis – fazia o percurso entre o vidro e a boca sem intervalo, seguia adiante. Passado um tempo, as costas esconderam a cena porque ele se virou, e eu compreendi, naturalmente: por humanidade, embora eu tivesse vontade de pedir que prosseguisse sossegado, pois de minha parte a visão era suficiente, melhor do que nada, de certo modo. Ontem, comprei pela primeira vez uma tina inteira de cascas de batata de um *finn*. Ele apareceu com ela durante o descanso do final da manhã e, naquele dia, por sorte, Bandi Citrom não estava comigo no destacamento para que pudesse se opor. Colocou à sua frente um papel gasto, dele raspou sal empedrado e levou tudo à boca devagar, calmo, com as pontas dos dedos degustou um pouquinho, antes de, indiferente, por sobre os ombros, me dizer: “Está à venda!”. Em geral custava duas fatias de pão ou a margarina: ele pediu metade da sopa da noite. Tentei regatear, invoquei tudo, até mesmo a igualdade entre nós. “*Da bist nist ka jid, d’bist á ségec*”, você não é judeu – balançou, ao modo conhecido dos *finns*, a cabeça. Perguntei: “Então por que estou aqui?”. “Como posso saber?”, deu de ombros. Eu lhe disse: “Porco judeu!”, “Nem assim vai dar por menos”, respondeu. Ao final, acabei comprando pelo que cobrou, e não sei bem como ele apareceu bem no instante em que serviam a sopa nem como podia tê-la farejado: ganhamos leite com macarrão no jantar.

Posso afirmar que somente no campo de concentração compreendemos inteiramente determinados conceitos. Por exemplo, uma personagem comum das histórias estúpidas da minha infância era o tal “jovem que perambulava” ou o “jovem pobre” que pela mão da princesa se oferecia para servir o rei, feliz porque o custo era ao todo de sete dias. “Mas comigo sete dias são sete anos!”, dizia o rei; bem, posso dizer a mesma coisa do campo de concentração. Nunca imaginaria que tão depressa viraria um velho murcho. Em casa, era preciso tempo, pelo menos 50 ou 60 anos: ali, três meses foram suficientes para que meu organismo ficasse no osso. Digo que não há coisa mais torturante, mais deprimente do que seguir dia a dia, contar dia a dia quantos de nós morreram. Em casa, ainda que não me ocupasse muito disso, estava em harmonia com o meu organismo, gostava – por assim dizer – da máquina. Lembro-me de uma tarde de verão quando no quarto fresco lia um romance excitante, enquanto a palma da minha mão, numa distração agradável, alisava a pele distendida pelos músculos, bronzeada de sol, com pelos dourados nas coxas. Agora, essa mesma pele pendia enrugada, pálida e ressecada, cheia de erupções, círculos marrons, fissuras, rachaduras, rugosidades e escamas que, em especial entre os dedos, coçavam, desagradáveis. "Sarna", constatou Bandi Citrom com o gesto do conhecedor. Eu me assustava com a velocidade, o ímpeto desenfreado com que a cada dia acabava, desaparecia, dissolvia-se, sumia a elasticidade, a carne, o tecido que recobria os ossos. Todos os dias me surpreendia alguma coisa nova, uma nova falha, uma nova feiura nesse objeto cada vez mais estranho, desconhecido, que um dia tinha sido meu bom amigo: meu corpo. Nem suportava mais olhá-lo sem um sentimento conflitante de horror; por isso, com o tempo, já não me despia para me lavar, sem levar em conta a dificuldade imposta por todo o esforço desnecessário, pelo frio e também, é claro, pelos sapatos.

Esse acessório, ao menos para mim, causava muitas contrariedades. De modo geral, com as minhas peças de roupa fornecidas no campo de concentração, eu me sentia insatisfeito, tinham pouca utilidade e muitos defeitos, ou melhor, logo se tornavam desagradáveis – posso dizer sem medo de errar: não deram certo. Assim, por exemplo, no tempo da chuva fina, cinzenta – que a mudança de estação tornara mais persistente –, a roupa de lona se transformou num cano rígido, como de uma estufa, cujo contato molhado a nossa pele trêmula procurava evitar – sem resultado, naturalmente. E de que valia o avental de prisioneiro – que, era inegável, distribuíram com boa vontade –, essa nova barreira, essa nova camada úmida, e o papel áspero dos sacos de cimento que, como muitos outros, Bandi Citrom também guardava e usava debaixo da roupa apesar do risco, pois esse crime logo se revelava: apenas um golpe de bastão nas costas, outro no peito, e o ruído já denunciava a transgressão. Porém, quando deixava de fazer barulho – pergunto –, para que esse novo fardo, como uma pasta encharcada de que tínhamos de nos livrar em segredo?

Mas o mais irritante, retomo, era o sapato de madeira. Na verdade, tudo começou com a lama. Nem nesse assunto as minhas experiências anteriores foram de utilidade. Também em casa tinha visto, pisado em barro, é claro – mas não poderia saber que naquelas ocasiões a lama, a menor das preocupações, poderia ser o palco da vida. O que não significava afundar nela até a batata da perna, e, com toda a força, num único puxão, livrá-la, apenas para afundá-la de novo 20 ou 30 centímetros adiante: para isso eu não estava nem adiantaria estar preparado. Descobria-se que com o tempo o salto do sapato de madeira se soltava. Assim, passávamos a andar sobre uma sola grossa, que num determinado lugar afinava de repente para curvar-se na forma de uma gôndola, e balançávamos nessa sola arredondada como joões-bobos. A par disso, no lugar do salto, entre o pé e a sola, nesse lugar bem fino, a cada dia aumentava uma fenda por onde, a cada passada, a lama fria, e com ela pedregulhos e toda espécie de lodo com partículas cortantes, entrava sem obstáculo. Enquanto isso, a crosta de lama havia muito tinha machucado o calcanhar e formava incontáveis feridas na região exposta, mais macia. Essas feridas – pelas suas características – ficavam úmidas, de uma umidade viscosa: assim, com o tempo, não havia mais meio de nos livrarmos dos sapatos, era impossível tirá-los porque grudavam, e, como um novo pedaço do corpo, crescia nos meus pés. Eu os usava de dia e dormia com eles, também para que não perdesse tempo quando tivesse de descer do lugar de descanso, duas, três ou até quatro vezes por noite. E à noite nem tinha de me preocupar: no mundo dos holofotes, depois de alguns tropeços e escorregões, de algum modo voltávamos ao barracão. Mas o que fazer de dia se no destacamento nos acometesse – e era inevitável – a diarreia? Nessas horas reuníamos toda a coragem, tirávamos o gorro e pedíamos permissão ao guarda: "*Gehorsam zum Abort*" ["Permissão para usar a latrina"], presumindo que haveria uma latrina por perto, uma que pudesse ser usada por prisioneiros. Mas suponhamos que sim, suponhamos que o nosso guarda fosse bondoso e autorizasse uma vez, uma segunda vez: bem – permitam-me perguntar –, quem seria ousado, quem seria decidido a ponto de pôr a paciência dele à prova uma terceira vez? Só restava a batalha surda, os dentes cerrados, o flanco tremendo sem parar, até que a provação se decidisse, e por fim prevalecesse o corpo ou a vontade.

E como último recurso – esperada ou não, provocada ou na tentativa de evitá-la –, sempre e em todos os lugares havia a surra. Dela também tive a minha parte, naturalmente, porém não mais – nem menos – do que o costumeiro, a média, o cotidiano, como qualquer outro, qualquer um de nós, sem que fosse um azar especial, mas simplesmente de acordo com as condições habituais do campo. E, se for para contá-la, uma incoerência singular: a surra não foi de alguém com vocação, com mais autoridade, cumprindo ordens, ou – como dizê-lo? – de um SS, mas de um certo "*Todt*", um soldado de uniforme amarelo, de uma corporação mais obscura, destinada a supervisionar o trabalho. Era ele que estava ali e percebeu – junto com o estrondo e um pulo – que deixei cair o saco de cimento. Na verdade, todo o destacamento, e com toda a razão, recebia a tarefa de carregar cimento com a alegria – que mal admitíamos entre nós mesmos – dos momentos raros. Curvávamos a cabeça, alguém colocava um saco sobre o nosso pescoço, com ele cambaleávamos até um caminhão, um outro o retirava, e depois, dando uma volta bem grande, cujos limites eram dados pelo momento, arrastávamo-nos de volta, com sorte ainda haveria ocupados à nossa frente e, portanto, podíamos ganhar mais tempo até o saco seguinte. O saco tinha de dez a quinze quilos – em condições normais, uma brincadeira, poderia até jogar bola com ele: mas tropecei e caí. E mais: o papel do saco também rasgou, o cimento caro vazou pelo buraco, e no chão o produto, a preciosidade, virou pó. Ele já estava a meu lado; senti o chicote no rosto e, quando me atirou ao chão, com as botas nas minhas costelas e as mãos no meu pescoço, enquanto apertava meu rosto no cimento, ordenou enlouquecido: que eu juntasse, catasse, lambesse tudo. Colocou-me em pé: ia me mostrar – "*Ich werde dir zeigen, Arschloch, Scheisskerl, verfluchte Judehund*" ["Eu vou te mostrar, seu filho da puta desgraçado, judeu maldito de merda"] – que eu nunca mais derrubaria um saco, prometeu. Desse momento em diante, a cada volta, ele mesmo punha o novo saco no meu pescoço, só se ocupava de mim, somente eu o preocupava, acompanhava somente a mim com o olhar até o caminhão e de volta até a pilha de sacos, e me empurrava para a frente, mesmo que por justiça a vez fosse de outros. Ao final, quase nos entendíamos, nos conhecíamos, quase via satisfação, encorajamento, até mesmo orgulho no rosto dele, pois, embora trôpego, curvado, vendo tudo escuro, mas resistente, eu ia e vinha, levava e trazia, sem deixar cair um único saco, e de certo ponto de vista tive de reconhecer que isso lhe dava razão. Por outro lado, quando o dia acabou, senti que alguma coisa em mim havia estragado de modo irreparável; a partir de então acreditava que toda manhã era a última em que me levantaria; a cada passo, que não aguentaria dar mais um; a cada movimento, que não suportaria o seguinte; mas ainda assim, a cada vez, eu seguia adiante.

VII

Ao que parece, existem fatos, existem situações que nenhuma ciência pode depois piorar. Após tantos esforços, tantas provações inúteis, tantas tentativas, com o tempo eu mesmo encontrei a paz, a serenidade, o alívio. Certas coisas, por exemplo, a que atribuía significados inapreensíveis, perderam, aos meus olhos, toda a importância. Assim, se me cansasse à espera do *Appel*, sem falar da lama ou das poças de água, eu simplesmente me acomodava, me sentava, e assim ficava até que os vizinhos me puxassem com força e me pusessem em pé. O frio, a umidade, o vento ou a chuva já não me incomodavam: não me atingiam, não os sentia. Até mesmo a fome passou; continuava a levar à boca tudo o que encontrava, tudo o que era comestível, mas distraído, mecanicamente, como por hábito, por assim dizer. No trabalho? Não me importava nem com a aparência. Se não lhes agradava, no máximo me batiam, e nem assim me faziam mal. Com isso eu ainda ganhava tempo: ao primeiro golpe, logo me esparramava no chão, e os demais eu já não sentia, pois adormecia.

Uma coisa apenas se fortaleceu em mim: a exasperação. Se alguém me perturbasse o sossego, se apenas encostasse na minha pele, se eu perdesse uma passada durante a caminhada e nessa hora alguém me pisasse o calcanhar, sem nenhuma hesitação eu seria capaz de matar – se ainda pudesse, é claro, e se ao erguer a mão não me esquecesse do que pretendia. Também com Bandi Citrom me desentendi: "você se abandonou". Era um peso para ele no destacamento, causava problemas para todos, ele pegou a minha sarna – maldizia. Mas, sobretudo, era como se eu o irritasse, o incomodasse de algum modo. Percebi isso uma noite, quando ele me levou ao lavatório. Foi inútil eu me debater, resistir; ele arrancou as minhas roupas à força, foi inútil eu tentar atingir seu corpo, seu rosto com os punhos; esfregou água fria no meu corpo trêmulo. Eu lhe disse mil vezes: a proteção dele me pesava, que me deixasse em paz, que fosse para o inferno. Eu queria morrer ali, não queria voltar para casa? – perguntou, e não sei que resposta pôde ler em meu rosto, mas no dele vi súplica, uma espécie de pânico, como olhamos para os incorrigíveis, os condenados à morte, os infectados; naquela hora me lembrei do que ele havia dito um dia sobre os muçulmanos. Em todo o caso, ele passou a me evitar, e eu, por fim, também me livrei desse peso.

Do meu joelho, porém, não tive como me livrar, e a dor ficou comigo de vez. Alguns dias depois olhei para ele, e essa nova surpresa, a bolsa vermelha que ardia na região do joelho direito, preferi, na verdade, esconder logo dos meus olhos. Sabia, naturalmente, que em nosso campo também havia um *Revier* [enfermaria], mas, para começar, a hora da consulta coincidia com a do jantar, e este, para mim, tinha prioridade sobre a saúde; certa experiência de vida e as informações do lugar não eram encorajadoras. E ficava longe: duas barracas adiante, e eu não me dispunha a andar uma distância tão grande, a não ser em caso de extrema necessidade, entre outras coisas porque o joelho já doía muito. Por fim, Bandi Citrom e um companheiro de sono acabaram por me levar numa cadeirinha formada pelos braços deles e me colocaram sobre uma mesa; avisaram: a dor aumentaria tanto que meus gritos me denunciariam, portanto a cirurgia imediata era inevitável e na falta de anestésico eles seriam obrigados a dispensá-lo. O que pude perceber foi que com uma faca fizeram dois cortes em cruz, espremeram o mar de líquido da minha coxa e enrolaram tudo com papel. Logo em seguida me lembrei do jantar, e eles asseguraram: daria tempo, e assim foi, sem demora. A sopa era de nabo e couve, que eu gostava muito, e como para os que passavam pelo *Revier* serviam a parte mais espessa, ela me satisfez. Também passei a noite na barraca do *Revier*, no andar mais alto de um boxe, completamente só, e a única coisa desagradável foi a diarreia costumeira, porque já não podia usar a própria perna e, por outro lado – de início, num sussurro; depois, mais alto, e, por fim, aos gritos –, de nada adiantou pedir ajuda. No dia seguinte, com outros corpos, também o meu foi atirado sobre a carroceria de metal molhado de um caminhão e transportado para um lugar próximo chamado, se entendi bem, "Gleina", onde ficava o hospital propriamente dito do nosso campo. Atrás, numa banqueta dobrável, elegante, levando nos joelhos o fuzil que brilhava por causa da umidade, um soldado ficou nos vigiando durante toda a viagem, relutante, com um ar de repugnância, uma careta de náusea provocada pelo mau cheiro – com razão, tive de reconhecer. O que mais me incomodava era que eu parecia ter chegado a uma conclusão, a uma verdade clara pela qual tinha vontade de me absolver: não era unicamente eu o culpado, e originalmente não era essa a minha natureza – embora eu soubesse que isso seria difícil de provar. Quando, por fim, chegamos, tive primeiro de passar por um jato inesperado de água que jorrava de uma espécie de mangueira de jardim que lavou tudo, os restos dos trapos, a sujeira e a bandagem de papel. A seguir, levaram-me a um salão onde me deram uma camisa e a parte de baixo de um beliche de tábuas forrada com um saco de palha, na verdade endurecido, achatado e amassado pelo meu antecessor, manchado aqui e ali por marcas suspeitas, odor igualmente suspeito, desbotado em lugares também suspeitos, mas, afinal de contas, desocupado, onde acabaram por me largar só, deixando por minha conta o modo de fazer o tempo passar, e assim, antes de mais nada, dei uma boa dormida.

Parece que sempre levamos os velhos hábitos aos novos lugares: no início, também no hospital tive de lutar contra muitos costumes arraigados, inveterados. Por exemplo, a consciência pesada: nos primeiros tempos, ela me acordou todas as madrugadas. Eu despertava assustado, teria perdido o *Appel* dormindo, lá fora já começavam a me procurar e somente aos poucos, com o coração acalmado, percebia o engano, aceitava a cena à minha frente, o testemunho da realidade, de que estava em casa, tudo estava bem; aqui, um gemia; ao longe, conversavam; mais adiante, num mutismo estranho, alguém exibia um nariz pontudo, olhos parados, uma boca aberta; no horizonte, o meu ferimento doía e, sobretudo – como sempre –, sentia muita sede, possivelmente por causa da febre. Em suma, precisava de algum tempo para me convencer: não há *Appel*, não tenho de ver os guardas e, em especial, não tenho de trabalhar – e essas vantagens todas, ao menos para mim, no fundo, nenhuma circunstância, nenhuma doença seria capaz de estragar. De tempos em tempos, levavam-me para um quartinho do andar de cima, onde trabalhavam dois médicos, um novo, o outro mais velho: eu era paciente deste último, por assim dizer. Magro, moreno, simpático, vestido com roupa limpa, de sapatos, braçadeira e um rosto de aparência correta e diferenciada, lembrava uma raposa mansa, envelhecida. Quis saber de onde eu era e me contou que vinha da Transilvânia. Nesse meio-tempo, retirou a bandagem que se desfazia, endurecida, amarelo-esverdeada, em volta do meu joelho; fazendo pressão com as duas mãos, espremeu da coxa o que ali se acumulara e, por fim, com um instrumento parecido com uma agulha de crochê, enfiou um pedaço de gaze dobrada entre a pele e a carne, enquanto explicava: "A manutenção da passagem" para que "a limpeza continue", para que a ferida não cicatrizasse antes do tempo. De minha parte, essas palavras me fizeram bem, pois, afinal de contas, não tinha nada a fazer lá fora; pensando bem, a saúde não tinha nenhuma pressa. Uma outra observação me agradou menos. Achava a abertura do meu joelho insuficiente. Segundo ele, era preciso fazer outra incisão na lateral e ligá-la à primeira por meio de uma terceira. Perguntou-me se eu estava disposto a fazê-lo e fiquei muito surpreso quando percebi que ele esperava uma resposta afirmativa, o meu assentimento, para não dizer a minha autorização. Eu disse: "Como quiser", e ele de pronto decidiu que não convinha esperar. Começou ali mesmo, mas não pude evitar os gritos que, percebi, deixaram-no tenso. Disse várias vezes: "Assim não consigo trabalhar", e eu procurei me desculpar: "Não consigo evitar". Depois de alguns centímetros, ele interrompeu seu trabalho, sem que tivesse terminado o que planejara, mas ainda assim parecia razoavelmente satisfeito ao dizer: "Isso já é alguma coisa", pois a partir de então ele poderia escoar o pus em dois lugares. Também no hospital o tempo passava: se não dormia, a fome, a sede, a dor em torno da ferida, uma e outra conversa ou o tratamento sempre me ocupavam – porém, não ter obrigações: esse pensamento agradável, a consciência do privilégio, proporcionava uma felicidade inesgotável, eu estava muito bem. Os recém-chegados, eu também os interrogava: quais as novidades no campo, de que bloco vinham, se conheciam alguém chamado Bandi Citrom do Bloco *Fünf* [Cinco], de estatura mediana, nariz quebrado, sem dentes na frente, mas ninguém se lembrava de uma figura com essas feições. Na saleta de tratamentos via ferimentos parecidos com o meu, igualmente na coxa ou na perna, embora houvesse alguns no quadril, no lombo, no braço ou no pescoço e nas costas, chamados cientificamente de "flegmões", como ouvi muitas vezes, e cujas causa e frequência nas condições normais do campo de concentração não eram estranhas ou excepcionais, como soube pelos médicos. Mais tarde, começaram a chegar os que tinham de cortar um pedaço dos dedos dos pés, muitas vezes todos, e contavam: no campo já fazia frio e nos sapatos de madeira os pés congelavam. Em outra ocasião, com uma roupa de prisioneiro feita por alfaiate, alguém visivelmente importante apareceu na sala de curativos. Ouvi dele essa fala em voz baixa, embora clara: "*Bonjour!*" – e disso e também pela letra F do triângulo descobri logo que era francês e, pela braçadeira com a inscrição "O. Artzf", que era o médico-chefe do hospital. Observei-o longamente porque fazia tempo não via um homem tão bonito: não era muito alto, o paletó era preenchido pela carne rija bem-proporcionada sobre os ossos, o rosto também era cheio, de traços inconfundíveis, os sentimentos, expressivos, com nuances marcantes, o queixo, arredondado com uma depressão no centro, e a pele, gordurosa e um tanto escura, brilhava um pouco na luz que sobre ela incidia, como brilhara a pele das pessoas um dia, havia muito, em casa. Eu notava que os médicos também se animaram, procuraram agradar-lhe, explicar-lhe tudo, porém não como no campo, mas do modo antigo, caseiro, e segundo os costumes que evocavam lembranças, o bom gosto, a alegria, o empenho social, como quando se nos oferece a oportunidade de mostrar que entendemos e falamos com perfeição uma língua culta, por exemplo, o francês. Por outro lado – não pude deixar de reparar –, para o médico-chefe isso nada significava: examinava tudo, respondia a algumas perguntas ou assentia a outras, mas fazia tudo devagar, com voz baixa, taciturno, indiferente, exibindo o tempo todo no rosto, nos olhos castanhos como nozes, um estado de espírito desanimado, quase melancólico. Eu não compreendia o que causaria um sentimento assim numa personalidade tão talentosa, tão nobre e que ascendera a uma alta patente. Procurei examinar seu rosto, seguir seus gestos e só aos poucos me veio a percepção: afinal de contas, também ele era obrigado a estar ali e, devagar, sem muita surpresa, entendi que a situação, que a própria condição de prisioneiro o perturbava. Quis lhe dizer que não se sentisse triste, pois isso era o de menos – porém, tive medo, seria muita ousadia, e depois me ocorreu que eu nem sabia francês.

Na verdade, eu também passei pela mudança dormindo. Antes, me chegara a notícia: que nesse meio-tempo, no lugar das barracas de Zeitz, construíram barracões de pedra, e que do hospital também não tinham se esquecido. De novo me atiraram sobre a carroceria de um caminhão – pela escuridão percebi que era noite, e pelo frio calculei que estávamos na metade do inverno –, e na hora seguinte me vi na antessala bem iluminada de um recinto enorme, e nela divisei uma banheira de madeira que exalava o cheiro de algum produto químico: a seguir, tive de me lavar nela – a despeito das minhas queixas, da minha resistência, dos meus pedidos –, mergulhei até o alto da cabeça, o líquido frio aumentou os meus tremores e reparei que à minha frente os outros doentes também tinham submergido na substância marrom – com os ferimentos e tudo. E o tempo começou a passar também ali, em geral da mesma maneira, mas com uma ou outra diferença. No novo hospital, por exemplo, os beliches tinham três andares. Eu ia menos vezes ao médico, e a ferida limpava-se ali mesmo, a seu modo, como podia. Para completar, não demorou muito para que no meu pé esquerdo a dor e o inchaço vermelho, ardente, conhecido, aparecessem. Passados alguns dias de espera inútil, pensei: vai melhorar ou vai acontecer alguma outra coisa e, relutante, tive de avisar o enfermeiro. Depois de mais alguns dias de insistência e de espera, chegou a minha vez numa antessala do barracão, diante dos médicos; com isso, além do existente no meu joelho direito, ganhei sobre o pé esquerdo um outro corte, do tamanho da palma da minha mão. Passei por nova situação desagradável no lugar que eu ocupava, uma das camas de baixo, de frente para uma pequena janela elevada, sempre aberta para o céu cinza, com barras de ferro revestidas o tempo todo de crostas de gelo, provavelmente criadas pelos pingos permanentes formados pelos bafos vaporosos dos que estavam do lado de dentro. Eu já usava apenas o que cabia a um doente: camisola curta e sem botões e, por causa do inverno, um gorro verde tricotado, muito útil, que cobria os ouvidos; o formato em cunha sobre a curvatura da testa lembrava os campeões de patinação ou os atores que personificavam Satã. Eu sentia muito frio, especialmente porque havia perdido um dos dois cobertores cujos trapos se completavam mutuamente: que eu o emprestasse por pouco tempo, depois ele o devolveria – dissera o enfermeiro. Foi inútil agarrá-lo pelas pontas com as duas mãos, ele era mais forte e, além da perda, me incomodava a ideia de que – segundo eu sabia – costumavam tirar o cobertor especialmente daqueles para quem previam um fim próximo. Em outra ocasião fui alertado por uma voz que se havia tornado familiar, numa das camas de baixo, em algum lugar atrás de mim: novamente apareceu um enfermeiro, dessa vez com um novo doente nos braços, que procurava uma cama para deitá-lo. Descobrimos que a gravidade do caso e a ordem médica davam-lhe direito a uma cama separada, e assim ele urrava num tom terrível, clamava: "Eu me recuso!", dizia: "Eu tenho direito! Perguntem ao médico!", e de novo: "Eu me recuso!", de modo que os enfermeiros a cada vez levavam a carga para uma outra cama – e dessa forma, por fim, chegaram à minha, e como companheiro de cama ganhei um rapaz que aparentava ter a minha idade. Era como se eu já tivesse visto aquele rosto amarelo e os grandes olhos azuis ardentes – mas, ali, rosto pálido e grandes olhos azuis ardentes eram comuns. Sua primeira pergunta foi se eu tinha água para beber, e respondi que não tinha nada para jogar fora; a segunda, logo em seguida: e cigarro?... e com isso não teve sorte, é claro. Ele disse que daria pão em troca, mas respondi que não era isso, eu não tinha mesmo. Então, calou-se durante algum tempo. Suspeitei que tinha febre, pois do corpo trêmulo emanava um calor constante de que eu mesmo me aproveitei. Parei de resistir, embora ele se queixasse e se debatesse muito durante a noite, nem sempre com o respeito devido aos meus ferimentos. Cheguei a lhe dizer: ei, chega, sossegue um pouco; e, por fim, ele acatou as minhas palavras. De manhã, não consegui acordá-lo para o café. Por isso, estendi apressado seu prato ao enfermeiro mas, justo quando eu ia falar, o doente o reivindicou aos gritos. Peguei a ração de pão que lhe cabia, bem como a sopa da noite, e assim fiz nas vezes seguintes, até que um dia o meu companheiro começou a ficar muito estranho: fui obrigado a avisar, não podia mais zelar por ele ali na minha cama. Fiquei meio angustiado porque o tempo que se havia passado era bem visível, e as minhas razões, por sua vez, fáceis de adivinhar; portanto, eu contava com certa compreensão – mas não disseram nada, graças a Deus, e me deixaram sem parceiro.

Foi nesse lugar que travei conhecimento de verdade com os insetos. Não havia como apanhar as pulgas: era compreensível que fossem mais espertas, porque, afinal de contas, alimentavam-se melhor do que eu. Os piolhos, eu os pegava com facilidade, embora não houvesse razão para isso. Quando já estava furioso com eles, passava a unha do meu dedão, ao acaso, sobre o tecido esticado da camisa nas minhas costas, e pelos estalidos bem audíveis eu fazia ideia da vingança, gozava da matança – e, passado um minuto, podia tranquilamente repetir tudo, no mesmo lugar, e com o mesmo resultado. Ocupavam todos os lugares, enfiavam-se em todos os cantos, meu gorro verde parecia cinza, zumbia, quase andava sozinho. Ainda assim, a minha maior surpresa – espanto, horror – ocorreu quando senti cócegas no sapato e, levantando a atadura de papel, vi que eles haviam penetrado na minha carne e se alimentavam da ferida. Tentei ser rápido, livrar-me deles, arrancá-los, desenterrá-los dali, obrigá-los a esperar, ter um pouco de paciência – e posso assegurar que nunca me defrontei com uma luta tão sem perspectivas, uma resistência mais obstinada, impiedosa do que aquela. Passado um tempo desisti, e apenas observei a voracidade, a excitação, a avidez, o apetite, a felicidade indisfarçável: de certa forma, como se eu a conhecesse de algum lugar. Foi quando me dei conta: considerando tudo, era capaz de compreendê-los.

Ao final, quase senti alívio, e também a coceira quase tinha passado. Parei de resistir, mas ficou certa amargura que me parecia compreensível – porém, indistinta, sem ódio, a não ser um pouco pela ordem natural das coisas, por assim dizer; em todo o caso, eu os cobri depressa e depois não lutei mais, não guerreei mais contra eles.

Não há experiência bastante, tranquilidade perfeita ou sabedoria que tenham a força de evitar que entreguemos um último acontecimento à sorte – desde que haja modo para isso, naturalmente. Assim, com todos aqueles para quem ali não havia mais possibilidade de trabalho, a mim também mandaram de volta, como ao remetente: enviaram-me para Buchenwald, e partilhei com as forças que me restavam da alegria dos demais, pois os dias bons que vivera lá, em especial as sopas matinais, me ocorreram de imediato. Admito não ter pensado que primeiro teria de chegar, passando pelas circunstâncias da viagem de trem; seja como for, até então eu nunca compreendera certas coisas e tinha dificuldade de acreditar nelas. Pensava que a expressão comum, "dejetos da terra", só se referisse aos defuntos. De minha parte, não tinha dúvidas de que vivia, embora como uma chama trêmula, quase apagada, mas ainda ardia em mim alguma coisa, a centelha da vida, como se diz – ou seja, tinha um corpo, sabia tudo dele, apenas eu mesmo não estava mais nele. Eu me dei conta sem nenhuma dificuldade de que essa coisa, o corpo, com outras coisas parecidas por cima e dos lados, jazia sobre o piso do vagão aos solavancos, sobre a palha fria e úmida de toda espécie de líquidos suspeitos, a atadura de papel havia muito caída, desfeita, rasgada, a camisa e a calça de prisioneiro que me vestiram para a viagem grudada nos meus ferimentos – mas isso tudo não me afetava muito, não importava, não tinha mais força, ou melhor, asseguro que havia muito não me sentia tão leve, em paz, em devaneio, sem dúvida: tão bem. Depois de tanto tempo, pela primeira vez me senti livre da tortura da exasperação: os corpos que se apertavam no meu não me incomodavam mais, de algum modo me alegrava que estivessem ali comigo, que fossem tão familiares e semelhantes ao meu, e pela primeira vez fui tomado de um sentimento incomum, invulgar, estranho, desajeitado – é possível que fosse amor, talvez. E também experimentei o mesmo da parte deles. É verdade que esperanças, como no início, não me reconfortavam mais. É possível que fosse essa a causa – além das próprias dificuldades, naturalmente – do silêncio tão familiar e solidário, dos gemidos generalizados, das manifestações ouvidas além dos sussurros entredentes, das queixas murmuradas: o consolo, as palavras apaziguadoras. Não economizava nos atos quem ainda tivesse forças, e os esforços compadecidos de mãos dadivosas me estenderam, quem sabe de que distância, a lata de conservas de cobre amarelo quando eu disse que precisava urinar. E quando, por fim – não sei como e pelas mãos de quem –, sob as minhas costas, em vez das tábuas do trem, vieram as poças no piso gelado de pedra, eu não tinha clareza de que chegara bem a Buchenwald, e me esquecera havia muito do quanto ansiara por esse lugar. Eu nem imaginava onde estava: na estação ou no interior do campo, não reconhecia as redondezas, e não via a estrada, as casas e a estátua de que me lembrava claramente.

Seja como for, parece que fiquei deitado por muito tempo, e estava bem, em paz, indiferente, sereno, paciente, no lugar onde haviam me largado. Não sentia frio nem dor, e era mais a razão, e não a pele, que me dizia que o meu rosto estava sendo salpicado por uma precipitação, mistura de chuva e neve. Eu me distraía com as coisas, via o que assim, sem movimento desnecessário, sem esforço, me aparecia diante do olhar: por exemplo, acima de mim o céu baixo, cinza e impenetrável, ou melhor, as nuvens de chumbo, indolentes, de inverno, que o escondiam dos meus olhos. Apesar disso, abria-se aqui e ali uma brecha inesperada, uma abertura, como se nessas horas o segredo nascido de alguma profundeza se projetasse como um raio sobre mim, como se um olhar fugaz espiasse, um olho de cor indefinível, mas sem dúvida claro – na verdade, meio parecido com o do médico diante de quem eu estivera um dia em Auschwitz. Junto de mim, um objeto estranho, um sapato de madeira; do outro lado, um gorro de diabo semelhante ao meu, dois pedaços pontiagudos – nariz e queixo –, entre eles uma depressão vazia, e um rosto apareceu no meu campo de visão. Para além dele, mais cabeças, pedaços, corpos – compreendi que eram os restos do carregamento, ou melhor, as sobras que haviam jogado ali. Passado algum tempo, não sei, uma hora, um dia ou um ano, ouvi vozes, ruídos, movimento, barulho de arrumação. Do meu lado, a cabeça se ergueu de repente, e mais embaixo, nos ombros, vi mãos de prisioneiros que se preparavam para atirá-la numa espécie de carrinho de mão sobre o alto de vários corpos empilhados. Ao mesmo tempo chegaram-me aos ouvidos fragmentos de palavras, e nesses sussurros roucos mal consegui distinguir – tive de relembrá-la –, reconhecer uma voz metálica: "Não... quero... não... quero..." – murmurava. Então, por um instante, antes de prosseguir o movimento, ela parou no ar, surpresa, e logo ouvi outra voz, a de quem o segurava pelos ombros. Era uma voz agradável, masculina, amável, um pouco estranha, que, no alemão típico do campo, revelava mais assombro e desconcerto do que queixa: "*Was? Du willst noch leben?*"

["O quê? Você ainda quer viver?"] – perguntou, e senti certa curiosidade, pois o desejo parecia injustificável, sem sentido, naquele momento. Ali decidi: seria mais inteligente. Porém, já se curvavam sobre mim, uma mão apalpou alguma coisa em volta dos meus olhos antes de me depositar sobre o carregamento do carrinho que começaram a empurrar para algum lugar, sem que me importasse o destino. Uma única coisa me preocupava, um pensamento, uma pergunta que só naquele instante me ocorreu. Talvez fosse culpa minha eu não saber, embora nunca tivesse sido muito precavido, não ter informações sobre os costumes, a ordem, a rotina, em suma, os hábitos de Buchenwald: se gás, como em Auschwitz, se com a ajuda de medicamentos, de que também tinha ouvido falar, talvez uma bala, ou quem sabe de outro modo, algum dos milhares de modos para que os meus conhecimentos não eram suficientes – eu não fazia ideia. Em todo o caso, esperava que não doesse e, embora possa parecer estranho, o receio era verdadeiro e me preocupava tanto quanto outras esperanças, mais concretas, por assim dizer, que associamos ao futuro. E assim descobri que a vaidade é um sentimento que nos acompanha até o instante derradeiro, porque, na verdade, por mais que a incerteza incomodasse, não dirigi uma única pergunta, um pedido, uma palavra, nem sequer um olhar de relance para trás, para aquele, ou aqueles, que me empurravam. Mas o caminho levava a uma curva elevada, e embaixo, de repente, surgiu uma paisagem ampla. Lá estava a vista que se estendia pela descida íngreme, as casinhas de pedra todas iguais, o gramado bem-cuidado, e um grupo separado, talvez novo, um tanto mais austero, de barracas sem pintura, as cercas de arame farpado contorcido a delimitar os vários caminhos, e mais adiante a multidão de árvores que se perdiam na neblina. Não sei o que esperavam os muitos muçulmanos nus plantados diante de um edifício, algumas autoridades que andavam para cima e para baixo, e, se bem os via, pelos banquinhos, pelos gestos humildes, de súbito os reconheci: estavam em volta dos barbeiros – então, na realidade, esperavam pelo banho e pela admissão. Porém, mais ao fundo, as ruas calçadas de pedrinhas, distantes, estavam animadas por um arrastar suave; havia atividade, sinais de ocupação da passagem do tempo – moradores antigos, fracos, gente mais ilustre, carregadores, os escolhidos para o comando interno iam e vinham, cumpriam as tarefas cotidianas. Aqui e ali uma fumaça suspeita se misturava a vapores mais agradáveis, de algum lugar um estrépito chegava até mim, abafado, como sinos nos sonhos, e o meu olhar inquiridor se deteve no movimento de alguma coisa sendo carregada, as barras acomodadas sobre ombros, curvadas pelo peso de caldeirões fumacentos, e pelo odor amargo, a distância, não tive dúvida: reconheci o aroma de sopa de cenoura. A visão e o aroma devem ter provocado no meu peito adormecido um sentimento crescente capaz de formar na umidade gelada que banhava o meu rosto algumas gotas mais quentes dos meus olhos ressecados. E apesar de toda reflexão, razão, consciência, juízo, não pude deixar de identificar em mim uma sensação furtiva, tênue, esperançosa, como se envergonhada da insanidade, mas ainda assim obstinada: gostaria de viver mais um pouco neste bonito campo de concentração.

VIII

Tenho de admitir: jamais seria capaz de explicar determinadas coisas, não com exatidão, se recorresse apenas à espera, à regra, à razão – em suma, se as olhasse do ponto de vista da vida, da ordem das coisas. Assim, quando me retiraram do carrinho e me puseram em algum lugar no chão, eu não compreendia que sentido fazia passar de novo por um aparador de cabelos e uma navalha. O recinto cheio em que me colocaram, asfixiante, que à primeira impressão lembrava enganosamente um chuveiro coletivo, com o estrado escorregadio de madeira em meio a uma infinidade de pés trôpegos, grudentos, pernas ulceradas, calcanhares, correspondia inteiramente à minha expectativa. De passagem, passou uma última vez pela minha cabeça: veja, o costume de Auschwitz vale também aqui. Tanto maior foi a minha surpresa quando, depois de uma breve espera e de alguns ruídos sibilantes, borbulhantes, começou a cair água das torneiras instaladas no alto, num jorro abundante, inesperado. Não me alegrei muito porque de bom grado teria me aquecido um pouco mais, mas nada pude fazer quando de repente uma força irresistível pôs as pernas dessa floresta fervilhante em movimento, enquanto uma espécie de grande lençol e a seguir um cobertor enrolaram-se em mim. Depois, lembro-me de um ombro em que fiquei dependurado com a cabeça para trás e as pernas para a frente; uma porta, degraus estreitos de uma escadaria íngreme; outra porta, um recinto, ou melhor, um salão onde, além da amplidão e da luminosidade, o brilho de caserna da mobília me feriu os olhos incrédulos; e por fim a cama – normal, de verdade, aparentemente para uma só pessoa, com um saco bem cheio de palha e dois cobertores cinzentos – para onde rolei daquele ombro. Em seguida, dois homens – normais, bonitos, com cabelos, rostos, de calças brancas, camiseta, chinelos de madeira; maravilhei-me de vê-los enquanto me olhavam. Só então reparei na boca deles, de onde havia algum tempo um idioma melodioso chegava aos meus ouvidos. Era como se quisessem saber alguma coisa de mim, mas pude apenas balançar a cabeça: não compreendo. A isso, um deles, com uma pronúncia bem estranha, falou em alemão: "*Hast du Durchmarsch?*" – ou seja, se eu tinha diarreia, e com certo assombro percebi que a minha voz, não sei bem por quê, disse: "*Nein*" – penso, ainda hoje, que, na verdade, por vaidade. Então – depois de uma pequena discussão, idas e vindas – enfiaram-me duas coisas na mão. Uma xícara de café morno e pão, juro que era um pedaço correspondente a cerca de um sexto da fatia. Podia pegá-lo, consumi-lo, sem nenhum custo, sem nenhuma troca. Depois, as minhas entranhas, dando sinal de vida, começaram a se mexer, soltar-se, exigindo toda a minha atenção por algum tempo, em especial as minhas forças, para que não denunciassem a palavra que eu dera havia pouco. Acordei com um dos homens de novo ali, porém de botas, com um gorro azul-escuro bonito e um casaco de prisioneiro com um triângulo vermelho.

E me vi uma vez mais sobre ombros, descendo a escada, direto para fora, para o ar livre. Logo entramos num amplo barracão cinza de madeira, espécie de enfermaria, de *Revier*, se não estava enganado. Nem pensar; ali, no conjunto, de novo tudo correspondia ao que eu esperava: achava tudo familiar – e, assim, eu não compreendia bem o tratamento de antes, o café e o pão. Ao passar por toda a extensão do barracão, as fileiras de beliches de três andares, bem conhecidas, me saudavam. Tudo lotado, e com os olhos treinados, com que, posso dizer, eu também contava, era capaz de avaliar de imediato, pela condição dos rostos indistintos misturados, das superfícies de pele sarnentas e das feridas, ossos, trapos, extremidades pontiagudas, que os pedaços representavam ao menos cinco e, às vezes, seis corpos. Nas tábuas nuas procurei em vão a palha que afinal de contas existia em Zeitz – porém, para os tempos que aquelas visões me antecipavam, admiti que isso não era, na verdade, um detalhe muito importante. Então, seguiu-se – quando paramos e me chegaram aos ouvidos conversas e uma espécie de discussão entre o homem que me carregava e um outro – a nova surpresa. Nem sabia se via bem – mas não podia estar enganado, pois o barracão estava bem iluminado, com lâmpadas fortes. À esquerda, havia uma fileira dupla comum de boxes, porém as tábuas estavam recobertas de uma camada de acolchoados vermelhos, rosa, azuis, verdes e violeta, sobre eles outra camada de acolchoados iguais, e entre as duas, apertadas lado a lado, cabeças raspadas de crianças, maiores, menores, mas, de modo geral, de rapazes da minha idade que espiavam. E eu mal havia percebido isso tudo quando me puseram no chão, alguém me amparou para que eu não caísse, retiraram o cobertor, envolveram o meu joelho e os meus quadris em papel e me vestiram uma camisa: enfiei-me depressa entre as duas camadas de acolchoado, ladeado por dois rapazes, no andar do meio.

Depois, me largaram de novo sem nenhuma explicação, mais uma vez por conta dos meus pensamentos.

Fosse como fosse, tive de admitir que eu estava ali – esse era o fato, inegável, a cada instante renovado e persistente. Mais tarde descobri mais algumas coisas importantes. Aquela era provavelmente a frente do barracão, como revelava uma porta aberta para o exterior, para um descampado – que exibia no ponto mais visível uma espécie de mesa coberta com um lençol branco, lugar de trabalho de autoridades, escrivães, médicos. Os que se abrigavam nos caixotes de trás tinham, ou a maioria deles acabaria tendo, com toda a certeza, disenteria ou tifo. A primeira manifestação – indicada pelo cheiro inconfundível – era o *Durchfall*, ou ainda *Durchmarsch*, que os homens do destacamento responsável pelos banhos logo quiseram saber se eu tinha; portanto, eu sabia que o meu lugar também deveria ser ali se eu respondesse com a verdade à pergunta deles. Os cuidados diários e a cozinha também eram parecidos com os de Zeitz: cedo, café; a sopa chegava no final da manhã, a porção de pão, um terço ou um quarto, e, se fosse um quarto, na maioria das vezes com *Zulage*. As horas do dia – por causa da iluminação contínua, sobre a qual o brilho ou a opacidade de uma janela não tinha nenhuma influência –, eu só conseguia seguir com dificuldade por alguns sinais inconfundíveis: a manhã, pelo café; a hora de dormir, pela despedida do médico todas as noites. Já na primeira noite eu também travei conhecimento com ele. Fixei minha atenção num homem que parou bem à frente do nosso boxe. Não devia ser muito alto porque a cabeça dele ficava na mesma altura que a minha. O rosto não era muito cheio, mas um pouco gorducho, aqui e ali amolecido pela pele flácida, o bigode quase todo grisalho, retorcido em círculo, e para meu grande espanto, porque no campo de concentração nunca vira nada parecido, ele tinha uma barba branca bem-cuidada, terminada numa pequena ponta no queixo. Usava um gorro grande, de inspirar respeito, uma calça comprida de tecido escuro, porém – embora fosse de boa qualidade – um casaco de prisioneiro com uma braçadeira que ostentava um símbolo vermelho e a letra F. Examinou-me como se faz com os recém-chegados e me disse alguma coisa. Disse-lhe a única frase que eu sabia em francês: "*Jô nö compran pá, mössiö*" ["Não entendo, senhor", em francês aproximativo]. "*Uí, uííí*" ["Sim, sim"] – respondeu, com um tom receptivo, amável, um pouco rouco –, "*bon, bon, mo'fis*" ["Bom, bom, meu filho"] – e pôs um torrão de açúcar de verdade, exatamente como os que eu lembrava de casa, sobre o cobertor, debaixo do meu nariz. Depois, passou em revista todos os demais rapazes, em todos os boxes, nos três andares, e de seu bolso sempre emergia um ou outro torrão de açúcar. Diante de alguns, ele apenas o entregava, com outros despendia mais tempo, ou melhor, alguns conseguiam falar com ele, e deles, em especial, acariciava o rosto, fazia cócegas no pescoço, conversava, gracejava, como fazemos com o canário preferido em determinadas horas. Também notei que os favoritos, especialmente os que compreendiam francês, eram agraciados com um torrão a mais de açúcar. Só então compreendi aquilo que em casa me diziam da utilidade da cultura, em particular do conhecimento das línguas estrangeiras.

Isso tudo eu assimilei, reconheci, mas com um sentimento, uma condição da qual a qualquer momento esperava, ainda que não soubesse dos detalhes, a reviravolta, a revelação do segredo, o despertar, por assim dizer. No dia seguinte, por exemplo, durante uma folga no seu trabalho, o médico apontou o dedo também para mim. Retiraram-me do meu lugar e me puseram sobre a mesa, diante dele. Emitiu alguns sons amáveis, examinou-me, deu-me umas batidinhas, encostou a orelha fria, a ponta do bigode, no meu peito, nas minhas costas, mandou que eu suspirasse, tossisse. A seguir, deitou-me de costas, com a ajuda de alguém retirou a fralda de papel e chegou a vez das minhas feridas. Primeiro examinou de certa distância; a seguir, com cuidado, apalpou em volta delas e fez brotar alguma coisa dos tecidos internos. Ainda murmurou algumas palavras, meneou a cabeça, preocupado, como se aquilo o deprimisse, desanimasse. Refez a bandagem depressa, escondeu a ferida, e não pude deixar de sentir que elas não ganharam sua aprovação, não tive como apaziguá-lo, satisfazê-lo.

Fui obrigado a admitir que também por outros aspectos a minha prova não ia bem. Com os rapazes deitados a meu lado, por exemplo, eu não conseguia me entender. Eles, porém, conversavam, imperturbáveis, por cima de mim, sobre ou à frente da minha cabeça, como se ela fosse um simples obstáculo. Pouco antes, inquiriram quem e de onde eu era. Eu disse: "Ungar" – e ouvi que a notícia correu veloz por todos os cantos: "*vengerski, vengrija, mágyárszki, mátyár, ongroá*", de inúmeras outras formas. Um deles chegou a dizer: "*Khenyir!*", ou seja, *kenyér*, ou "pão", em húngaro, e o modo como ria, seguido de todo um coro, não me deixava nenhuma dúvida de que conheciam, e muito bem, a minha raça. Foi desagradável, e eu teria desejado fazê-los entender de algum modo: havia um engano, pois os húngaros não me consideravam como tal, de modo geral eu também partilhava do ponto de vista deles, e, embora pudesse parecer estranho, eu achava, acima de tudo, injusto que ali me olhassem torto exatamente por causa dos húngaros – mas fui tomado por um pensamento estúpido de que somente poderia lhes falar em húngaro, ou talvez em alemão, o que seria ainda pior, eu reconhecia.

Havia também um outro problema, ou melhor, uma falta que – durante dias – eu não tive forças para evitar. Logo descobri que, dada a situação, se fosse necessário, era costume chamar uma espécie de ajudante de enfermeiro, um rapaz pouco mais velho do que nós. Nessas horas, ele aparecia com uma tina chata, com uma alça, que enfiávamos debaixo do acolchoado. Depois, tínhamos de chamá-lo de novo: "*Bitte! Fertig! Bitte!*" ["Por favor! Terminei! Por favor!"] – para que viesse buscá-la. Esse direito, uma ou duas vezes ao dia, ninguém, nem mesmo ele, questionava. Porém, eu o obrigava a trabalhar três ou ocasionalmente quatro vezes por dia e percebia que isso o irritava – era bem compreensível, não posso nem pensar em negá-lo. Numa ocasião, ele levou a tina ao médico, explicou alguma coisa, argumentou, mostrou-lhe o conteúdo, e o médico ponderou acerca da prova da transgressão; apesar disso, o gesto da cabeça e das mãos indicou de modo inconfundível que ele dispensava o ajudante. À noite, nem o açúcar faltou: assim, tudo estava bem – eu podia continuar a me abrigar na segurança incomparável, que ainda hoje sinto, dos acolchoados e dos corpos aquecidos.

No dia seguinte, entre o café e a sopa, chegou um homem do mundo de fora, uma das raras autoridades, logo reparei. Usava um grande gorro de feltro de artista, a roupa, um avental imaculadamente branco; debaixo dele, a barra da calça afiada como uma navalha; nos pés, sapatos lustrados; e do rosto não apenas a rudeza, a excessiva masculinidade, como se os traços fossem esculpidos com um formão, mas a pele violeta-avermelhada chamativa, com ar de desgastada, como se permitisse entrever a cor da própria carne, assustou-me um pouco. Além disso, a altura e a constituição corpulenta, o cabelo mesclado de fios grisalhos nas têmporas, uma braçadeira que eu não conseguia identificar por causa das mãos atiradas para trás e, principalmente, um triângulo vermelho sem inscrição: o símbolo do puro sangue alemão. Por outro lado, pude admirar pela primeira vez na vida alguém cujo número de prisioneiro não tinha cinco algarismos, nem quatro, nem mesmo três: eram simplesmente dois números. O nosso médico logo correu para saudá-lo, apertar-lhe as mãos, bater-lhe nos braços, numa palavra, ganhar sua confiança como quem esperava uma visita cuja presença honrava a casa – e, para meu grande espanto, notei que tudo indicava que ele lhe falava a meu respeito. Chegou a me apontar com um movimento da mão, e da fala rápida, em alemão, uma expressão chegou aos meus ouvidos: "*Zu dir*" ["Pra você"]. Depois, prosseguiu, justificou-se, falou-lhe à alma, em meio a gestos explicativos, incessantes, como quando oferecemos, recomendamos uma mercadoria de que desejamos nos livrar o mais depressa possível. E o outro, após ter escutado mudo, como a parte mais resistente, freguês difícil, por fim pareceu completamente convencido – ao menos foi assim que senti pelo olhar breve, aguçado, de proprietário, dos olhos pequenos, escuros, pelo assentimento lacônico, pelo aperto de mãos, pelo modo e também pelo rosto animado, satisfeito, do médico, como se despediu.

Não tive de esperar muito. A porta abriu-se de novo e num relance notei a roupa de prisioneiro, o triângulo vermelho, com a letra P – que sabidamente identificava os poloneses –, e a palavra "*Pfleger*" na braçadeira: indicava que ele era enfermeiro. Este, por sua vez, parecia jovem, pouco passado dos 20 anos. Também ele usava um gorro bonito, azul, embora menor, e debaixo dele cabelos castanhos delicados derramados sobre as orelhas e o pescoço. No rosto alongado, mas cheio, todos os traços eram muito bem delineados, agradáveis, a pele rosada, a expressão suave da boca, um pouco grande, muito simpático: numa palavra, era bonito e, na verdade, teria me maravilhado com ele – se ele não procurasse de pronto o médico, se este não me indicasse logo para ele e se não trouxesse nos braços um cobertor em que me enrolou ao me tirar do meu lugar, e se, segundo o costume, não me pusesse sobre os ombros. O trabalho dele não era muito fácil, pois me segurei na barra que separava os boxes – por acaso, instintivamente. Nessa hora, senti um pouco de vergonha: descobri o quanto alguns dias de vida podiam confundir nossa mente, complicar a nossa sorte. Mas ele se mostrou o mais forte; foi inútil eu me debater, bater-lhe na cintura, na altura dos rins, com os dois punhos, e senti pelos ombros que se sacudiam que apenas riu; então, desisti e deixei-me levar, para onde quisesse.

Existem lugares estranhos em Buchenwald. Do outro lado de uma cerca de arame você podia chegar a um daqueles barracões verdes bem-cuidados que até então – se você fosse cidadão do Campo Pequeno – só admirava a distância. Ali você descobria que no interior – ao menos neste – havia um corredor suspeito de tão limpo e brilhante. Do corredor, abriam-se portas – portas de verdade, brancas – e atrás de uma delas você era acolhido por um quarto claro, quente, e uma cama feita, vazia, como se estivesse à sua espera. Sobre a cama, um acolchoado vermelho. Seu corpo afundava num saco de palha bem cheio. Entre os dois, uma camada branca, fresca – pode acreditar, não é engano –, um lençol. Debaixo da nuca, você sentia uma pressão estranha, não exatamente desagradável, causada por um travesseiro de palha estufado, dentro de uma fronha branca. O *Pfleger* dobrava em quatro e colocava sobre seus pés o cobertor em que ele o havia trazido: parecia que o cobertor também estava a seu dispor, se você não se sentisse satisfeito com a temperatura do quarto. Depois, com uma espécie de cartolina e lápis nas mãos, ele sentava-se na borda da cama e perguntava seu nome. Eu lhe dizia: "*Vier und sechzig, neun, ein und zwanzig*". Ele anotava, mas insistia e demorava um pouco até você entender que o nome, o *Name*, também lhe interessava, e de novo ele esperava – como ocorreu comigo –, até que você desenterrasse e topasse com ele entre as suas lembranças. Fazia-me repeti-lo três ou quatro vezes, até parecer entendê-lo. Depois, mostrava o que tinha escrito e, no alto de uma espécie de folha de controle de febre, dividida por linhas, lia: "*Kewischtjerd*". Perguntava se "*dobro jesz*", "*gut*" ["Está bem? (polonês aproximativo); "Bem" (alemão)] e eu dizia: "*Gut*" – e, deixando a folha sobre a mesa, ele saía.

Então – pois, ao que parecia, você tinha tempo –, você podia olhar ao redor, observar, situar-se um pouco. Podia constatar, por exemplo – se ainda não tivesse percebido –, que no quarto havia outras pessoas. Bastava observá-las para saber: deviam estar doentes também. Você deduzia que a cor, de um tom que agradava aos olhos, era um vermelho escuro que dominava tudo, a cor do material esmaltado que revestia as tábuas do piso, e tinham esse tom também os acolchoados distribuídos sobre algumas camas. Talvez doze. Todas individuais, apenas esta tinha dois andares, e eu ocupava a parte de baixo, ao lado das tábuas pintadas de branco que serviam de divisória, e havia mais duas camas dispostas junto da parede à minha frente. Você não entendia os muitos espaços não aproveitados, os corredores largos que separavam as fileiras regulares de camas, e se surpreendia com a limpeza, enquanto notava aqui e ali uma cama vazia. Você via as muitas janelas de vidro, divididas em quatro, bem-cuidadas, que filtravam a luz, e saltava à vista um símbolo: a águia marrom-clara de bico pontudo carimbada na fronha do travesseiro, em que, na verdade, decifrava as letras "Waffen SS". Já nos rostos era inútil tentar discernir um sinal, identificar uma reação ante a sua chegada – você poderia supor que fosse uma novidade –, reconhecer neles interesse, decepção, alegria, irritação, fosse o que fosse, ainda que uma curiosidade passageira – à medida que o tempo se arrastava, essa situação mais incômoda, mais constrangedora ficava, havia um silêncio misterioso, e você experimentava a mais estranha das impressões se viesse parar aqui. No quadrado vazio delimitado pelas camas, você distinguia uma mesinha forrada de branco, uma outra, maior, encostada na parede à frente, em torno dela algumas cadeiras com encosto, perto da porta uma estufa de ferro enfeitada que murmurava; ao lado dela, você podia perceber o brilho negro de um recipiente cheio de carvão.

E então você começava a quebrar a cabeça: como entender isso tudo, para que servia esse quarto, essa brincadeira com o acolchoado, as camas, o silêncio. Podiam lhe ocorrer algumas ideias, você pode começar a se lembrar, raciocinar, entre seus conhecimentos desenterrar, escolher. Talvez – você pode refletir, como eu – fosse esse o lugar de que ouvimos falar ainda em Auschwitz, onde, com leite, com manteiga, cuidavam bem dos enfermos para retirarem aos poucos todas as vísceras para estudo, para o bem da ciência. Porém, é claro – você tem de admitir – que essa era apenas uma hipótese, uma das muitas possibilidades; e de leite e manteiga, não via nenhum sinal. Ou melhor – pensei –, lá fora era a hora da sopa, e aqui eu não via sombra dela. Assim, tive um pensamento, talvez discutível – mas quem pode julgar o que é possível e digno de crédito, quem pode esgotar, quem pode explorar até o fim todas as incontáveis ideias, invenções, jogos, brincadeiras e reflexões que num campo de concentração se podem realizar, passando com facilidade do mundo da fantasia ao da realidade. Eles nos trariam, por exemplo, a um quarto exatamente como esse. Eles nos deitariam sobre uma cama com um acolchoado, exatamente como essa. Cuidariam de nós, tratariam de nós, fariam todos os nossos gostos – apenas não nos dariam de comer, digamos. Se lhes aprouvesse, talvez observariam como cada um morreria de fome – afinal, isso também devia ter o seu interesse, ou uma finalidade mais nobre, por que não? Fosse como fosse que a revirasse, a ideia parecia cada vez mais real, mais útil: assim, achei que alguém mais engenhoso também já devia ter pensado nisso. Examinei meu vizinho, o doente deitado a cerca de um metro à minha esquerda. Era mais velho, meio calvo, e o rosto ainda conservava alguma coisa dos antigos traços, ou melhor, da carne. Além disso, notei que sua orelha começava a se parecer estranhamente com as pétalas enceradas das flores artificiais, e também a cor amarelada da ponta do nariz e dos contornos dos olhos eu conhecia bem. Estava deitado de costas, o acolchoado movia-se suavemente para cima e para baixo: parecia dormir. Assumindo todos os riscos, sussurrei: entende húngaro? Nada. Não só pareceu não entender como pareceu não ouvir. Já tinha me virado e me preparava para continuar a tecer os meus pensamentos quando num cochicho, porém compreensível, uma palavra chegou aos meus ouvidos: “Sim...”. Era ele, sem dúvida, embora não abrisse os olhos e não tivesse mudado de posição. Eu, porém, de maneira estúpida, fiquei tão feliz que por alguns minutos esqueci o que queria dele. Perguntei: “De onde você vem?”, e ele respondeu, de novo após uma pausa que me pareceu interminável: “De Budapeste...”. Eu quis saber: “Quando?”, e depois de ter esperado um pouco, descobri: “Em novembro...” Por fim, perguntei: “Aqui nos dão de comer?”, e uma vez mais, passado o tempo de que por alguma razão ele parecia precisar, respondeu: “Não...”. Ia perguntar...

Mas nesse exato instante o *Pfleger* voltou, dirigindo-se diretamente para ele. Levantou o acolchoado, enrolou-o na manta e admirou-me a facilidade com que o suspendeu sobre os ombros e o levou para a porta – só então vi: esse corpo que ainda tinha algum peso e que da barriga um pedacinho solto da bandagem de papel parecia acenar um adeus. Ao mesmo tempo, ouvi um estalido seco, um zumbido elétrico. A seguir, uma voz se fez ouvir: "*Friseure zum Bad, Friseure zum Bad*", ou seja: "Barbeiros para o banho, barbeiros para o banho". Era uma voz rouca, bastante agradável, sedutora, ou seja, suave e melodiosa – que impunha respeito, e ao ouvi-la quase pulei da cama. Notei que a visita causava nos doentes a mesma excitação que a minha chegada, e assim pensei que, na verdade, devia ser parte dos costumes do lugar. Descobri à direita, acima da porta, uma caixa marrom, um tipo de alto-falante, e adivinhei que era por meio dela que os soldados costumavam transmitir as ordens. Depois de um breve intervalo, o *Pfleger* voltou para perto da cama ao meu lado. Dobrou o acolchoado e o lençol, por uma abertura enfiou a mão no saco de palha e, pelo modo como ajeitou a palha e sobre ela arrumou o lençol e o acolchoado, compreendi: era provável que eu não voltasse a ver o homem que ali estivera. E não tenho culpa se a minha imaginação de novo perguntou: se não havia sido uma punição por ele ter deixado escapar o segredo – afinal, por que não? – e o escutaram, compreenderam, por meio do aparelho, do mecanismo situado à minha frente? Porém, voltei novamente a minha atenção para uma voz, um doente, na direção da janela, na terceira cama a partir da minha. Era um doente bem magro, jovem, de rosto branco, cabelo abundante, loiro, ondulado. Repetiu duas ou três vezes, mais como um gemido prolongado, a mesma palavra, um nome, que aos poucos decifrei: "Pjetyka!… Pjetyka!…".

A isso, o *Pfleger* lhe disse, também num tom arrastado, bondoso: "*Co?*" ["Quê?"]. O outro então falou alguma coisa mais longa e acrescentou: "Pjetyka". Compreendi: era o nome do *Pfleger* – foi até a cama dele. Sussurrou longamente, como quando falamos à alma de alguém e o encorajamos para que tenha um pouco de paciência, de tolerância. Enquanto isso, levantou-o um pouco pelas costas, ajeitou o travesseiro e sobre ele o acolchoado, amável, de boa vontade, com amor – em suma, de um modo que confundiu, quase contradisse todas as minhas suspeitas. Na expressão desse rosto assombroso só vi o desejo da tranquilidade, do alívio, e nas palavras mortiças, suspirosas, mas bem audíveis: "*Gyiunkuje... gyiuttkuje bardzo...*", um agradecimento, se eu não estivesse enganado. E a minha ponderação fria foi revirada pelo ruído que se aproximava, cada vez mais alto, e por fim o estrépito inconfundível que vazava do corredor, que revirou toda a minha realidade, inundou-a de uma espera crescente, incontrolável, e me fez esquecer de toda a distinção entre mim e a minha prontidão. Lá fora, algazarra, idas e vindas, ecos de solas de madeira, e os gritos de uma voz grossa, impaciente: "*Zál zeksz! Esszn holá!*", ou seja, "Sala seis! Comida!". O *Pfleger* saiu e com a ajuda de alguém, de quem vi somente o braço pela porta entreaberta, arrastou para dentro um caldeirão pesado, e o quarto foi de pronto tomado pelo aroma de sopa – como se mesmo hoje servissem, pelo que eu sentia, apenas *Dörgemüze*, a sopa de urtigas conhecida: e também nisso eu me enganei.

Mais tarde, reparei em mais detalhes, com a passagem das horas, dos períodos do dia e dos dias, e muitas coisas ficaram mais claras. Seja como for, passado algum tempo, ainda que devagar, relutante, cauteloso, fui obrigado a admitir a evidência dos fatos, ou seja – ao que parecia –, isso também era possível, isso também era verossímil, embora incomum, porém mais agradável, é claro, e nem era mais estranho na essência, se pensasse bem, do que toda a estranheza, pois, afinal de contas, num campo de concentração tudo é possível e verossímil, também assim, revirado, sim, naturalmente. Mas, por outro lado, era exatamente isso que me incomodava, inquietava, soterrava de certo modo a minha segurança: afinal, recorrendo à razão, não encontrava nenhum motivo, nenhum argumento plausível, conhecido, aceitável, para estar ali e não em outro lugar. Aos poucos descobri que os doentes usavam bandagens, ao contrário do barracão anterior, e assim, com o tempo, pude arriscar a hipótese de que aquele talvez fosse o setor clínico e este – quem sabe –, o cirúrgico; porém, isso não me parecia, naturalmente, justificativa suficiente, explicação definitiva para o trabalho, e o compromisso das mãos, dos ombros, para as decisões, para a cadeia harmônica que desde o carrinho me fizera chegar aqui, neste quarto, nesta cama. Também procurei observar os doentes, conhecê-los um pouco melhor. De modo geral, notei que a maioria era de prisioneiros mais antigos. Nenhum deles me parecia ser importante, desde que não os comparasse com os de Zeitz. Com o tempo, notei que no peito dos visitantes da noite, que vinham sempre à mesma hora para dar uma espiada ou dizer uma palavra, havia apenas triângulos vermelhos e – não me faziam falta alguma – nenhum verde ou preto, e – e esse os meus olhos reclamavam – nenhum amarelo. Numa palavra, eram diferentes no sangue, na língua, na idade e, além disso, diferentes de mim ou de todos os outros que até então eu entendia com facilidade, e isso também me angustiava. Por outro lado – não pude deixar de sentir –, talvez a explicação de tudo residisse precisamente nisso. Ali estava, por exemplo, Pjetyka: todas as noites adormecíamos com o seu "*dobrá noc*" ["boa noite"], e de manhã acordávamos com o "*dobrá ránó*" ["bom dia"]. A ordem sempre impecável do quarto, a limpeza do piso com um pano úmido enrolado num pedaço de pau, a obtenção diária do carvão e o aquecimento do quarto, a repartição das porções e a limpeza das tinas e das colheres, em caso de necessidade o transporte dos doentes, e quem sabe quantas coisas mais: tudo era fruto das mãos dele. Se não oferecia muitas palavras desnecessárias, o sorriso, a disposição eram sempre iguais, ou seja: como se não fosse uma autoridade, a figura mais importante do quarto, mas um funcionário primeiro a serviço dos doentes – *Pfleger*, como, na realidade, demonstrava a braçadeira dele.

Ou o médico – revelou-se que o médico, o médico-chefe, era o homem de rosto rude. A inspeção dele, a visita, era o ritual sempre igual, imutável, das manhãs. Assim que o quarto estivesse pronto, assim que tivéssemos tomado o café e as louças desaparecessem atrás das cortinas feitas de cobertores, onde Pjetyka as guardava, no corredor já se ouviam passos conhecidos. No minuto seguinte, uma mão enérgica escancarava a porta com um cumprimento, supostamente "*Guten Morgen*", de que, na verdade, somente se entende um "*Moo'gn*" arrastado, numa voz gutural, e o médico entrava. Não convinha – não sei bem a razão – que respondêssemos e era claro que também ele não esperava resposta, a não ser de Pjetyka, que, com o sorriso apropriado, a cabeça descoberta, o recebia com uma atitude respeitosa, porém – como observei muitas vezes – não tanto com o respeito bem conhecido que devemos aos nossos superiores, mas como se simplesmente o respeitasse por convicção, vontade própria, por assim dizer. Depois, com o rosto severo, pegava da mesinha branca os registros organizados, preparados com antecedência por Pjetyka, e os examinava, como se fossem registros de verdade, num hospital de verdade, onde nada é mais importante, nada é mais evidente que o necessário bem-estar dos doentes. Voltando-se para Pjetyka, fazia sempre dois tipos de comentário, por exemplo, "*Kewisch... Was? Kewischtjerd!*", e manifestar-se, responder, dar qualquer sinal da nossa presença – como logo aprendi – seria tão inadequado quanto responder ao bom-dia dele. "*Der kommt heute raus!*" ["Este vai sair hoje!"], podia dizer depois e com isso entendia-se que o doente em questão, durante a manhã, fosse com os próprios pés, fosse nos ombros de Pjetyka, tinha de se apresentar a ele, entre as facas, tesouras e bandagens de papel, no corredor, no consultório, a dez ou quinze metros da porta do nosso quarto. (Ele, por sua vez, não pediu a minha autorização, como o médico de Zeitz, e os meus gritos também não pareceram incomodá-lo nem um pouco quando a tesoura de formato estranho abriu dois novos cortes nos meus quadris – entretanto, pelo modo como depois espremeu os ferimentos, forrou-os com gaze e, por fim, muito econômico, passou sobre eles uma pomada, não pude deixar de reconhecer a sua indiscutível competência.) A outra observação possível dele, "*Der geht heute nach Hause!*", significava que considerava o paciente curado e ele poderia partir "*nach Hause*", ou seja, para casa, ou melhor, de volta para o barracão do campo, para o trabalho no destacamento, naturalmente. No dia seguinte, tudo se repetia, cópia exata dessa sequência, segundo as regras que Pjetyka, nós, os doentes, e também as peças da mobília seguíamos com seriedade, e desempenhávamos esses papéis, submetíamo-nos a eles, repetíamos todos os dias, reforçávamos, decorávamos, justificávamos – numa palavra: como se nada fosse mais natural, nada mais indiscutível do que para ele, para o médico, o tratamento, para nós, doentes, a cura mais rápida possível, a recuperação urgente, a volta para casa, aos nossos trabalhos e preocupações, o objetivo único e esperado.

Depois, soube mais algumas coisas sobre ele. Às vezes, no consultório, juntava muita gente. Nessas ocasiões, Pjetyka nos depositava sobre um banco lateral e ali esperávamos que o médico, bem-humorado, chamasse: "*Komm, komm, komm, komm!*" ["Venha"], e com um gesto amável, embora não muito agradável, nos puxasse pelas orelhas, nos arrastasse e com um único impulso nos erguesse para a mesa de operação. Às vezes havia empurra-empurra, enfermeiros carregavam ou levavam pacientes, chegavam doentes que andavam, no consultório trabalhavam outros enfermeiros e médicos, e, às vezes, nessas horas, um outro médico, um subordinado, mais humilde, me dispensava o tratamento necessário a certa distância da mesa cirúrgica disposta no centro da sala. Com um deles, um homem mais baixo, de cabelos grisalhos, um nariz de ave de rapina, usando também um triângulo vermelho, sem símbolos e, ainda que não fosse de dois ou três algarismos, um número importante na casa do milhar, eu fiz certa amizade. Ele contou depois – e mais tarde Pjetyka confirmou – que o nosso médico morava em campos de concentração havia doze anos. "*Zwölf Jahre in Lager*", disse em voz baixa, balançando a cabeça, como se falasse de uma façanha rara – ao menos segundo ele –, com uma expressão de reconhecimento ante um feito impraticável. Perguntei: "*Und Sie?*" ["E você"?] "*O, ich*" ["Eu também"] – o rosto se transformou –, "*seit sechs Jahren bloss*" – seis anos ao todo, encerrando o assunto com um único gesto, como um nada, como uma coisa sem importância que nem cabia mencionar. Na realidade, porém, foi ele quem me interrogou, quis saber a minha idade, como viera parar tão longe de casa, e foi assim que começou a nossa conversa. "*Hast du was gemacht?*" – se eu havia feito alguma coisa, alguma maldade talvez, perguntou, e eu disse: eu não, "*Nichts*", nada neste mundo. Então, por que eu estava ali? – quis saber, e eu disse que pela mesma e simples razão que os outros da minha raça. Mas – insistiu – por que eu tinha sido preso, *Verhaftet*, e em poucas palavras contei-lhe, como pude, a manhã do ônibus, a alfândega e a gendarmaria. "*Ohne dass deine Eltern*", ou seja, sem o conhecimento dos meus pais, e eu disse "*ohne*", naturalmente. Pareceu muito impressionado, como se jamais tivesse ouvido coisa semelhante, e cheguei a pensar: ao que parecia, durante seis anos pôde esconder-se bem do mundo. Logo passou a notícia ao médico ocupado a seu lado, e este a passou adiante, para os outros médicos, enfermeiros, doentes de aspecto melhor. Por fim vi-me examinado de todos os lados por homens que meneavam a cabeça, com uma expressão singular no rosto que me angustiou um pouco porque parecia que tinham pena de mim. Tive vontade de lhes dizer: não existe nenhuma razão para isso, ao menos agora – porém, preferi não falar, alguma coisa me conteve, de certa forma não me senti à vontade, por assim dizer; porque notei que, na verdade, o sentimento lhes trazia um bem-estar, fazia-lhes bem. Era possível e não creio que esteja enganado – em outras ocasiões também aconteceu de me interrogarem, fazerem perguntas – porque mais tarde tive a impressão de que procuravam, buscavam uma ocasião, uma forma, um pretexto para esses sentimentos, por alguma razão, alguma necessidade, como uma prova da maneira de eles serem, quem sabe, de que ainda eram capazes de sentir. Depois, entreolharam-se de tal modo que olhei ao redor, assustado, para ver se não havia sobre nós olhares indesejados; porém, meu olhar só se deparou com as frontes igualmente sérias, olhos semicerrados, bocas fechadas por todos os lados – como se de repente compreendessem e aos olhos deles alguma coisa se justificasse, e fui obrigado a pensar na razão pela qual eles estavam ali.

Havia também os visitantes: tentei observá-los, espreitá-los, decifrar que ventos, o que os trazia ali. Antes de tudo, notei que na maioria das vezes vinham ao anoitecer, geralmente à mesma hora: disso compreendi que também ali, em Buchenwald, no grande campo, havia uma hora, parece, como lá em casa, em Zeitz, entre o retorno dos destacamentos e o *Appel* da noite. A maior parte deles tinha nome que começava por P, mas vi J, R, T, F, N, e quem sabe quantos mais: em todo o caso, posso afirmar que vivi muitas coisas interessantes, aprendi muitas coisas novas com eles e, sobretudo, foi assim que adquiri uma compreensão maior das circunstâncias, das condições, da vida social, por assim dizer, daquele lugar. Em Buchenwald, os moradores antigos eram quase bonitos, tinham o rosto cheio, os movimentos e o andar eram ágeis, muitos tinham permissão para deixar crescer os cabelos e vestiam a farda de prisioneiro mais para o uso diário, para o trabalho, como fazia Pjetyka. Entretanto, à noite, depois da distribuição do pão do jantar (com o terço ou quarto habituais e o *Zulage* costumeiramente presente ou costumeiramente esquecido), por exemplo, ele parecia preparar-se para um banquete, vestia uma camisa ou uma malha, e diante de nós, os doentes, procurava disfarçar, mas, apesar disso, no rosto, nos gestos, com um prazer visível, escolhia da coleção uma roupa marrom com listras pálidas, uma peça que não passava de um retângulo com um recorte nas costas, remendado com tecido de farda de prisioneiro, um traço longo de pincel embebido em tinta a óleo indelével nos dois lados da calça, e no peito e na perna esquerda da calça o triângulo vermelho e o número, defeitos que já faziam parte dele. Passei por várias situações desagradáveis, ou melhor, aflitivas, quando ele se aprontava para receber as visitas noturnas. A causa do meu mal-estar era certa inadequação das instalações: a tomada ficava exatamente aos pés da minha cama. Nessas horas, por mais que eu tentasse me ocupar, contemplar a brancura imaculada do teto, a base esmaltada da lâmpada, mergulhar nos meus pensamentos, ao final era obrigado a ver Pjetyka agachar-se com uma tina e a panela elétrica de ferver água, ouvir o chiado da margarina derretendo, sentir o odor das fatias de cebola que nela fritava, com as fatias de batata por cima, e o aroma do *Wurst* picado e do *Zulage*; numa ocasião, concentrei-me no estalido leve, característico, a crepitação crescente – e surpreendido pelos meus olhos, que, embora eu evitasse, piscaram por muito tempo de perplexidade – de objeto de interior amarelo e exterior branco: um ovo. Quando tudo estava frito, pronto, o convidado para o jantar chegava. "*Dobre vecser!*" ["Boa noite"] – dizia com um gesto amistoso, porque também ele era polonês, chamado Zbisek, que ouvia como Zbisku na hora de certas combinações ou apelidos, e desempenhava a função de *Pfleger* em outro lugar, num outro *Saal* [sala]. Ele também chegava bem-vestido, de botas curtas, próprias para esporte ou caça, embora nas costas a roupa fosse remendada, a jaqueta de feltro azul-escuro decorada com o número de prisioneiro no peito, e debaixo dela uma malha preta até o queixo. Alto, corpulento, a cabeça raspada por necessidade ou por convicção e a expressão astuta e inteligente do rosto carnudo passavam a impressão de um homem afável, simpático, ainda que de minha parte não tivesse vontade de trocá-lo, digamos, por Pjetyka. Depois, sentavam-se à mesa maior, ao fundo, consumiam o jantar, entabulavam uma conversa em que um dos poloneses do quarto se intrometia às vezes com uma palavra, uma observação sussurrada, ou gracejavam, com os cotovelos apoiados na mesa e as mãos entrelaçadas mediam forças enquanto, para grande alegria do quarto – também para a minha, naturalmente – em geral era Pjetyka que conseguia deitar o braço, aparentemente mais forte, de Zbisek: em suma, compreendi que eles ali compartilhavam as vantagens, as desvantagens, as alegrias, as preocupações, os problemas, a fortuna e as porções de comida, ou seja, eram amigos, como se usa dizer. Além de Zbisek, outros se encontravam com Pjetyka, trocavam uma ou outra palavra breve, e algumas vezes algum objeto, na escuridão, e, embora eu nunca conseguisse ver o que era, não havia dúvida do que se tratava, naturalmente. Outros ainda vinham ver algum doente, apressados, com passos rápidos, furtivos, quase em segredo. Sentavam-se às camas deles por alguns minutos, talvez pusessem sobre os cobertores algum pequeno pacote embrulhado em papel barato, modesto, quase como se se desculpassem. Depois – embora eu não ouvisse os sussurros e, ainda que os ouvisse, não os entenderia –, era como se quisessem saber: como vai a saúde, quais as novidades; informavam: lá fora as coisas corriam assim ou assado; comunicavam: um e outro mandava lembranças; asseguravam: transmitiriam os recados, claro; lembrariam: mas o tempo acabou, como se, batendo nos braços, nos ombros, dissessem: não importa, voltariam de novo, e assim se afastavam, com os mesmos passos ligeiros, apressados, quase sempre visivelmente satisfeitos – porém, pelo que eu notava sem nenhum resultado, vantagem ou ganho visível, e fui obrigado a pensar que vinham por uma única razão, apenas por essas poucas palavras, nada mais, somente para encontrar-se com um determinado doente. Além disso, e ainda que eu não soubesse, a própria pressa mostrava: tudo indicava que faziam alguma coisa proibida, que ocorria possivelmente com a cumplicidade de Pjetyka, nessa condição de brevidade. Desconfio e com mais experiência não teria dúvida em afirmar categoricamente que o próprio risco e a teimosia eram parte, na verdade, do acontecimento; pelo menos, era o que eu deduzia da expressão difícil de precisar, mas de algum modo feliz pela desobediência bem-sucedida desses rostos que rapidamente desapareciam como se – assim me parecia – tivessem sido vitoriosos em modificar alguma coisa, abrir uma brecha, introduzir uma margem de erro em alguma coisa, em certa ordem, na mesmice dos dias, talvez na própria natureza – assim eu imaginava. As pessoas mais estranhas, porém, eu vi junto da cama do doente que ficava distante de mim, encostada na parede à minha frente. Havia sido trazido de manhã por Pjetyka, que depois se ocupou bastante dele. Vi que o caso devia ser grave, e ouvi dizerem que o doente era russo. À noite, as visitas ocuparam metade do quarto. Observei muitas letras R, mas também inúmeras outras, gorros de pele, calças estranhas de algodão. Homens, por exemplo, com um penteado de um lado ao outro da fronte e o alto da cabeça calvo. Outros com cabelos mais normais, e outros ainda que no meio da cabeça, da fronte até a nuca, tinham uma falha da largura de um aparelho de aparar cabelo. Casacos com as manchas costumeiras, e dois traços vermelhos, em forma de cruz, feitos com pincel, como quando apagamos algo em um texto, uma letra, um número, um sinal que já não são necessários. Em outras costas brilhava a distância um grande círculo vermelho, com um ponto vermelho no centro, chamativo, sedutor, como um alvo: é ali que se devia acertar o tiro, na hora certa. Ficavam ali em pé, batiam os pés, trocavam ideias em voz baixa, um deles se curvou para ajeitar o travesseiro, um outro – assim me pareceu – tentou ouvir uma palavra, ver um olhar, e de repente iluminou-se entre eles um objeto amarelo, uma faca; com a ajuda de Pjetyka apareceu um pote de metal, e houve um ruído metálico – e, ainda que eu não acreditasse nos meus olhos, o testemunho indiscutível do meu nariz dizia que o objeto era um limão, sem dúvida, de verdade. A porta voltou a se abrir, e fiquei perplexo quando o médico entrou apressado, fato inusitado numa hora tão incomum. Logo lhe abriram caminho, e ele examinou, apalpou alguma coisa na fronte do doente, ligeiro, e logo saiu, resmungando muito, com o rosto rígido, agressivo, sem dirigir uma única palavra a ninguém, sem lançar um único olhar a quem quer que fosse, até mesmo evitando os olhares voltados para ele. Pouco tempo depois notei que os visitantes se calaram de um modo estranho. Alguns se separaram dos demais, aproximaram-se da cama, curvaram-se – e depois começaram a se afastar, um a um, aos pares, como vieram. Porém, agora mais abatidos, cabisbaixos, mais cansados, e de certa forma eu também tive pena deles naquele instante porque vi: era como se perdessem em definitivo uma esperança sem razão, uma confiança que nutriam secretamente. Passado algum tempo, Pjetyka pôs o corpo sobre os ombros com muito cuidado e levou-o para algum lugar.

E por fim o exemplo do meu homem. Cruzei com ele no lavatório – porque já não me ocorria que poderia me lavar em outro lugar que não na bacia do lavatório que se abria à esquerda, no fim do corredor, não por obrigação, mas por decência; mais: com o tempo reparei que quase lamentava que o lugar não fosse aquecido, que a água fosse fria e não houvesse toalha. Ali se encontrava também o vaso sanitário vermelho que parecia um armário aberto, cujo conteúdo eu não imagino quem cuidava, trocava, limpava. Numa dessas ocasiões, um homem entrou no recinto. Era bonito, seus cabelos negros eram penteados para trás, mas dos dois lados caíam lisos sobre a testa, o rosto tinha o tom um pouco esverdeado dos homens bem morenos, na melhor idade, e pela aparência bem--cuidada e pelo avental branco como neve eu pensaria tratar-se de um médico, se a inscrição da braçadeira não revelasse que era apenas um *Pfleger*, e a letra T no triângulo vermelho não indicasse que era tcheco. Deteve-se como se estivesse surpreso, ou melhor, como se estivesse espantado de me ver, e assim examinou-me o rosto e o pescoço que emergia da gola da camisa, as costelas, as pernas. Perguntou alguma coisa e eu respondi conforme apreendera nesse meio-tempo das conversas em polonês: "*Nye rozumjen*" ["Não entendo"]. Então, perguntou, em alemão, quem e de onde eu era. Disse que era húngaro, do *Saal sechs* [sala sete]. Então, disse-me, acompanhando suas palavras com movimentos do dedo indicador: "*Du warten hier. Ik: wek. Ein Moment zurück. Verstehen?*" ["Você espera aqui. Eu volto já. Um momento. Entende?" (alemão aproximativo, misturado com tcheco)]. Eu disse que sim, "*verstehen*". Saiu, voltou, e eu me vi de repente com um quarto de pão e uma lata de conserva, com a tampa já aberta, cheia de carne picada cor-de-rosa, intocada, nas mãos. Ergui os olhos para agradecer – porém, só vi a porta que se fechava atrás dele. Quando voltei ao meu quarto e tentei contar a história a Pjetyka, descrever o homem com algumas palavras, ele logo imaginou que devia ser o *Pfleger* do quarto ao lado, o *Saal* sete. Disse o nome dele: ouvi Bausch, mas, pensando bem, acho que deve ter dito Bohús. Foi o nome que ouvi do meu vizinho que chegou depois – porque, com a passagem do tempo, os doentes do nosso quarto eram transferidos, trocados. Para a cama que ficava em cima da minha, por exemplo, depois de ter levado alguém na primeira tarde, Pjetyka logo trouxe outro, um rapaz da minha idade e, como o vim a saber, da minha raça, mas de língua polonesa, cujo nome, pronunciado por Pjetyka e Zbisek, soava como Ku-halszki ou Ku-harszki, sempre assim, o "harszki" realçado; às vezes brincavam com ele e talvez o irritassem ou provocassem porque ele muitas vezes se mostrava irado, como evidenciavam a língua ágil, o tom revoltado da voz engrossada e a agitação constante que provocava a chuva de fios de palha que caía por entre as frestas das tábuas da cama sobre meu rosto – para a diversão de todos os poloneses do quarto. Para a cama do doente húngaro, que ficava ao meu lado, também chegou alguém, um rapaz que de início não consegui identificar com clareza. Entendia-se bem com Pjetyka, mas aos meus ouvidos já treinados não parecia polonês. Às minhas perguntas em húngaro, ele não teve resposta; porém, com o cabelo ruivo, as sardas espalhadas pelo rosto, os olhos azuis ágeis que mediam e se certificavam rapidamente de tudo, ele me pareceu meio suspeito. Enquanto se acomodava, arrumava suas coisas, notei marcas azuis na parte interna do punho: a numeração de Auschwitz, na casa dos milhões. Somente quando, certa manhã, a porta se abriu de repente e Bohús entrou para, segundo seu hábito de uma ou duas vezes por semana, pôr sobre o meu cobertor o pão e a carne em conserva, sem me dar tempo para um agradecimento e apenas saudar Pjetyka com um movimento de cabeça e logo sair, revelou-se que ele sabia ao menos tanto húngaro quanto eu, porque de pronto me perguntou: "Quem era esse?". Disse-lhe que era o *Pfleger* de um outro quarto, um certo Baúsch, e ele me corrigiu: "Talvez Bohús" – porque, conforme disse, esse era um nome bem comum na Tchecoslováquia, de onde ele também vinha. Perguntei: por que não falara húngaro antes? – respondeu que não gostava nada dos húngaros. Admiti que tinha razão, que, se levasse em conta o todo, eu também não encontrava muitas razões para gostar deles. Então, propôs que falássemos na língua dos judeus, mas tive de confessar que não a compreendia e assim acabamos por ficar com o húngaro. Disse-me como se chamava: Luiz, ou talvez Lojiz, não entendi muito bem. Propus: "Portanto, Lajos", mas ele recusou porque isso seria húngaro e ele era tcheco, e fazia questão da diferença: Loiz. Perguntei de que lugar ele vinha, como conhecia tantas línguas, ao que contou que vinha da Alta Hungria, de onde os húngaros, segundo disse, fugiram da "ocupação húngara", com as famílias, os parentes, as multidões de conhecidos, e com isso me lembrei de um dia, havia muito tempo, em casa, em que uma celebração com bandeira, música, que tomara o dia inteiro, festejara o fato de a Alta Hungria também ser húngara. Para o campo de concentração tinha vindo de um lugar – se entendi bem – chamado "Terezin". Observou: "Você certamente o conhece por Theresienstadt". Disse-lhe que nem de um modo nem de outro, não o conhecia, o que o deixou espantado, embora, por exemplo, ele nunca tivesse ouvido falar da alfândega de Csepel. Depois, esclareceu: "O gueto de Praga". Segundo afirmou, era capaz de conversar com húngaros e tchecos, além de judeus e eslovacos, com poloneses, ucranianos e, se fosse necessário, até com russos. Por fim, ficamos amigos e, porque ele se mostrou curioso, contei-lhe como havia conhecido Bohús e, depois, as primeiras experiências, impressões, os primeiros pensamentos acerca do quarto: ele os achou tão interessantes que os traduziu para Pjetyka, que deu boas risadas. Contei também do meu susto com o doente húngaro e a resposta de Pjetyka, para quem a morte dele era esperada havia dias e acontecera naquele momento por mero acaso, e outras coisas mais; e apenas me angustiava um pouco o fato de ele iniciar todas as frases com "*tem mátyar*", ou seja, "esse húngaro", e com isso passava a outros assuntos – mas era como se essas palavras não chamassem atenção de Pjetyka. Notei também, embora não pensasse em nada, não deduzisse nada, que, com uma frequência que chamava atenção, ele tinha coisas demoradas a fazer fora do quarto, e somente quando, certa ocasião, voltou com um pão, uma lata de conserva, que, claro, vinham de Bohús, eu me assustei – sem razão, não tem importância, pensei. Ele me contou: também tinha encontrado com Bohús por acaso no lavatório, exatamente como eu. Também com ele Bohús havia falado, como comigo, e o restante também tinha acontecido do mesmo modo. Ainda assim, havia a diferença de que eles conseguiam se falar, e descobriram que vinham do mesmo lugar, o que muito alegrou Bohús, afinal de contas era natural, conforme ele disse e como eu também entendi. Isso tudo – se eu olhasse com a razão – me pareceu bastante compreensível, claro e aceitável, e eu tinha o mesmo ponto de vista que ele, ao menos com relação a este último e breve comentário: "Não leve a mal que eu tenha tirado o seu homem"; e descobri que doravante caberia a ele o que até então coubera a mim, e talvez eu passasse a olhá-lo comer, como ele antes tinha me olhado. Fiquei mais espantado ainda quando, pela porta que se abriu um minuto depois, entrou Bohús de repente e veio diretamente até onde eu estava. Daí em diante a visita dele era sempre para nós dois. Algumas vezes trazia porções separadas, em outras, apenas uma – nesse caso, sem se esquecer do gesto que indicava a divisão fraterna. Continuou sempre apressado, sem perder tempo com palavras, o rosto preocupado, às vezes irritado, quase colérico, como quem tinha uma responsabilidade dobrada, compromissos em dobro lhe pesavam sobre os ombros, mas como quem não tinha nada a fazer a não ser acatar o que lhe caía no colo – e pude concluir apenas que ele devia ter prazer nisso, que de certa forma precisava disso, parecia que era esse seu modo de ser, por assim dizer; porque eu não via outra razão para o seu gesto, ainda que eu pensasse, revirasse, discutisse e em especial se eu levasse em conta o preço dessas mercadorias raras e sua escassez. Também creio ter compreendido, ao menos de modo geral, esses homens. Porque, considerando a minha experiência e reconstruindo a sequência dos fatos, sim, não restava dúvida de que eu o conhecia bem, ainda que fosse de um modo diferente: ao final, ele usava o mesmo instrumento, a obstinação – mas, tive de reconhecer, bem trabalhada, a mais bem-sucedida, e, no que me dizia respeito, a forma mais útil de obstinação, indiscutivelmente.

Com o tempo somos capazes de nos acostumar até mesmo aos milagres. Aos poucos, comecei a ir a pé ao consultório – se pela manhã o médico assim ordenasse –, descalço, com o cobertor enrolado sobre a camisa, e, no ar frio, entre os muitos odores conhecidos, descobri uma nova nuance: a primavera que nascia, com certeza, se levasse em conta o passar do tempo. No caminho de volta, vi de passagem, na barraca cinzenta que ficava para além da cerca de arame, alguns homens que, em roupas de prisioneiro, empurravam, arrastavam uma carreta maior, de rodas de borracha, dessas que são puxadas por caminhões, em cuja carga pude ver algumas extremidades amarelas congeladas, partes de corpos macilentos que pendiam: enrolei-me mais no cobertor para não me resfriar e procurei correr o mais rápido possível de volta para o quarto aquecido, por educação limpei um pouco os pés e, apressado, escondi-me debaixo do acolchoado, enfiei-me na cama. Ali eu conversava com meu vizinho, enquanto esteve ali (porque depois de algum tempo foi embora, "*nach Hause*", e o lugar foi ocupado por um polonês mais velho), contemplava o que havia para ver, escutava as ordens saídas dos alto-falantes, e digo: disso e com a ajuda de certo poder de imaginação, da cama eu ganhava uma visão completa, podia acompanhar, fazer surgir à minha frente como por encanto todas as cores, sabores, cheiros, idas e vindas, movimentos, acontecimentos maiores e menores, da aurora ao toque de recolher, ou mesmo até mais tarde, do campo. O "*Friseure zum Bad, Friseure zum Bad*" ecoava muitas vezes por dia, e cada vez mais, a indicar que um novo transporte chegava. A isso se associava todas as vezes o "*Leichenkommando zum Tor*", ou seja, "carregadores de cadáveres para o portão"; e, se pediam reforços, eu deduzia a natureza, o estado do carregamento. Ficava sabendo que nessas horas os *Effekten*, ou seja, os trabalhadores do depósito, deveriam acorrer para as rouparias, às vezes "*in Laufschritt*", em disparada. Entretanto, se pediam "*zwei*" ou "*vier Leichnamträger*", digamos, "*mit einem*" ou "*zwei Tragbetten sofort zum Tor!*" ["dois ou quatro carregadores de cadáveres... com uma ou duas macas imediatamente no portão"] – era certo que havia ocorrido um acidente em algum lugar, no trabalho, no interrogatório, no porão, no sótão, quem sabe onde. Chegou ao meu conhecimento que o "*Kartoffelschäler*", o grupo encarregado de descascar batatas, tinha não apenas um turno diurno, mas também um "*Nachtschicht*", e muitas coisas mais. Mas todas as tardes, à mesma hora, ouvia-se um aviso misterioso: "*Elá zwo, Elá zwo, aufmarschieren lassen!*" – isso, no início, me fez quebrar muito a cabeça. Era simples, mas me custou tempo até que do silêncio reverente – solene, grandioso que sempre se seguia, das palavras de ordem, "*Mützen ab!*", "*Mützen auf!*", pela voz melodiosa, aguda, estridente que ressoava – deduzi:

fora, o campo vivia o *Appel* e, assim, o "*aufmarschieren lassen*" significava a formação em filas, o "*zwo*" era "*zwei*" ["dois"], o "*elá*" era, na verdade, LÄ, ou seja, *Lagerältester*, e, portanto, em Buchenwald operavam um primeiro e um segundo, ou seja, dois *Lagerältester* – e, com base nisso, não era difícil concluir que no campo haviam chegado até o número 90 mil. Aos poucos o silêncio abatia-se sobre o nosso quarto, Zbisek fora embora, e, se era a vez de ele fazer a visita, Pjetyka dava uma última olhada antes de apagar a luz com o "*dobrá noc*" usual. Então, eu buscava o máximo do conforto permitido pela cama e por meus ferimentos, puxava o cobertor até as orelhas e logo me surpreendia o sono sem sonhos: não, não podia desejar mais que isso; um campo de concentração – admitia – não poderia ser melhor.

Apenas duas coisas me causavam certa preocupação. A primeira, os meus ferimentos: ninguém podia duvidar deles, estavam ali, a borda ainda ardente; a carne, cruenta, mas, nas extremidades, uma fina película; aqui e ali crostas acastanhadas, o médico não as envolvia mais em gaze, mal me chamava para o tratamento e, se o fizesse, acabávamos num tempo curto que me incomodava. A outra era, no fundo, sem dúvida, um fato feliz. Quando Pjetyka e Zbisek, por exemplo, com o rosto fixado na distância, de repente interrompiam a conversa, pedindo-nos a todos silêncio com o dedo erguido, também aos meus ouvidos chegava um rumor abafado, às vezes parecido com um latido interrompido. Do outro lado, onde, para além da parede divisória, eu imaginava o quarto de Bohús, deduzia-se uma grande agitação pelos sons de conversas que se filtravam bem depois do apagar das luzes. A manifestação frequente das sirenes fazia parte dos dias, e era comum eu acordar à noite com as instruções dos alto-falantes: "*Krematorium, ausmachen!*" – e um minuto depois, num resmungo excitado: "*Krematohium! Sofoht ausmach'n!*" ["Apagar os crematórios! Os crematórios! Apagar imediatamente!"] –, do que eu entendia: não desejavam que a luz inoportuna atraísse os aviões. Não sei quando os barbeiros dormiam, mas antes do banho os recém-chegados tinham de esperar dois ou três dias, em pé, descalços, até que pudessem entrar, e também o "*Leichenkommando*" [comando dos cadáveres] – ouvi dizer – trabalhava, andava em círculos, sem parar. No nosso quarto não havia mais cama vazia, e entre as ulcerações e ferimentos costumeiros ouvi pela primeira vez, de um rapaz húngaro que ocupava uma cama do outro lado, que os dele haviam sido causados por balas de fuzil. Fora atingido durante a caminhada de vários dias, vindo de um campo semelhante a Zeitz, pelo que pude depreender do relato, chamado "Ohrdruf", quando fugiam do inimigo, o exército americano; a bala era destinada ao homem exausto que caíra fora da fila, perto dele, e nisso também ele acabara ferido na perna. Por sorte não teve o osso atingido, e eu pensei: comigo isso não poderia acontecer. Na minha perna, por qualquer ponto que entrasse, não tinha outra opção, a bala sempre acertaria o osso. Logo se revelou que ele estava em campo de concentração apenas desde o outono, seu número situava-se na casa dos 81 mil – nada muito especial no nosso quarto. Numa palavra: percebo a novidade, os ruídos de todos os lados que prenunciam a mudança, o incômodo, o desconforto, a reviravolta, a preocupação pelo problema que se aproxima. Às vezes Pjetyka percorre as camas com um formulário nas mãos e pergunta a todos, e também a mim: é capaz de andar, "*laufen?*" [correr]. Respondo: "*Nye, nye, ich kann nicht*" ["Não, não consigo" (polonês aproximativo com alemão)]. "*Tak, tak*" – respondia ele – "*du kannst*" ["Sim, sim, você consegue" (polonês com alemão aproximativo)], e anotava meu nome, bem como o dos outros todos do quarto, até o de Kuharszki, que tinha milhares de cortes paralelos parecidos com bocas abertas nas duas pernas inchadas que vi um dia no consultório. Outra noite – mal tinha mastigado o pão –, ouvi pelo rádio: "*Alle Jude im Lager*" – todos os judeus do campo – "*sofort*" – imediatamente – "*antreten*" – em fila –, porém com um tom tão terrível que de pronto sentei na cama. "*Co to robis?*" ["O que você está fazendo?" (polonês aproximativo)] – perguntou Pjetyka, curioso. Mostrei-lhe o aparelho, mas ele apenas sorriu do modo habitual e indicou com as duas mãos: calma, por que tanta agitação, para que tanta pressa? Mas o alto-falante soava a noite inteira, rouco, e anunciava: "*Lagerschutz*" – ou seja, convocava as autoridades que dirigiam o campo para trwabalho imediato, e talvez não estivesse satisfeito nem com eles, parece, pois logo chamava – e mal podia ouvir sem me horrorizar – o *Lagerältester* e o *kapo* do *Lagerschutz*, ou melhor, entre todas as autoridades do campo, chamava as mais importantes para o portão, "*aber im Laufschritt*" ["E correndo!"]. Outras vezes, cheio de perguntas e censuras: "*Lagerältester! Aufmarschieren lassen!* ["Em formação!"] *Lagerältester! Wo sind die Juden?!*" ["Onde estão os judeus?!"], interrogava, chamava, ordenava, estalava, crepitava de repente a caixa, e Pjetyka, irritado, mandava ele calar a boca ou xingava a sua mãe: "*Kurvá jego máty!*" ["Filha da puta!" (polonês aproximativo)]. Confiava nele; afinal, era ele quem sabia, e continuava deitado, tranquilo. Se a noite anterior, ao que parecia, não agradasse, no dia seguinte não havia saída: "*Lagerältester! Das ganze Lager: antreten!*" ["Todo o campo: em fila!"]; pouco depois, gemidos de motor, latidos, estampidos de fuzil, golpes de bastão, barulho de pés em disparada e no encalço deles rumor mais pesado de botas a demonstrar que, afinal – se para alguns isso é melhor –, os soldados também eram capazes de assumir o problema e a consequência da insubordinação, até que, por fim – fosse como fosse –, fazia-se silêncio. Não demorava e o médico irrompia, inesperado, porque a visita, como se nada tivesse acontecido lá fora, ocorria como de costume, pela manhã. Entretanto, ele não parecia tão bem-cuidado como de outras vezes: com o rosto amassado, o avental meio desarrumado salpicado de manchas de ferrugem, ele percorria, inquiridor, grave, os olhos injetados de sangue, todo o ambiente: procurava uma cama vazia, sem dúvida. "*Wo ist der*" – dizia para Pjetyka – "*der, mit dieser kleinen Wunde hier?!*" ["Onde ele está? Aquele com o ferimento leve?"] – com um gesto indeciso que passasse pela coxa e se estendesse na direção dos sapatos, enquanto detinha o olhar atento em todos os rostos, por um instante também no meu, e desejaria muito que não me reconhecesse, embora o desviasse para se voltar de novo para Pjetyka, à espera, apressado, insistente, da resposta que era obrigação dele. Eu não disse nada, mas me preparei para levantar, aplacar o sarcasmo dele e sair para o meio da confusão: porém, vi muito espantado que Pjetyka – pelo que seu rosto revelava – não fazia ideia de quem o médico se empenhava em encontrar e, depois de uma breve hesitação, sua expressão se iluminava como quem, apesar de tudo, se deu conta com um "*Ach... ja*" ["Ah... sim"], e estendendo o braço apontou para o rapaz da bala na perna, e de súbito o médico pareceu concordar, também ele se iluminou, como se tivessem acertado e solucionado a preocupação dele. "*Der geht sofort nach Hause!*" ["Ele pode voltar imediatamente para casa"], ordenou, de súbito, e então aconteceu um fato singular, inusitado, ou seja, inadequado, de que até então não vira nenhum exemplo em nosso quarto e ao qual mal pude assistir sem certa aflição, sem enrubescer. Depois que se levantou da cama, o rapaz da bala, primeiro, apenas entrelaçou as mãos diante do médico como se fosse rezar, e quando este recuou, aturdido, por um instante incapaz de compreender o que se passava, ele caiu de joelhos e agarrou-se ao médico e abraçou-lhe as pernas; depois, só percebi a sombra veloz da mão e o estalo do bofetão, e registrei a cólera, mas não as palavras, ao empurrar o obstáculo com o joelho, correr para fora com o rosto desolado e mais vermelho do que de hábito. Para a cama vazia chegou um novo doente, de novo um rapaz – a bandagem achatada, dura, bem conhecida aos meus olhos, denunciava que na ponta dos pés já não havia nenhum dedo – e quando Pjetyka passou por mim eu lhe disse em voz baixa: "*Gyunkuje*, Pjetyka". E da pergunta dele: "*Was?...*" ["O quê?"] – a minha tentativa de me certificar: "*Aber früher, vorher...*", ou seja, "antes, há pouco..." e do rosto que respondeu sem entender, espantado, da cabeça que balançava sem saber de nada, percebi que eu tinha cometido uma impropriedade, e parece que certas coisas somos obrigados a resolver completamente a sós. Mas, para começar, tudo havia se passado com justiça – ao menos essa era a minha opinião –, pois, afinal, eu era o mais antigo do quarto e ele estava em melhores condições, e assim era indiscutível que lá fora – segundo a minha opinião – as chances dele fossem maiores; e, por fim, eu era mais capaz de me resignar, parece, com a desgraça de um outro do que com a minha própria: fui obrigado a chegar a essa conclusão, guardar esse aprendizado, independentemente do ponto de vista, de qualquer ponderação ou tentativa de contorná-lo. Entretanto e acima de tudo: como fica esse tipo de preocupação quando atiram? – porque dois dias depois foi a nossa janela que se partiu e uma bala perdida se alojou na parede à minha frente. Ao longo desse mesmo dia muitas pessoas suspeitas visitaram Pjetyka para trocar algumas rápidas palavras, e também ele saiu com frequência, às vezes por um tempo mais longo, e à noite apareceu no quarto com um embrulho comprido debaixo do braço. Um lençol – mas que tinha um cabo, parecendo uma bandeira branca; portanto do centro, bem enrolada, aparecia uma espécie de ponta, que eu nunca tinha visto nas mãos de um prisioneiro, e o quarto todo se movimentou, aos sussurros, ao redor de um objeto que, antes de guardá-lo debaixo da cama, Pjetyka mostrou a todos, deixou que nós o víssemos por um instante, com um sorriso, apertando-o junto ao peito, e mesmo eu cheguei a me sentir debaixo de uma árvore de Natal, entre presentes preciosos havia muito esperados: um pedaço de madeira marrom e, saliente, um cano de aço de brilho azulado – uma carabina de cano serrado, a palavra me veio de repente, como lera em outros tempos em romances divertidos sobre ladrões e detetives.

O dia seguinte também se anunciou animado – mas quem poderia ter em conta cada um dos dias e seus acontecimentos? Seja como for, posso contar: a cozinha funcionava como de hábito e, em geral, o médico também era pontual. Certa manhã, não muito tempo depois do café, passos apressados no corredor, um grito estridente, um sinal a que Pjetyka tirou o pacote do esconderijo, enfiou-o embaixo do braço e desapareceu. Pouco depois, por volta das nove horas, ouvi pela primeira vez os alto--falantes se dirigirem aos soldados e não aos prisioneiros: "*Zu Allen der SS Angehörigen*" ["A todos os membros da SS"] – e ordenou duas vezes em seguida: "*Das Lager sofort zu verlassen*" – deveriam deixar o campo imediatamente. Depois, ouvi os sons de uma batalha que se aproximava, distanciava-se, rondaram os meus ouvidos por algum tempo, mais tarde diminuíram aos poucos, até que, por fim, fez-se silêncio, um silêncio excessivo, porque, por mais que esperasse, atentasse, espreitasse e procurasse, não percebi nem na hora costumeira nem mais tarde – pois já havia passado muito da hora – a barulheira dos pratos e talheres que acompanhava a gritaria diária dos que traziam a sopa. Talvez já fosse quatro da tarde quando, por fim, o alto-falante emitiu alguns estalidos e, depois de um breve chiado e de sons sibilantes, deu a entender a nós todos que era o *Lagerältester*, o *Lagerältester* ia falar. "*Kameraden*" – disse, lutando audivelmente contra um sentimento que o asfixiava e ora o fazia engasgar, ora a voz ficava mais aguda, gemente –, "*wir sind frei!*" – ou seja, estamos livres, e pensei que com isso o *Lagerältester* dividia, fazia vibrar – com eles, com Pjetyka, com Bohús, com o médico e os semelhantes – a ideia em uníssono, por assim dizer, uma vez que ele anunciava o fato com uma alegria evidente. Fez um discurso curto, sucinto, depois dele seguiram-se outros, nas mais diversas línguas: "*Attention, attention*" – ouvi, por exemplo, em francês; "*Pozór; pozór!*" – que eu saiba, em tcheco; "*Nyimánye, nyimánye, ruszki tovariscsi nyimánye!*" ["Atenção, atenção, camaradas russos."] – e me veio a lembrança de súbito agradável do som melodioso que os homens do destacamento dos banhos pronunciavam a meu redor: "*Uvaga, uvaga!*" ["Atenção, atenção", em polonês aproximativo] – a que o doente polonês de pronto sentou-se na cama, excitado, e falou de um modo grosseiro com todos nós "*Csiha bendzs! Terász polszki kommnunyiki!*" ["Calem a boca! É o comunicado em polonês!"] – e só então lembrei o que agitara, remexera, temperara, animara todo esse dia; e para minha grande surpresa, de repente: "Atenção, atenção! Comitê húngaro do campo..." – e pensei: nem suspeitava que isso existisse! Porém, não valeu a pena prestar atenção, pois também ele, como todos antes dele, só falou sobre a libertação e não fez nenhuma referência, nenhuma menção à sopa que não tinha vindo. Eu também fiquei muito feliz, sim, naturalmente, por estarmos livres, mas não tenho culpa de ter sido obrigado a pensar em outra coisa: na véspera isso talvez não tivesse acontecido. A noite de abril estava escura, Pjetyka também havia voltado, vermelho, excitado, cheio de milhares de palavras incompreensíveis, quando o *Lagerältester* se apresentou de novo pelo alto-falante. Dessa vez dirigiu-se aos membros do antigo destacamento dos *Kartoffelschäler* pedindo-lhes que fizessem a gentileza de reassumir os postos na cozinha, e aos demais moradores do campo solicitou que ficassem acordados ao menos até o meio da noite, pois começavam a cozinhar uma grossa sopa de *gulash*: só então me deitei, aliviado, no travesseiro; só então alguma coisa se desprendeu lentamente de mim e só então pensei – talvez pela primeira vez com mais seriedade – na liberdade.

IX

Cheguei em casa aproximadamente à mesma época do ano em que tinha partido. Seja como for, a mata ao redor estava verdejante havia muito, a grama havia brotado sobre as grandes valas dos cadáveres enterrados e o asfalto da praça do *Appel*, abandonada desde o início dos novos tempos, com as fogueiras resfriadas, toda espécie de trapos, papéis, restos de latas de conserva espalhados, desfazia-se no calor abrasador do meio do verão, quando, em Buchenwald, perguntaram também a mim: se eu teria vontade de partir. Seríamos quase todos jovens, conduzidos por um homem atarracado, de óculos, cabelos crespos grisalhos, um notável do comitê húngaro do campo que resolveria os problemas da viagem. Teríamos um caminhão e a disposição dos soldados americanos para nos levar por um trecho em direção ao leste: o resto seria por nossa conta, ele disse, e encorajou-nos a chamá-lo de "tio" Miki. Tínhamos de continuar – acrescentou – a vida, e reconheci que não poderíamos fazer outra coisa se tinha de ser assim, naturalmente. No todo, diria que eu estava inteiro, a não ser por uma coisa estranha, um inconveniente menor. Se apertava o dedo em qualquer parte do corpo, a marca permanecia ali por muito tempo, uma depressão, como num tecido sem vida, sem elasticidade, como se fosse talhada em queijo ou em cera. Meu rosto também me assustou um pouco quando no hospital das SS, num quarto confortável que tinha um espelho, vi-o pela primeira vez, ao passo que a minha lembrança de outros tempos era de um outro rosto. Nesse que eu vi, debaixo dos cabelos de alguns centímetros, havia uma fronte baixa; na base das orelhas estranhamente alargadas, dois inchaços novos, disformes; em outros lugares, bolsas moles; no conjunto – ao menos segundo as leituras que fizera um dia – mais parecia um rosto aposentado depois de luxúrias e prazeres, exibindo as rugas, as pregas, os traços dos homens precocemente envelhecidos, que nos olhos miúdos guardava uma lembrança mais aprazível, inspiradora de confiança. E ainda por cima eu mancava, arrastava um pouco a perna direita: não é um problema – disse "tio" Miki –, o ar de casa vai curá-lo. Na volta – afirmou –, vamos fazer uma casa nova, e, para começar, logo nos ensinou algumas canções. Quando passávamos a pé por aldeias, por pequenas cidades – diversas em nosso caminho –, cantávamos algumas delas, como militares, alinhados em filas de três. Eu preferia a que começava por: "Estamos à espera nos limites de Madri" – nem sei explicar por quê. Por uma razão diferente, gostava de cantar uma outra, em especial por causa deste trecho:

"La-bu-ta-mos o di-a to-do
e qua-se mor-re-mos de fo-me
Mas nos-sas mãos já pe-gam em ar-mas!"

E por outra razão me agradava também a que exibia este verso:

"So-mos a guar-da jo-vem dos pro-le-tá-rios", seguido do grito: "*Rotfront!*"[2], e nessas horas eu percebia o ran-

2 Referência à Rotfrontkämpferbund, organização paramilitar ligada ao Partido Comunista Alemão.

gido de uma janela que se fechava ou uma porta que batia, e muitas vezes notava um homem, um alemão, a se esgueirar, apressado, debaixo de um portão ou desaparecer atrás dele.

Tinha uma bagagem leve: um acessório de formato incômodo, muito estreito, comprido, azul-claro – parti para a viagem com uma mochila militar americana. Nela, levava meus dois cobertores grossos, uma muda de roupa de baixo, uma malha cinza de boa qualidade enfeitada com punhos e uma gola verde que havia sido largada no depósito das SS, conservas e outras coisas mais. Vestia a calça de lona verde do exército americano, um sapato de amarrar com sola de borracha de aspecto resistente, sobre ele a polaina de couro aparentemente indestrutível, com as cintas e fivelas que dela faziam parte. Para a cabeça arranjei um gorro de formato estranho que se mostrou um pouco pesado para a estação do ano, com bordas finas no alto, pontudo, enfeitado por um quadrado torto, cujo nome geométrico – losango – me ocorreu dos antigos dias de escola, e que deve ter sido usado por um polonês, segundo me disseram. Como casaco, talvez pudesse ter escolhido coisa melhor no depósito, mas me conformei com a velha propriedade listrada, escolhi-a sem hesitar, ou melhor, fiz questão dela, e, embora não tivesse número nem triângulo, era a de sempre, a costumeira, bastante surrada: ao menos assim não haveria mal-entendidos – pensei –, e, além disso, era um traje bem confortável, adequado, fresco, ao menos no verão. Fizemos a viagem em caminhões de carga, em carroças, a pé, em coletivos – dependendo do que os diferentes exércitos podiam nos oferecer. Dormimos em carros de boi, em bancos e estrados de escolas abandonadas, ou ao léu, debaixo do céu estival estrelado, sobre a grama macia, entre canteiros bem-cuidados de casas parecidas com as de conto de fadas. Também navegamos num rio menor – ao menos aos olhos de quem lembrava do Danúbio –, chamado Elba, e passei por um lugar que parecia ter sido um dia uma cidade, hoje constituída de amontoados de pedras e uma ou outra parede enegrecida, solitária. Nas ruínas das paredes e aos pés dos restos das pontes viviam, moravam, dormiam as pessoas do lugar, e eu me alegrava, naturalmente, e não podia deixar de pensar: foram eles mesmos que se meteram nisso. Passeei num bonde vermelho e viajei num trem de verdade que puxava vagões de verdade com cabines de verdade feitas para pessoas – ainda que eu só tivesse lugar nos tetos. Desci numa cidade onde, além do tcheco, ouvi bastante húngaro, e, enquanto esperávamos na estação a baldeação prometida para a noite, jovens, velhos, homens, gente de todo tipo nos cercou: quiseram saber se vínhamos de um campo de concentração e interrogaram muitos de nós, a mim também, se não tínhamos encontrado parentes deles, alguém de nome assim ou assado. Eu lhes disse que de modo geral nos campos de concentração as pessoas não tinham nome. Então, esforçavam-se por descrever a aparência, o rosto, a cor dos cabelos, os traços marcantes, e eu procurava fazê-los entender: era inútil, pois no campo de concentração a maioria das pessoas mudava muito. Assim, afastaram-se de mim, com exceção de um deles, que, muito à vontade, vestia só camisa e calça, enfiou os dois polegares atrás do cinto junto dos suspensórios, enquanto os outros dedos tamborilavam, brincavam por fora sobre o tecido. Ele tinha curiosidade de saber se eu havia visto, o que me fez rir, as câmaras de gás. Eu disse: "Nesse caso não estaríamos conversando". "Sim", respondeu, mas ainda assim, se havia câmaras de gás, e eu disse que sim, claro, entre outras coisas havia câmaras de gás, naturalmente: tudo dependia – acrescentei – do campo. Em Auschwitz, por exemplo, podíamos contar com elas. Eu, porém – assinalei –, vinha de Buchenwald. "De onde?", perguntou, e tive de repetir: "De Buchenwald". "Então, de Buchenwald", assentiu, e eu disse: "Sim". Ao que comentou: "Bem, espere um pouco", com o rosto contraído, severo, quase professoral. "Portanto, o senhor" – nem sei por quê, mas a interpelação séria, ou melhor, ritualística dele parecia bastante razoável – "ouviu falar das câmaras de gás", e eu disse: "É claro". "E com tudo isso...", assim prosseguiu, com o mesmo rosto contraído, como se impusesse ordem, clareza. "O senhor, porém, não se certificou delas com os próprios olhos", e tive de admitir: não. Ao que ele fez essa observação: "Sei lá", e inclinando um pouco a cabeça continuou andando, contraído, ereto, e, se não me enganei, me pareceu de certo modo satisfeito. Logo depois nos avisaram: corram, o trem chegou – e eu consegui um lugar bem razoável nos degraus largos de madeira. De manhã, acordei com a locomotiva resfolegando alegre. Mais tarde reparei que lia os nomes dos lugares em húngaro. O espelho d'água – mostraram – que me fazia piscar os olhos já era o Danúbio, a terra circundante – disseram – que transpirava, tremulava na luz matinal, era húngara. Passado um tempo, chegamos a uma estação de telhado gasto e cheia de vidros quebrados: a estação Ocidental, disseram, e era mesmo ela, eu a reconheci.

Fora, diante do edifício, o sol ardia sobre a calçada. Eram intensos o calor, o barulho, a poeira e o tráfego. Os bondes amarelos exibiam o número 6: isso também não tinha mudado. Havia um ou outro vendedor de doces estranhos, de jornais e de outras coisas. As pessoas estavam bonitas e via-se que todos tinham o que fazer, uma ocupação importante, todos apressados, com passos largos corriam para algum lugar, empurrando-se em diferentes direções. Também nós – informaram – tínhamos de ir de pronto ao posto de auxílio e nesse ambiente acolhedor dar os nossos nomes para que de imediato recebêssemos dinheiro, documentos – os pertences imprescindíveis da vida. Esse lugar – descobri – ficava exatamente do outro lado da cidade: nas imediações da estação Oriental, e logo na primeira esquina subimos num bonde. Embora achasse as ruas descuidadas, as fileiras de casas com um ou outro espaço vazio, as restantes envelhecidas, com pedaços faltando, esburacadas e sem janelas, reconheci o caminho e igualmente a praça onde, passado algum tempo, descemos. Encontramos o posto de auxílio em frente ao cinema de que eu ainda me lembrava, num edifício público grande, cinzento, feio: o pátio, a entrada, os corredores, cheios de gente. Sentados, em pé, agitados, barulhentos, falantes ou silenciosos. Muitos usavam roupas emprestadas, improvisadas, retalhos, gorros; alguns, como eu, com casacos listrados, trazidos de depósitos dos campos, mas também havia os mais elegantes, de camisa branca, gravata, discutindo assuntos importantes com as mãos às costas, ar de superioridade, como quando partiram cantando para Auschwitz. Em um canto alguns recordavam, discutiam as condições do campo; outros analisavam o valor, o alcance do auxílio; e outros mais imaginavam as formalidades do processo, os privilégios, as vantagens de alguns em detrimento deles, reconheciam as injustiças, mas todos concordavam numa coisa: seria preciso esperar, e muito. Entretanto, aquilo tudo me cansou e assim, pondo a mochila sobre os ombros, voltei depressa ao pátio, dali para fora, e caminhei lentamente até o portão. Vi de novo o cinema e me ocorreu que, se andasse uma ou duas esquinas para a direita, o meu caminho – se a minha lembrança não me traísse – cruzaria a rua Nefelejcs.

Achei a casa com facilidade: estava de pé e não diferia das outras casas amarelas ou cinza, na verdade, dilapidadas – ao menos assim elas me pareciam. Debaixo do frescor do portão descobri, pela lista de nomes, antiga, amassada, que o número também coincidia, e eu teria de subir ao segundo andar. Arrastei-me devagar pela escadaria bolorenta de cheiro um tanto azedo, e pelas janelas via o corredor suspenso circundante e o quintal melancolicamente limpo: no meio, uma grama rala, e a árvore tristonha, solitária, com o tronco carcomido, esforçava-se por manter-se ereta. À minha frente, uma senhora de lenço na cabeça saiu apressada com o pano de pó; de outro canto chegou aos meus ouvidos a música de um rádio; em algum lugar uma criança berrava, infernal. Quando uma porta se abriu diante de mim, fiquei surpreso de ver de novo os olhos pequenos, um pouco puxados de Bandi Citrom, só que dessa vez num rosto de mulher bem jovem, de cabelos pretos, meio corpulenta e não muito alta. Deu um passo para trás, assustada, com certeza – imaginei –, por causa do meu casaco, e para que não decidisse bater a porta na minha cara logo perguntei: "Bandi Citrom está?". Respondeu: "Não". Perguntei se não naquele momento, ao que ela disse, meneando ligeiramente a cabeça e fechando os olhos: "Não está faz muito tempo" – e só quando os abriu notei que os cílios inferiores brilhavam úmidos. A boca dela tremeu, e achei melhor retirar-me o quanto antes, não fosse a aparição de uma velha magra, de lenço na cabeça, roupa escura, das sombras do corredor, e fui obrigado a lhe dizer: "Procuro Bandi Citrom", e ela também disse: "Não está". Entretanto, aconselhou: "Volte outra hora. Talvez dentro de alguns dias", e percebi que a isso a mulher mais jovem virou a cabeça de lado com um gesto estranho de recusa, porém sem esforço, enquanto levava as costas da mão à boca, como se quisesse conter, afogar, alguma palavra que insistia em sair. Depois, contei à velha: "Estivemos juntos" – expliquei – "em Zeitz", e ante a pergunta severa, exigente: "E por que não voltaram para casa juntos?", procurei me desculpar: "Nós nos separamos. Eu acabei indo para outro lugar". Ela também quis saber: "Ainda há húngaros lá?". Respondi, "Sim, muitos". Ao que, com uma alegria visível, ela disse à jovem: "Viu!", e para mim: "Eu sempre digo que só começaram a chegar agora. Mas a minha filha está impaciente, não quer mais acreditar", e eu quase disse, embora acabasse silenciando, que ela devia saber, pois conhecia melhor Bandi Citrom. Depois, ela me convidou a entrar, mas aleguei que primeiro tinha de ir para casa. "Seus pais certamente estão esperando", disse, e respondi: "Claro". "Então" – observou – "corra, para que se alegrem" – e, com isso, fui embora.

Ao chegar à estação, entre outras coisas, comecei a sentir doer a perna e subi num bonde que passou com o número havia muito conhecido. Na plataforma aberta, uma velha espigada, com uma gola de renda estranha, à antiga, deu um passo para a frente. Logo veio um homem de gorro e uniforme e pediu meu bilhete. Disse-lhe que não tinha. Ordenou que eu comprasse um. Eu disse: venho do estrangeiro, não tenho dinheiro. Mediu meu casaco, a mim, e depois a velha, e me informou que a viagem tinha regras criadas não por ele, mas pelos superiores. "Se não comprar um bilhete, vai ter de descer" – ponderou. Disse-lhe: minha perna dói, e enquanto isso notei que a velha se voltou para fora, para a paisagem, de algum modo ofendida, como se eu a tivesse insultado, não saberia dizer por quê. Porém, pela porta aberta do vagão irrompeu um homem fazendo já de longe muito barulho, corpulento, moreno, suado.

Usava a camisa aberta, um terno claro, tinha uma caixa pendurada no ombro e uma maleta na mão. "O que é isso", gritou, e: "Dê-lhe um bilhete!" – e tomou providências quase atirando uma moeda ao cobrador. Tentei agradecer, mas ele me interrompeu, enquanto olhava ao redor, impulsivo: "Alguns teriam de se envergonhar" – disse, porém o cobrador já andava pelo vagão, a velha continuava a olhar para fora. Com o rosto mais afável, o homem voltou-se para mim. Perguntou: "Você vem da Alemanha, meu filho?". "Sim." "De um campo de concentração?" "Claro que sim." "Qual?" "De Buchenwald." Sim, tinha ouvido falar dele, sabia que fora "um dos invólucros do inferno nazista" – disse. "De onde o arrastaram?" "De Budapeste." "Quanto tempo ficou lá?" "Um ano." "Deve ter visto muita coisa, meu filho, muitos horrores" – disse, a que não respondi nada. "Mas o que importa" – prosseguiu – "é que acabou, terminou", e com o rosto sereno, apontando as casas por onde passávamos barulhentos, interessou-se: o que eu sentia agora, novamente em casa, vendo a cidade que eu havia deixado? Disse-lhe: "Ódio". Calou-se, porém logo observou que não podia deixar de compreender o sentimento. Por outro lado, segundo ele, "nessa situação" o ódio também tinha seu lugar, seu papel, sua "utilidade", e supunha, acrescentou, que estávamos de acordo, e ele sabia bem quem eu odiava. Disse-lhe: "Todos". Calou-se de novo, dessa vez por mais tempo, e depois recomeçou: "Você teve de passar por muitos horrores?", e eu respondi que dependia do que ele considerasse horror. Certamente – disse, com o rosto visivelmente tenso –, você deve ter aberto mão de muita coisa, passado fome, e talvez tenha apanhado, e eu disse: "Naturalmente". "Meu filho, por que a tudo você diz 'naturalmente'" – gritou, a meu ver, perdendo a paciência –, "e sempre para o que não é natural?!" Disse-lhe: "Num campo de concentração isso é natural". "Sim, sim, lá sim, mas..." – e se deteve, hesitou um pouco – "mas... mas o campo de concentração em si não é natural!", encontrou por fim as palavras adequadas, e eu nem sequer respondi porque aos poucos comecei a perceber: sobre algumas coisas não cabe discussão com estranhos que não sabem, em certo sentido são crianças, por assim dizer. "Além disso" – eu me vi diante da praça que continuava ali, apenas um pouco mais envelhecida e descuidada –, "é hora de descer", eu disse. Mas ele desceu comigo e, apontando adiante um banco sem encosto, à sombra, propôs: "Sentemo-nos por um instante".

De início, ele pareceu hesitar. Na realidade – assinalou –, "os horrores começam a ser revelados" somente agora, e acrescentou que "por enquanto o mundo está paralisado, incrédulo ante a pergunta: como isso tudo pôde ter acontecido?". Eu não disse nada e então, encarando-me, ele, de repente, disse: "Meu filho, você não gostaria de fazer um relato das suas experiências?". Surpreso, respondi que não tinha nada de muito interessante para contar. Ele deu um breve sorriso e disse: "Não para mim: para o mundo". Diante disso, ainda mais surpreso, eu quis saber: "Mas sobre o quê?". "Sobre o inferno dos campos", respondeu, e eu afirmei que acerca disso nada poderia dizer, pois não conhecia o inferno, nem seria capaz de imaginá-lo. Porém, ele observou que se tratava apenas de uma espécie de comparação: "Não é preciso imaginar o campo de concentração como o inferno", respondi e, desenhando alguns círculos no pó com o calcanhar, acrescentei que cada um poderia imaginá-lo a seu modo e segundo sua vontade, porque, de minha parte, entretanto, eu só era capaz de imaginar o campo de concentração porque o conhecera, ao contrário do inferno.

"Mas ainda assim?" – insistiu, e, depois de mais alguns círculos, respondi: "No caso do inferno, eu o imaginaria como um lugar onde não haveria como se entediar", e completei dizendo que num campo de concentração o tédio era possível, até mesmo em Auschwitz – guardadas determinadas condições, é claro. Calou-se durante algum tempo e de novo perguntou, porém quase a contragosto: "E como você explica isso?"; depois de ter pensado um pouco, ponderei: "Com o tempo". "Como com o tempo?" "O tempo ajuda." "Ajuda... em quê?" "Em tudo", e tentei explicar-lhe como era diferente chegar, por exemplo, a uma estação, se não exatamente luxuosa, mas no todo aceitável, limpa, bem-cuidada, onde, devagar, em ordem, aos poucos, tudo se aclara diante de nós. Ao passarmos por uma etapa sabemos que depois de nós virão as seguintes. E assim sabemos de tudo, compreendemos tudo. E ao compreendermos tudo não ficamos sem agir: realizamos o nosso trabalho, vivemos, lutamos, movimentamo-nos, cumprimos as novas exigências de cada nova etapa. Por outro lado, se essa sequência não existisse e se todo o conhecimento despencasse sobre nós de uma vez, é possível que o nosso cérebro e o nosso coração não suportassem – procurei de certo modo explicar, e enquanto isso ele pescou do bolso uma caixa de papel rasgado e me ofereceu os cigarros amassados, mas recusei, e, depois de duas grandes tragadas, com os dois cotovelos apoiados sobre os joelhos e o corpo curvado para a frente, sem olhar para mim, num tom metálico, abafado, ele disse: "Entendo". "Por outro lado", prossegui, "o equívoco, ou melhor, a desvantagem, é a necessidade de ocupar o tempo de algum modo. Vi, por exemplo" – continuei – "prisioneiros que estavam ali havia quatro, seis ou até doze anos – mais precisamente: sobreviviam no campo de concentração. Esses homens tiveram de preencher todos os quatro, seis ou doze anos, ou os doze vezes 365 dias, ou seja, doze vezes 365 vezes 24 horas, e mais doze vezes 365 vezes 24 vezes... e tudo de novo a cada instante, minuto a minuto, de hora em hora, dia a dia. E também" – prossegui – "é exatamente isso que deve tê-los ajudado porque, se todo esse tempo de doze vezes 365 vezes 24 vezes sessenta vezes e de novo sessenta vezes desabasse de uma vez, num único golpe, na cabeça deles, nem eles teriam resistido – como resistiam –, nem com o corpo nem com o cérebro". E como ele continuou em silêncio, eu ainda disse: "É assim que devemos imaginá-lo". A isso, ele, com o rosto entre as mãos como antes, sem o cigarro que nesse meio-tempo jogara fora, com a voz mais abafada, mais entrecortada, disse: "Não, não se pode imaginá-lo" – e eu, de minha parte, concordei. Pensei também: deve ser por isso que o chamam de inferno, com certeza.

Porém, depois, endireitou-se, apressado, olhou para o relógio, e o rosto dele se transformou. Informou: era jornalista, e – completou – "num diário democrático", e só nessa hora descobri quem algumas das palavras dele me lembravam, assim, a distância: "tio" Vili – embora com a mesma diferença entre a integridade das palavras do rabino, em especial dos seus atos e da intensidade de sua obstinação, se eu as comparasse, por exemplo, com "tio" Lajos. Esse pensamento me lembrou, me fez pensar, de repente, na verdade, pela primeira vez de modo concreto, na provável e iminente despedida, e assim só ouvi a ladainha do jornalista pela metade. Ele desejava – disse – transformar o acaso do nosso encontro num "acaso feliz". Propôs que escrevêssemos um artigo, que iniciássemos uma "série de artigos". Ele os escreveria, mas exclusivamente com base nas minhas palavras. Desse modo, eu poderia ganhar alguma coisa de indiscutível utilidade para o começo da minha "nova vida", embora – acrescentou com um sorriso relutante – não pudesse "oferecer muita coisa", pois "o diário era novo" e "seu poder econômico, limitado". Mas nesse momento, considerou, nem era isso o mais importante, e sim "a cicatrização das feridas sangrentas e a punição dos culpados". Assim, antes de tudo, era preciso "mobilizar a opinião pública", dissipar a "apatia, a indiferença, a dúvida". Os lugares-comuns, as razões, nada valiam, era necessária a exposição da verdade, por mais que fosse "uma prova dolorosa" confrontá-la. Se entendi bem, ele via nas minhas palavras "muita originalidade", a expressão da nossa época, "a marca triste" dos nossos tempos, "um matiz novo, pessoal, no jorro cansativo dos fatos" – disse, e perguntou a minha opinião. Observei que, primeiro, eu teria de resolver a minha questão, mas deve ter entendido mal, porque disse: "Não. Isso não é mais uma questão sua. É de todos, do mundo", e eu lhe disse que já era hora de eu ir para casa; nesse momento pediu que eu o "desculpasse". Ficamos em pé, mas ele pareceu hesitar, ponderar alguma coisa. Não poderíamos começar – perguntou – os artigos com uma fotografia da hora da despedida? Não respondi nada, e assim, com um meio sorriso, assinalou que "às vezes o ofício obriga o jornalista a indiscrições", mas, se eu não tinha vontade, da parte dele não desejava me "forçar". Depois, sentou-se, abriu um caderno de anotações preto sobre os joelhos e rabiscou alguma coisa; apressado, arrancou a folha e, de novo em pé, estendeu-a para mim. Tinha o seu nome e o da empresa onde trabalhava, e despediu-se "na esperança do breve reencontro", disse, e senti o aperto de sua mão quente, carnuda, meio suada. Achei a conversa com ele agradável, reconfortante, e ele, simpático e bem-intencionado. Esperei o vulto desaparecer no torvelinho dos transeuntes e só depois joguei fora o papel.

Mais alguns passos e reconheci a nossa casa. Estava ali, inteira, em ordem. No portão, fui recebido pelo velho cheiro, atrás das grades encontrei o elevador vacilante e nos velhos degraus amarelados pelo uso pude também saudar a memória de um momento íntimo, especial, numa das curvas da escadaria. Chegando ao andar, toquei a campainha de várias portas. Uma delas logo se abriu, mas só o quanto permitia um trinco interno, uma corrente com ganchos, e me surpreendi um pouco, pois não me lembrava de um mecanismo assim. Na porta entreaberta, um rosto estranho: examinou-me a face pálida e ossuda de uma mulher de meia-idade. Perguntou quem eu procurava, e eu disse: moro aqui. "Não" – respondeu – "aqui moramos nós" – e teria fechado a porta se meu pé não a impedisse. Tentei explicar: engano, pois eu havia partido dali, era certo que morávamos ali, e ela por sua vez me assegurou: eu estava equivocado, pois sem dúvida eram eles que moravam ali, e balançou a cabeça, solícita, educada, embora lamentasse enquanto procurava fechar a porta ao mesmo tempo que eu a impedia de fazê-lo. Num instante em que ergui os olhos para o número – se não teria me enganado – meu pé cedeu, o esforço dela foi bem-sucedido e ouvi a chave girar duas vezes na fechadura.

Na volta para a escadaria, deparei uma porta conhecida. Toquei: uma senhora gorda, corpulenta, logo apareceu. Ela estava para fechar a porta – do modo já costumeiro; porém, atrás dela brilharam uns óculos e da penumbra surgiu o rosto cinzento do senhor Fleischmann. Ao lado dele, uma barriga avantajada, chinelos, uma cabeça grande, ruiva, uma risca infantil e o toco apagado de um charuto: apareceu o velho Steiner, exatamente como o deixara da última vez, como se fosse ontem, na noite anterior, no galpão da alfândega. Ficaram parados, me olharam, depois gritaram meu nome, e o velho Steiner me abraçou, assim, como eu estava, de gorro, suado, no casaco listrado. Fizeram que eu entrasse na sala, e a senhora Fleischmann correu para a cozinha para trazer “alguma coisa para se mastigar”, segundo disse. Tive de responder às perguntas habituais: de onde, como, quando, de que modo? – e eu também quis saber e descobri que na nossa casa moravam outras pessoas. “E nós?” – como pareciam estar em dificuldades, perguntei: “Meu pai?” – ao que silenciaram definitivamente. Pouco depois uma mão – talvez a de Steiner – ergueu-se devagar, movimentou-se e pousou como um velho morcego, cuidadosa, sobre meu braço. Do que a seguir contaram, pude depreender que “infelizmente não podemos duvidar da notícia fúnebre”, pois “se baseia no testemunho de companheiros de infortúnio”; segundo eles, meu pai “faleceu depois de um sofrimento breve” em um “campo alemão” que, na verdade, ficava em território austríaco, em... como se chamava mesmo... e eu disse: “Mauthausen”. “Mauthausen”, alegraram-se, para logo voltarem a ficar sérios: “Sim, é isso”. Depois, perguntei-lhes se não tinham notícia de minha mãe, e de pronto disseram que sim, e era boa: estava viva, com saúde, havia estado ali na casa havia alguns meses, eles próprios a viram, falaram com ela, procurava por mim. E a minha madrasta? – quis saber e descobri: “Ela, nesse meio-tempo, se casou”. “Bem”, perguntei, “e com quem?” – e aí engasgaram de novo. Um deles disse: “Um certo Kovács, se estou bem-informado” – e o outro: “Não, não é Kovács, acho que é Futó”. Eu disse: “Sütö” – e de novo assentiram, felizes, concordaram: “É isso mesmo, Sütö”. Devia-lhe muito, “na verdade, tudo”, continuaram: “Ele tinha salvo a fortuna”, ele a “escondera em tempos difíceis” – justificaram. “Talvez” – desconfiou “tio” Fleischmann – “ela tenha se precipitado um pouco” – e com isso o velho Steiner também concordou. "Apesar de tudo" – acrescentou –, "é compreensível", e isso o outro velho também admitiu.

Depois, deixei-me ficar com eles durante algum tempo, pois havia muito não me sentava assim, numa poltrona macia, de estofamento bordô. A senhora Fleischmann também veio e num prato branco de porcelana de borda decorada trouxe pão com gordura, pedaços de pimentão temperado com finas rodelas de cebola porque ela se lembrava de que eu gostava muito disso, e eu concordei também no que dizia respeito ao presente. Enquanto isso os dois velhos contaram: "Aqui em casa também não foi fácil". Do relato deles me vieram impressões, traços nebulosos de acontecimentos desordenados, confusos e impossíveis de acompanhar, que no fundo não fui capaz de vislumbrar ou compreender muito bem. Na ladainha deles notei mais a repetição frequente, quase cansativa, de uma palavra com que designavam toda mudança, transformação, movimento: assim, por exemplo, "veio" a casa da estrela, "veio" o 15 de outubro, "vieram" os nazistas, "veio" o gueto, "veio" a margem do Danúbio, "veio" a libertação. E ainda o erro costumeiro: como se os acontecimentos já apagados, irreais, inimagináveis e, nos detalhes – como me parecia –, também para eles impossíveis de serem reconstruídos, tivessem ocorrido na sequência normal dos minutos, horas, dias, semanas e meses, embora, por assim dizer, todos de uma vez, num único rodopio, numa vertigem, digamos, numa reunião vespertina estranha, tornada dissoluta quando os muitos participantes – uns, sim; outros, não – de súbito perderam a razão e por fim nem sabiam mais o que faziam. Num dado momento calaram-se e depois de certo silêncio o velho Fleischmann de repente me perguntou: "E quais são os seus planos para o futuro?". Meio surpreso, eu disse: "Não pensei muito nisso". Nessa hora o outro velho inclinou-se para mim na cadeira. O morcego também se ergueu de novo e, em vez de pousar no meu braço, pousou no meu joelho. "Antes de mais nada, você tem de esquecer os horrores." Perguntei, admirado: "Por quê?". "Para poder viver", respondeu, e o senhor Fleischmann assentiu e acrescentou: "Viver livre" – ao que o outro velho assentiu e acrescentou: "Com um peso assim não se pode começar uma nova vida" – e nisso ele tinha razão, concordei. Porém, não entendia bem como podiam pretender o impossível, e assinalei que o que acontecera, acontecera, e, afinal de contas, eu não seria capaz de dar ordens à minha memória. Eu poderia começar uma vida nova somente se nascesse de novo – ponderei –, ou se um mal, uma doença ou coisa parecida me comprometesse a razão, e isso eu esperava que não me desejassem. "Além disso" – prossegui – "não vi horrores" – e nessa hora notei que ficaram muito surpresos. Como deveriam entender o meu "não vi"? Dessa vez fui eu que perguntei: e eles, o que fizeram nos tais "tempos difíceis"? "Bem... vivemos", ruminou um deles. "Tentamos sobreviver" – completou o outro. Ou seja: eles também deram passos – observei. O que significava "deram passos?", perguntaram, curiosos, e eu contei para eles como isso se passava em Auschwitz. Para cada carregamento – não digo que fosse sempre igual, pois não tinha como saber –, temos de contar cerca de 3 mil pessoas. Tomemos os homens, digamos, mil. Para o exame, calculemos de um a dois segundos – na maioria das vezes, um – para cada caso. Não contemos o primeiro e o último, pois esses nunca contavam. Porém, no meio, onde eu também estava, temos de imaginar de dez a vinte minutos de espera até a chegada ao lugar onde se decide: gás de imediato ou uma chance temporária. Enquanto isso a fila se move, avança, e todos dão um passo, menor, maior, segundo a velocidade exigida.

Nesse momento fez-se silêncio, rompido por um único ruído: a senhora Fleischmann pegou o prato, levou-o e não voltou mais. Os dois velhos perguntaram: "Como isso se aplica e o que você quer dizer?". Respondi: "Nada de especial, apenas que as coisas não somente 'vinham': nós também íamos". Mas agora tudo parece pronto, encerrado, imutável, definitivo, tendo "vindo" extraordinariamente rápido e excessivamente nebuloso: agora, somente depois, ao olharmos para trás. Ou, é claro, se soubermos do final com antecedência. Assim, podemos levar em conta apenas a passagem do tempo. Um beijo estúpido, por exemplo, é tão necessário quanto, digamos, um dia de paralisia no galpão da alfândega ou as câmaras de gás. Porém, independentemente de olharmos para trás ou para a frente, ambos são perspectivas equivocadas – refleti. Afinal, vinte minutos num momento desses, ou tomados em si, é muito tempo. Todo minuto começou, durou, encerrou-se, antes de se iniciar uma vez mais o seguinte. Somente para raciocinar: cada um desses minutos poderia ter trazido alguma coisa de novo. Na realidade, não trouxe, naturalmente – mas é preciso reconhecer: poderia ter trazido, afinal de contas em cada um deles poderia ter acontecido alguma coisa diferente da que acabou de acontecer, tanto em Auschwitz como, imaginemos, aqui em casa, quando nos despedimos de meu pai.

Depois dessas minhas últimas palavras, o velho Steiner se mexeu. "Mas o que poderíamos ter feito?!", perguntou, com a expressão entre irritada e queixosa. Eu disse: "Nada, naturalmente; ou" – acrescentei – "qualquer coisa, que teria sido tão irracional quanto uma vez mais não ter feito nada, e sempre naturalmente. Mas não se trata disso" – tentei prosseguir, explicar. "Então de que se trata?", perguntou, quase perdendo a paciência, e eu respondi, sentindo que também estava de súbito mais irritado: "Dos passos. Todos andavam enquanto podiam dar passos: eu também dei os meus passos, e não apenas na fila de Birkenau, mas também aqui em casa. Dei passos com meu pai e dei passos com minha mãe, dei passos com Annamária, e dei passos – entre todos, talvez o mais difícil – com a mais velha das irmãs. Agora eu seria capaz de lhe dizer o que significa 'judeu': nada, ao menos para mim, originalmente, nada, antes de começarem os passos. Nada é verdade, não existe sangue diferente e não existem outros, apenas...", interrompi e me ocorreram as palavras do jornalista: "existem apenas determinadas situações e nelas novos acontecimentos. Eu também vivi um determinado destino". Não era o meu destino, mas eu o vivi – e não o compreendi, nem cabia na cabeça deles: agora tenho de fazer alguma coisa com ele, ligá-lo a alguma coisa, não posso concluir que foi um engano, um acaso, uma espécie de fuga, ou quem sabe não aconteceu. Vi, vi muito bem que não me compreendiam, as minhas palavras não lhes caíam bem, ou melhor, era como se uma ou outra os provocasse. Percebi que o senhor Steiner interrompia aqui e ali, em outros momentos teria se erguido de um salto, notei que o outro velho o continha, e ouvi quando disse: "Deixe: não vê que ele só quer falar? Deixe que ele fale, deixe", e eu falei mesmo, possivelmente em vão e um pouco sem sentido. Por isso eu os fiz saber: nunca podemos começar vida nova, apenas prosseguir a antiga. Fui eu quem deu os passos e não um outro, e asseguro que no destino que me foi dado sempre fui correto. A única mancha, diria, a única mácula, a única eventualidade que me poderiam jogar na cara era o fato de estarmos conversando – mas disso eu não tenho culpa. Queriam que toda essa correção e os meus passos anteriores perdessem o valor? Por que essa repentina reviravolta, por que essa animosidade, por que não queriam admitir? Se existe um destino, a liberdade não é possível; porém – prossegui, cada vez mais assombrado, cada vez mais inflamado –, porém, se existe liberdade, não há destino, ou seja – parei, mas apenas para respirar –, ou seja, nós mesmos somos o destino – concluí de repente, nesse instante com uma clareza inédita. Também lamentei um pouco estar diante deles e não com gente mais inteligente, por assim dizer, adversários à altura. Mas eram eles que estavam ali, eram eles – ao menos naquele instante pareceu assim – que estavam em todo lugar, e em todo o caso eram eles que estavam ali quando nos despedimos de meu pai. Eles também deram os passos deles. Eles também sabiam de antemão, eles também previram tudo, eles também se despediram de meu pai como se o enterrassem, e depois discutiram somente se eu iria para Auschwitz de bonde ou de ônibus... porém, nessa hora, não só o senhor Steiner, mas o velho Fleischmann também deu um pulo. Procurou se conter, mas não conseguiu. "Como?", interpelou-me com o rosto vermelho como um pimentão, batendo o punho no peito: "Ainda vamos ser nós os culpados, nós os sacrificados?!" – e tentei explicar-lhe: não era culpa, só teriam de reconhecer, com humildade, de um modo simples, apenas em nome da razão, em nome da honestidade, por assim dizer. Não era possível, queria que entendessem, não era possível me tirarem tudo, não era possível que eu não fosse nem perdedor nem ganhador, que eu não tivesse razão, e que eu não pudesse ter-me enganado, que eu não tivesse sido a causa de nada, nem a consequência, simplesmente, que procurassem admitir, implorei: eu não podia engolir a amargura estúpida de ser apenas inocente. Entretanto, eu percebia que eles não queriam reconhecer nada, e assim, pegando a minha mochila e o meu gorro, com algumas palavras constrangidas, um ou outro gesto inacabado, e no meio de uma frase, fui embora.

Embaixo, fui recebido pela rua. Para ir à casa de minha mãe eu tinha de tomar o bonde. Porém, dessa vez pensei: como não tinha dinheiro, decidi ir a pé. Para juntar forças, parei por um momento na praça, me sentei no mesmo banco. Adiante, onde eu teria de passar e onde a rua se prolongava, se alargava e parecia perder-se no infinito, sobre as colinas azuladas as nuvens de carneirinhos estavam lilases, e o céu, púrpura. Ao meu redor era como se alguma coisa tivesse mudado: o movimento diminuíra, as passadas das pessoas haviam se tornado mais lentas, as vozes tinham silenciado, os olhares se suavizado, e era como se os rostos se voltassem uns para os outros. Essa era a hora especial – mesmo ali, agora, eu a reconheci –, a minha hora preferida no campo, e um sentimento agudo, doloroso e vazio me invadiu: saudades de lá, de casa. De repente, tudo ganhou vida, tudo estava ali e em mim despertou, os estados de espírito estranhos me surpreenderam, as pequenas lembranças me fizeram estremecer. Sim, em certo sentido, a vida lá era mais clara e mais simples. Tudo me veio à mente e relembrei todos, os que não me interessavam e também os que se justificavam pela consideração de eu poder estar ali, vivo: Bandi Citrom, Pjetyka, Bohús, o médico e todos os outros. E pela primeira vez pensei neles com uma ponta de reprovação, com um ressentimento afetuoso.

Porém, não exageremos, pois é nisso que reside a questão: estou aqui e, sei bem, aceito todos os argumentos ao preço de poder viver. Sim, ao olhar ao redor dessa praça pacata, no crepúsculo, nessa rua castigada pelas tempestades e ainda assim cheia de promessas, senti crescer, avolumar-se em mim a disposição: vou continuar a minha vida impossível de ser continuada.

Minha mãe me espera e vai ficar feliz de verdade, a coitada. Lembro que um dia seu plano era que eu fosse engenheiro, médico ou coisa parecida. E assim será, com certeza, como ela deseja; não há impossibilidade que eu não possa viver, naturalmente, e sei que no meu caminho me espreita, como uma armadilha inevitável, a felicidade. Pois lá, entre durezas, havia, na pausa das torturas, alguma coisa que se assemelhava à felicidade. Todos perguntam apenas das condições, dos "horrores", ao passo que, para mim, a experiência mais memorável é esta. Sim, da próxima vez, se me perguntarem, eu deveria falar disso, falar da felicidade nos campos de concentração.

Se me perguntarem. E se eu não me esquecer.

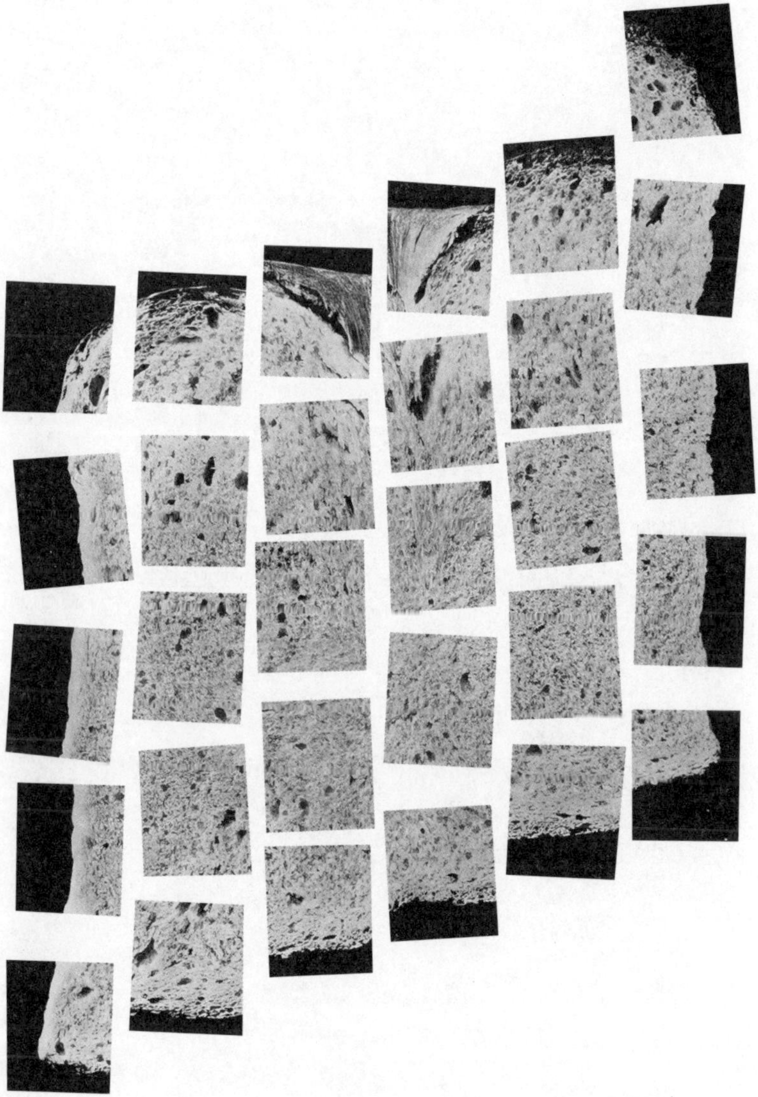

Posfácio
PAULO SCHILLER

> "A cada um o que lhe cabe".
> – Frase exibida acima da entrada do campo de concentração de Buchenwald

> "A entrada, surpreendentemente estreita, que mal dava passagem aos trilhos, era plantada de modo a esconder o que havia atrás daquela fachada. Assim que passei por ela, me vi assombrado pela extensão que se abriu à minha frente, junto da rampa que servia para a seleção dos deportados. Branco sob a neve fresca, o campo se estendia ao infinito. Depois de alguns passos, pude apreender a imensidão do lugar, conceber a quantidade de barracões de madeira cheios de prisioneiros que eram capazes de abrigar. Os caminhos que levavam ao limite dado pelas cercas, um dia eletrificadas, pareciam intermináveis, os contornos difusos das câmaras de gás e dos crematórios dinamitados pelos nazistas em fuga se perdiam no horizonte. Nesse instante, o campo incomensurável me fez ver, no silêncio, a envergadura desmedida do projeto de extermínio."
> – Anônimo

TESTEMUNHOS

Para que o Holocausto se tornasse uma parte da consciência da Europa, Imre Kertész diz que o preço teria sido a estilização da palavra, que se tornou uma verdadeira abstração, mais delicada que termos como "campo de extermínio" ou "solução final"[1]. Segundo ele, quanto mais se fala do Holocausto, mais sua realidade escapa do âmbito das coisas imagináveis. Kertész escreve que é comum a transformação do Holocausto em mercadoria barata. O sobrevivente é doutrinado sobre como deve pensar a respeito do que viveu, independentemente de quanto esse modo de pensar coincida com o que ele de fato viveu. "Desenvolveu-se um conformismo ao Holocausto, um sentimentalismo em relação ao Holocausto, um cânone do Holocausto, um sistema de tabus em relação ao Holocausto e seu mundo linguístico ritual, desenvolveram-se produtos do Holocausto para o consumo do Holocausto. Desenvolveu-se a negação de Auschwitz."

Theodor Adorno destaca a dificuldade de se representar algo extremo como o Holocausto por meio da linguagem, por meio da literatura, sem que se valide ao mesmo tempo, com essa mesma linguagem, a cultura que o produziu. O filósofo italiano Giorgio Agamben, no entanto, escreve que o testemunho do Holocausto é impossível por duas razões: de um lado, aqueles que passaram por todo o processo não estão vivos, não têm como testemunhar; e, por outro, as demais testemunhas possíveis, que poderiam falar das últimas consequências do genocídio, são aqueles seres dos campos de concentração que eram chamados de "muçulmanos". Quem eram eles? No jargão dos campos, esse era o termo que se usava para os mortos-vivos. Eles sofriam de desnutrição, de disenteria, e passavam o dia na posição de reza dos muçulmanos, completamente imóveis. De longe, davam a impressão

1 As menções a pontos de vista de Imre Kertész ao longo deste texto se baseiam na coletânea de ensaios traduzida por mim e publicada pela Companhia das Letras sob o título de *A língua exilada*, em 2004.

de que não tinham mais capacidade de ver nada, de perceber nada. Assim, não poderiam testemunhar.

Registro aqui algumas palavras sobre o poeta Miklós Radnóti, dono de uma literatura de testemunho muito particular, pois foi escrita durante o Holocausto, e não depois dele. Sua grande angústia era não saber se os seus poemas seriam encontrados um dia, coisa que de fato aconteceu em 1946, quando a vala coletiva em que ele fora enterrado foi aberta. Exumaram-se os cadáveres e no bolso de seu casaco estavam seus últimos versos. Traduzi alguns deles. Aqui, o verso de Radnóti que, pela data, parece ter sido o último a ser escrito.

> Desabei a seu lado, seu corpo se virou
> e já estava teso, como corda, quando se rompe.
> Tiro na nuca. Assim será também o seu fim,
> sussurrei para mim mesmo, continue deitado sereno.
> A paciência agora desabrocha em morte.
> *Der springt noch auf*[2], ouvi acima de mim.
> No meu ouvido secava sangue misturado a lama.
> – Szentkirályszabadja, 31 de outubro de 1944

Radnóti escolheu a poesia, justamente a partir de um ponto de vista húngaro. Apegou-se a uma visão mítica tradicional entre os poetas húngaros, a de que o poeta, profético e corajoso, vai provocar, com a sua canção, a emergência inevitável da verdade. Além de tudo, compõe suas estrofes na situação – ele provavelmente escreveu até o seu último dia de vida – em que prevê o próprio fim. Seu derradeiro poema antecedeu talvez em horas a sua morte. Escreveu em hexâmetros perfeitos, que é exatamente a forma tradicional da poesia

2 "Ele ainda se debate." Em alemão, no original.

húngara. Vale lembrar que Radnóti, em 1943, tinha se convertido – aparentemente por convicção – ao catolicismo. Mas isso não evitou nem a deportação nem, depois, a marcha forçada. Na verdade, ele foi assassinado na Hungria, perto da cidade de Győr, depois de ter sido recusada a sua internação no hospital da cidade. Radnóti conseguiu, em meio à fome, ao frio, em meio à certeza da morte, falar em um momento de libertação na hora do sono, quando conseguia sonhar, e o sonho ainda falava da presença do inconsciente. Por conta dessa presença é que se podia dizer que ali havia um sujeito, apesar da sombra da extinção.

Kertész tem convicção de que todos os esforços para representar o Holocausto por meio de narrativas "verdadeiras", ou por meio do cinema que busca ser fiel aos acontecimentos, são fadadas ao fracasso. Ele insiste em dizer que a realidade do Holocausto se revela apenas por meio da ficção. O campo de concentração somente pode ser imaginado como texto literário. Embora seja um livro claramente autobiográfico, Kertész classifica, e insiste nisso, *Ausência de destino* como um romance.

Escrevo em meio à guerra entre Israel e o Hamas na faixa de Gaza. Os acontecimentos reiteram a capacidade inextinguível do homem de cometer atrocidades. É possível que, como diz Kertész, venhamos a saber de fato da enormidade da tragédia no futuro, por meio dos romances que contarão essa história.

A REPETIÇÃO DO VELHO COMO SE FOSSE NOVO

A minha tradução deste livro foi publicada, primeiramente, em 2003, por outra editora, sob um título diferente – *Sem destino* –, com o qual eu não concordava. Ao repensar a tradução e me deparar com a restituição do título que corresponde à ideia original de Imre Kertész, me dei conta do abismo existente entre os dois nomes.

"Sem destino" abriga uma conotação de movimento, até mesmo de aventura, liberdade.

"Ausência de destino" denota paralisia, imobilidade, inexistência de razão para se sair do lugar. Alinha-se a fundamentos do fascismo herdados nos dias atuais por ideologias ditas conservadoras, à direita do espectro político.

Os fascismos – entre eles o nazismo – representam a assim chamada "política do eterno", em que não se pensa em futuro: existe uma aspiração pelo retorno a um passado mítico, glorioso, pura ficção que nunca existiu.

O texto habitual dos fascismos evoca, nostalgicamente, um tempo ideal em que havia prosperidade e justiça, e não existia corrupção. Éramos inocentes e, num dado momento, vieram "eles" e mancharam nossa pureza étnica ou de caráter. Como o pensamento político invoca o retorno e a eternização do que teria existido um dia, não há um caminho na direção de algo novo; ou melhor, quando se pensa num percurso, num deslocamento ou numa viagem, inexiste um destino. O fascismo propõe uma revolução aparente, apenas discursiva, que na verdade busca um retrocesso: reside nisso a aversão ao progresso científico, ao avanço nos costumes e à inovação, bem como, mais modernamente, a negação da crise climática. Com a disseminação das redes sociais – e numa estratégia premeditada –, as lideranças produzem no cotidiano pequenos fatos e intrigas que seguimos atentamente: "o que ele disse hoje?", "o que ele fez?". Com isso andamos em círculos e perdemos de vista os temas que realmente importam. Entrevistados após a guerra, carrascos nazistas reconheciam erros em pequenos detalhes que não chegavam a prejudicar a precisão e a eficácia das tarefas maiores.

Sempre que se refere a Auschwitz, Kertész diz que não pensa no passado, mas sim no futuro, um futuro sobre o qual a sombra do passado se projeta, ameaçadora. Em uma conferência apresentada em 1995, o autor foi profético ao dizer que a democracia não consegue corresponder à ordem ética erigida por ela mesma, que não se entalham na pedra os valores que não podem ser transgredidos: a impotência dos intelectuais aliada à sua fome de ideologias torna, segundo ele, a repetição de Auschwitz mais do que provável.

É possível que nesse início de século XXI o futuro a que Kertész se refere ao falar de Auschwitz esteja se anunciando. A violência e a paixão pela mentira, dois traços fundamentais dos regimes fascistas, parecem renascer e se infiltrar em inúmeras sociedades. O fascismo sempre elege um inimigo externo poderoso, fundamentando-se na promoção da discriminação e de um nacionalismo exacerbado, cujo resultado, como diz Kertész, é, inevitavelmente, o genocídio.

Kertész não vê a história dos totalitarismos do século XX como um deslize único, ao contrário de muitos especialistas que procuram encontrar as causas circunstanciais da violência e da destrutividade promovidas, em escala industrial, pelos dois regimes – o nazista e o soviético – sob cujo poder o autor viveu. Pela letalidade e eficiência com que superaram as diferentes tragédias históricas que os precederam, o nazismo e o stalinismo pareceriam compor uma exceção tal que ela poderia, inclusive, limitar sua repetição. Kertész, entretanto, diz que a questão deveria ser formulada ao inverso, ou seja, *a violência e a destrutividade seriam primárias e, em algum momento, encontrariam suas formas de expressão.*

Os estudos de historiadores, sociólogos e cientistas políticos servem para a compreensão da conjuntura maior em que este ou aquele líder chega ao poder, mas habitualmente não se debruçam sobre as origens da ampla aceitação de tais convicções extremadas a partir das histórias de cada sujeito, pois essa pergunta foge de seus campos específicos de conhecimento. Em suas manifestações públicas, os próprios psicanalistas se deixam por vezes seduzir por uma suposta contribuição que pensam fazer às ciências humanas no terreno ideológico ou cultural, enquanto se esquecem das narrativas que escutam diariamente em suas clínicas: elas oferecem amplos subsídios para pensarmos no que está por trás da gênese de figuras tirânicas e de seus admiradores. Também de pouco valem especulações psicológicas sobre a infância obscura de um Hitler – um exemplo entre tantos – a partir de fragmentos biográficos esparsos e pouco confiáveis.

Logo na introdução de *Psicologia das massas e análise do eu*, de 1921, Sigmund Freud escreve que "o instinto social" que levaria ao comportamento de rebanho e à mente grupal "pode não ser primário e indivisível, e que os primórdios de sua formação podem ser encontrados num círculo mais estreito, o da família". Ele diz também, no mesmo texto, que a psicologia individual é, desde o início, psicologia social.

Em *O grupo e o mal*, Contardo Calligaris afirma que as interpretações socioeconômicas do nazismo, por exemplo, deixam um resíduo psicológico. Segundo o psicanalista, toda interpretação da história produz, incontestavelmente, esse mesmo resíduo.

Freud e Calligaris fundamentam o que Imre Kertész pressente.

Na imensa maioria dos casos, a identidade de cada indivíduo não se sustenta sobre teorias subjetivas únicas, destacadas da massa, desvencilhadas da cumplicidade com os pais, mas dissolvida em um espírito de grupo em que a solidariedade se estabelece pela eleição de inimigos comuns: outras nacionalidades, outras religiões (ou o próprio ateísmo), cores de pele diferentes, identificações sexuais não binárias, convicções políticas democráticas e ideais econômicos que propagam a redução das desigualdades. As identidades coletivas se constituem a partir da supressão das diferenças. O outro, o estrangeiro, o infiel, é ameaçador. A promoção das liberdades individuais é atemorizante. Em vez da repetição da história familiar, a cargo de cada sujeito, restrita apenas à filiação a determinada genealogia, o regime de governo que incentiva a imoralidade, a corrupção e a impunidade propicia a ampliação para a sociedade como um todo das mazelas que habitam o microcosmo doméstico. Os delitos e as mentiras se disseminam na comunidade e ganham ares de cidadania virtuosa e o estatuto de uma enganosa normalidade.

Se a conjuntura histórica não for favorável à emergência de um governo autoritário, os candidatos a tiranos seguirão exercendo seus laços perversos em outros campos, como o religioso, o do trabalho ou das relações pessoais e dos vínculos familiares.

A partir de sua própria história familiar, alguém poderá obedecer cegamente a um líder. Terá, nessa submissão, a oportunidade de ser “um homem de bem” e fazer “um bom trabalho”, sem avaliar em que ele consiste: assim se justificaram lideranças nazistas. Inúmeros documentos e relatos de entrevistas e interrogatórios evidenciam que os comandantes alemães procuravam se desfazer de policiais ou militares que revelavam uma veia sádica, que executavam massacres exibindo prazer no que faziam. As deportações e as matanças deveriam representar uma tarefa árdua, ingrata, cuja finalidade era o bem da nação. Há também evidências de que aqueles que se recusavam a cumprir o papel de torturadores ou assassinos eram dispensados sem represálias. Mesmo em situações catastróficas, em que movimentos de massa promovem atrocidades, pode haver uma escolha.

Embora o genocídio fosse uma política de Estado, sancionada por leis, cada sujeito sabe quando viola um limite ético que está para além do código penal. São limites que não emanam de um regime, deste ou aquele ditador. Sabemos que os SS, nos campos, viviam alcoolizados ou drogados, pois de outra forma seriam incapazes de fazer o que faziam a despeito da fidelidade ao Führer.

ENTRE DIFERENTES MORTES

Enquanto se preparava para viajar a Estocolmo, para a cerimônia de entrega do Nobel de Literatura em dezembro de 2002, Imre Kertész recebeu, pelo correio, um grande envelope marrom. O remetente era o dr. Volkhard Knigge, diretor do memorial do campo de concentração de Buchenwald, situado na Turíngia, no leste da Alemanha. No envelope havia uma cópia do relatório diário original sobre os prisioneiros, com a data de 18 de fevereiro de 1945. Na coluna referente a "Perdas", o escritor tomou conhecimento da morte do prisioneiro de número 64.921, Imre Kertész, judeu, operário, nascido em 1927. Os dados falsos – o ano de nascimento e a sua ocupação – haviam sido registrados pela administração do campo quando ele fora admitido: naquela ocasião, ele acrescentara dois anos à idade para que não fosse classificado como criança e se apresentara como operário em vez de estudante, para que parecesse mais útil. Kertész diz que, dessa forma, uma criança morreu para que ele pudesse viver.

Ao chegar a Budapeste, depois de ter sido libertado de Buchenwald pelo exército norte-americano dois meses depois de sua inclusão entre os mortos do campo, Kertész relata uma cena que reedita inúmeras outras histórias de sobreviventes: a surpresa, tingida de uma mal disfarçada decepção, de seus antigos vizinhos ante seu retorno. Nessa hora, o autor se dá conta de que, como tantos outros, ele era dado como morto, e sua morte não deixaria de ter certas consequências significativas para aqueles que passaram a guerra na cidade: entre os que voltavam, muitos encontravam os imóveis, que tinham deixado havia semanas ou meses, ocupados por vizinhos ou desconhecidos, descobriam suas roupas sendo usadas por velhos amigos e seus pertences decorando casas alheias.

Por outro lado, a morte de fato, não subjetiva, desta vez pela via do suicídio, foi a escolha de diversos autores que nos legaram a assim chamada literatura de testemunho. Kertész conta que depois de Auschwitz, ao viver sob o stalinismo, ele comprovou que liberdade, libertação, a grande catarse sonhada pelos que se dedicaram a escrever sobre o Holocausto, tudo que em lugares mais afortunados eram valores, não tinham a menor possibilidade de existir. Assim, essa condição lhe assegurou o prosseguimento da vida de prisioneiro e eliminou o risco de que ele pudesse se enganar. Como o prisioneiro não era apenas ele, mas toda a nação, Kertész conta que não teve problemas de identidade depois do final da guerra. Foi por essa razão que não teria sido atingido pela maré de decepção que surpreendeu e, segundo ele, teria levado ao suicídio autores como Paul Celan, Jean Améry, Tadeusz Borowski e Primo Levi, que viviam em sociedades supostamente mais livres.

O exílio de Kertész se prolongou para muito além de Auschwitz. Quando recebeu o Prêmio Nobel, em 2002, sua obra era muito mais conhecida na Alemanha do que na Hungria, e algumas vozes chegavam a observar que o prêmio não contemplava um autor húngaro, e sim judeu.

IMRE KERTÉSZ nasceu em Budapeste, em 1929, filho de comerciantes judeus não religiosos. Já perto do fim da Segunda Guerra Mundial, Kertész foi deportado, aos 14 anos, para um campo de concentração nazista. Uma pequena inverdade contada por ele no momento da prisão — a de que tinha 16 anos — salvou sua vida, pois os mais jovens morreram em câmaras de gás por não serem considerados úteis para o trabalho forçado. Libertado em 1945, voltou à sua cidade natal e, depois de ser notificado de que ninguém de sua família havia sobrevivido, teve de enfrentar o terror da ditadura stalinista. Tornou-se jornalista, tradutor e escritor e viveu boa parte de sua vida profissional na Alemanha. Ganhador do Prêmio Nobel de Literatura de 2002, Kertész produziu uma obra marcada pelas memórias do Holocausto, pela solidão e pelo tema do deslocamento e do desterro. Adaptado para o cinema em 2005 pelas mãos do diretor húngaro Lajos Koltai (com roteiro do próprio Kertész), *Ausência de destino* (1975) é seu livro mais aclamado. *Fiasco*, *Kaddish para um filho não nascido*, *Liquidação ou seus diários* e *A última pousada* são os volumes que compõem a sua obra. Imre Kertész morreu em Budapeste, em 2016, aos 86 anos, vítima do mal de Parkinson.

PAULO SCHILLER é formado em pediatria e iniciou-se na clínica psicanalítica em 1987. É professor do curso de formação do Centro de Estudos Psicanalíticos desde 2012 e coordenou o Serviço de Psicologia e Psicanálise do GRAACC em parceria com o Departamento de Oncologia Pediátrica da Unifesp. É tradutor do húngaro, inglês e francês, ganhador do prêmio APCA de melhor tradução (2001) e do prêmio da Biblioteca Nacional de melhor tradução (2023). Publicou, pela Companhia das Letras, *A vertigem da imortalidade — segredos, doenças* (2007).

EDIÇÃO DE TEXTO Livia Deorsola

REVISÃO Ricardo Jensen de Oliveira, Débora Donadel e Ana Clara Werneck

COMPOSIÇÃO Kaio Cássio e Letícia de Cássia

ASSISTÊNCIA EDITORIAL E DIREITOS AUTORAIS Gabrielly Saraiva

CAPA Fábio Messias

IMAGEM DA CAPA Reprodução do livro *The Book of Bread*, de Owen Simmons (Londres: Maclaren and Sons, 1903).

DIREÇÃO EXECUTIVA Fabiano Curi

DIREÇÃO EDITORIAL Graziella Beting

PRODUÇÃO GRÁFICA Lilia Góes

RELAÇÕES INSTITUCIONAIS E IMPRENSA Clara Dias

COMERCIAL Fábio Igaki

ADMINISTRATIVO Lilian Périgo

ATENDIMENTO AO CLIENTE Roberta Malagodi

DIVULGAÇÃO/LIVRARIAS E ESCOLAS Rosália Meirelles

CAR
AMB
AIA

EDITORA CARAMBAIA
Av. São Luís, 86, cj. 182
01046-000 São Paulo SP
contato@carambaia.com.br
www.carambaia.com.br

Título original *Sorstalanság* [Budapeste, 1975]

CIP-BRASIL. CATALOGAÇÃO NA PUBLICAÇÃO
SINDICATO NACIONAL DOS EDITORES DE LIVROS, RJ

K48a
Kertész, Imre, 1929-2016
Ausência de destino / Imre Kertész ;
tradução e posfácio Paulo Schiller.
1. ed. – São Paulo: Carambaia, 2025.
232 p.; 21 cm.

Tradução de: *Sorstalanság*
ISBN 978-65-5461-083-4

1. Ficção húngara. I. Schiller, Paulo, 1952-. II. Título.

25.96013 CDD: 894.5113 CDU: 82-3(439)
Meri Gleice Rodrigues de Souza – Bibliotecária CRB-7/6439

ilimitada

FONTE
Antwerp

PAPEL
Pólen Bold 70 g/m²

IMPRESSÃO
Santa Marta